这世界，唯你——能制服我。

『制服』是诱惑，也是喜欢。

第 10 个问题

你对 TA 用过什么甜甜的 恋爱小套路？

每一句情话，每一个小套路

都在心中演练了千百次

可面对你时

却还是如第一次时那般笨拙

想看你害羞的表情，想了解你的怦然心动

想大声告诉你

我超级超级喜欢你

LOVE

那天的风很舒服！ #SECRET

@ 千里绛辰

因为放学在一个方向就经常骑车一起回家，有一天故意没骑说车坏了让他载我，太阳很大，他往树下骑，结果树枝打到了我的脑袋，我很生气地把他背锤了一下，他笑了声没回头，反手把我脑袋揉了一把，那天风很舒服！

@ 蟹蟹汤包是个画渣超爱吃

我们是同学，之前班上传绯闻说他喜欢我。虽然我也真的喜欢他，但是我什么都没有说，其实心中已经开心炸了！后来一起玩游戏，我费尽心思找关系就是为了惩罚是和他拥抱1分钟。

@ JH--21

算着他到校的时间去制造偶遇。

@ 补刀小能手9

说一个双向暗恋的事，我们约定的是，只要他和我 solo 连赢三把，就答应他一个不过分的要求，明知道他喜欢我呜呜呜，于是在周六 solo 的时候悄无声息的放水，装作自己很菜（实际就很菜）的样子，水到渠成，神不知鬼不觉就凑成我们的恋爱啦！

@ kk 与阿亚

学校和初中部联合搞活动，太阳特别大很晒，我就小心机地找他借外套。

我只要当你的唯一！ #SECRET

@ 划水的幽然

为了圣诞节不明显地给他送礼物，给全班发了巧克力。然后，他是唯一一个拒绝的！！！我同桌还说，既然他不要，给我！

@ 起司面包酱

他的工作是那种虚拟男友。然后我朋友有一次就给我点了一天。第二天时间到了我以为他不会理我了，但是还是抱着希望给他发了一条消息，结果回我了。后来我每天就各种撩他，现在是我男朋友。

@ 战无不胜的无忧1005

我负责做班级展示板，偷偷用暗号给他表白，结果全世界都知道我喜欢他了，但他喜不喜欢我就只有他自己知道。等待吧，哈哈哈。

@ Renarissance

我问他你愿意花五块钱听听我的小秘密吗？然后他说好啊，让我把微信付款码给他，给我转了五块钱，我就给他发了一首邓紫棋的《我的秘密》，后来我快乐地发了说说，闺蜜在下面评论说明明是一块钱的秘密，怎么到我这变五块钱了。他回道他乐意被骗。

其实我也在等你~ #SECRET

@ 欣欣和丞丞是人间理想

他是我同事，那天下雨了，我带的伞就闲置在包里了。等到他快结束了，我就过去问他："你带伞了吗？"他说："带了啊。""那你能送我到地铁站吗？""好啊。"他答应了！到地铁站的时候还叫我记得看天气预报，他关心我了！后来他跟我聊这件事的时候说："其实那天我也在等你走。"

@沈倦老婆

好像来不及了!那我也要说!上学时候我的前桌挺帅的,总管我借卫生纸,有一天突然回头和我说:"你就是我的。"我:"???""卫生纸。"啊啊啊不是那么甜但是突然有被撩到,还有一次我上课睡着了,他就转过头来一直看着我,我感受到了目光就睁眼了。

@祎生祎世大爱鞠

那天我和我闺蜜有事,她刚好要去接对象,路上就听他们在聊,然后我就问他们:"你俩都在一起那么久了,咋连手都不牵。"他对象二话没说牵起我闺蜜的手,脸不红心不跳。我:"你能再勇敢点吗?"他:"十指相扣。"结果还真就扣了一路,真是瞎了我的狗眼。

@当归今天背单词了吗

曾经摘抄了一本我和他都喜欢的书,在他生日的时候送给他了。

《— ❤ — ❤ — ❤ —》

表白的暗号

忘带的雨伞

等待的偶遇

输掉的游戏

……

哪有什么恋爱小套路

只有喜欢一个人时

那千方百计地靠近

那呼之欲出的心跳

那蠢蠢欲动的"我喜欢你"

关注 @ 糖衣炮弹 MOOK，了解那些甜蜜与心动，认识更多兴趣相投的小伙伴吧。

男神
宝物大揭秘

SECRET TREASURE

让我们一起来解锁下男神的宝贝们吧。

SECRET TREASURE

水果糖 — 自从丢石子被骂之后,季初就随身携带糖果了。

防护衣 — 季初总把这件衣服藏得很好,怕有人担心。

防护盾 — 保护了季初好几次的护命道具。

暹罗猫 — 这是一只叫『狗崽崽』的『小土猫』。

制服控的世纪大考验

作为一个制服重度爱好者,
腰细腿长身材棒那是必要条件!
不同的制服穿搭才是选择的难点,
重重考验后的你会选择哪一位绝美的男神呢?

1/ 你的穿衣风格是
a 甜美淑女风格———2
b 休闲简约风格———3

2/ 你觉得你会在哪遇见你的Ta?
a 爱在校园———电子竞技队服
b 爱在社会———4

3/ 你觉得哪种才是爱情的开始?
a 一见钟情,美貌才是一切的开始———围裙
b 日久生情,相处才能发现闪光点———西装

4/ 你喜欢阳光小奶狗还是温柔小狼狗?
a 阳光小奶狗———特警服
b 温柔温柔系———飞行服

Your Best Choice

代表人物 周砚

钢铁直男电子竞技队长

别抢票了,
我打比赛养你。
——《我们队长的女朋友是黄牛》

代表人物 季初

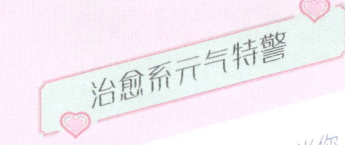

治愈系元气特警

我这么一个爱国爱党的好青年,当你男朋友还是不错的,你觉得呢?
——《我的答案是4262》

温柔善良小奶狗　代表人物　林斯平

我喜欢你喜欢这些东西。
——《为你制服》

代表人物　林峥　宠溺竹马飞行员

我无限包容你，
除了不喜欢我这件事。——《山林有鹿》

腹黑邪魅律师　代表人物　朱轩

端端人都是你的，你想怎么样都可以。
——《软骨病》

第一印象

我是吴棠，我在面试音乐社副社长。我戴墨镜是个人癖好。我面前是的纸板人……于是，我面试成功了……

纸板

行动代号：寻找神秘音乐社长！

TANG YI PAO DAN

吴棠背的小吉他吗？

纸板人是什么鬼啊！！

你的纸片人！！！

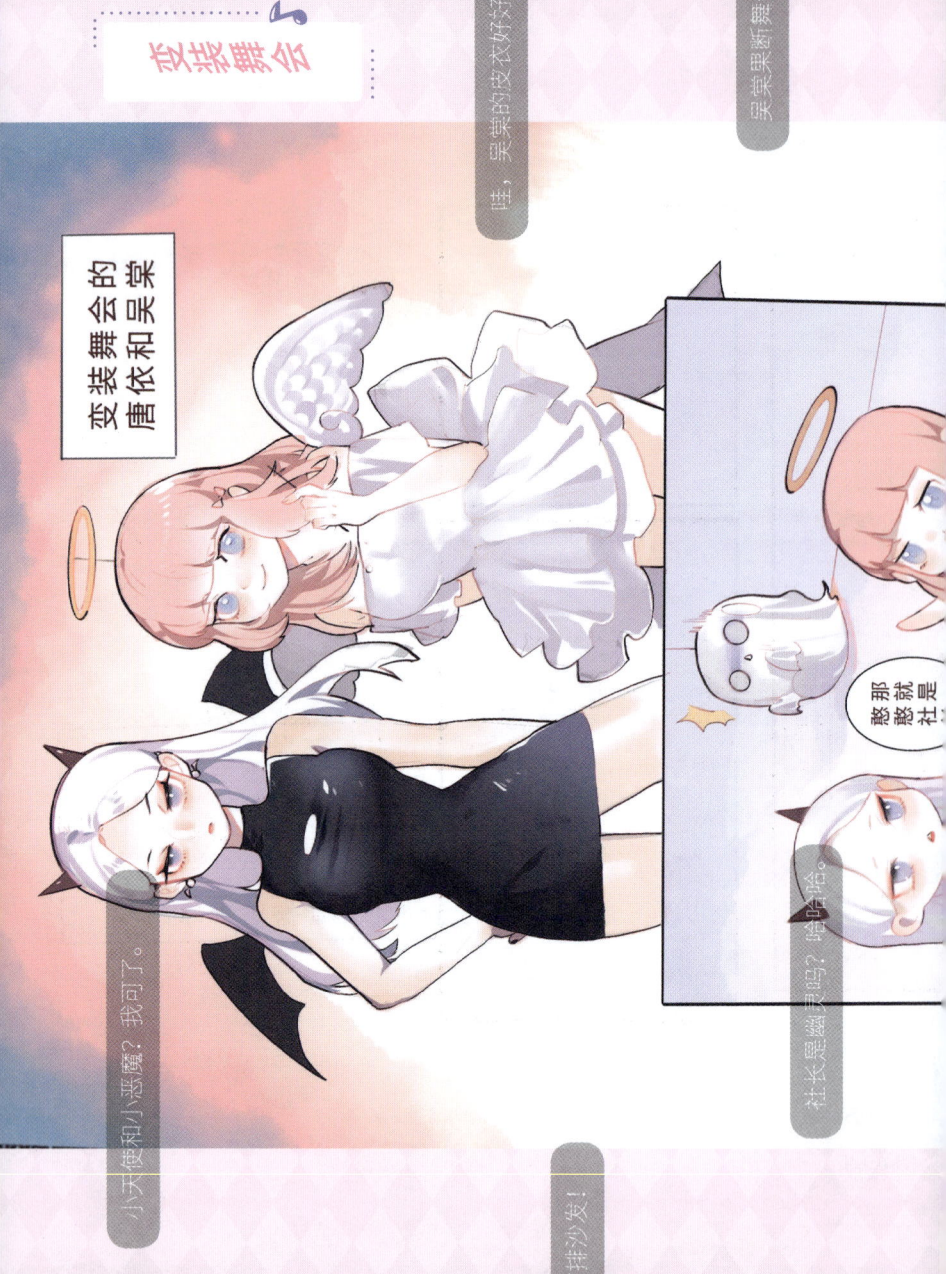

目录

01
为你"制服"
何故吻秋 028

02
山林有鹿
茶茶好萌 059

03
对面的警察看过来
瑞迟 069

04
不跟你师生恋
上没有下暖 100

05
二次元恋爱陷阱
鸭先知 122

Sweetest

Contents

06 "丐"世英雄 *赤酥肉* 146

07 倏然之间 *公子小白* 167

08 软骨病 *绿蜡* 190

09 胆小鬼 *清欢* 226

10 我的答案是4262 *三秋* 240

11 我们队长的女朋友是黄牛 *奶酪君* 265

主 题 故 事

https://www.zhifuyinli.com/

为你"制服"

文 / 何故吻秋

关注：1314　帖子：520

论坛＞八卦江湖＞微博上的粉兔你们关注了吗？

主楼：就是天天发美食教程和图片，真人从不出镜只摆一只粉色兔子的那个。楼主昨晚学他做龙眼干煮鸡蛋，这么恶魔的方子做出来居然迷之好吃！

重点是楼主最近貌似发现了不得了的事情！

1楼：我晓得他，没公布性别前我一直叫他Baby，哭了。

2楼：原来有人和我一样……话说楼主挖出了什么料？

楼主：我翻了翻他的相册，我觉得他可能是我初恋……你们看这几张图上的玻璃反光！

【图片】【图片】

放大调亮看这半张脸，有没有觉得眼熟？

4楼：楼主，你的初恋我们怎么可能会脸熟？

5楼 回复 4楼：不，你仔细看看，他好像也是我初恋……

6楼：天呐！是不是林斯平？国民初恋啊！不是吧！他退圈八年就去搞美食了？我恨！

……

302 楼：谁能跟我科普一下他？我好像经常在古风视频剪辑里看见他，而且就一个造型。

315 楼：我来做好人，国民初恋林斯平！六年级时他客串一部古装剧，演少年教主，就出现了三集，惊艳了多少人，结果人家演了那一个角色就回家读书了！停更的微博年年一堆观光客！

八年前，他突然又出现在南台的选秀节目，还是那张美强脸！还在一众花美男里走起了硬汉荷尔蒙路线！平头！腹肌、胸肌、人鱼线一应俱全！当时爆了一波，本人也曾昼夜不分地给他投票！

没想到人决赛圈退赛退博，路人说出国留学去了，现在看来难道是去了新东方？

800 楼：所以在大家日复一日深情呼唤时，他其实在另外一个微博开心做菜？

1067 楼：想知道是谁嫁给了林斯平，怎么能忍住不得意的？

2000 楼：楼主节哀。

【图片】

这张信息量更大了，他 PO 的这张看起来全黑的照片，我调了对比度，你们看边缘露出的枕头，是不是当年他粉丝送他的那个抱枕？还有红圈里，一只手！这个大小——是小孩子！

林斯平退圈结婚，还有了小孩！

4500 楼：开楼有一小时吗？这就是国民初恋的力量吗？这个料太大了吧！

5000 楼：楼主彻底消失了。

6009 楼：微博已经炸了，我们宣传组接到任务，要求到评论里安利小哥哥，真的不会被打吗？

9040楼：话说我翻了翻相册，发现这几年视频里的娃娃不只有粉兔，还多了三只灰狼，一个大的，俩小的！你们看【图片】，再加上2000楼图里那个小手……林斯平结婚且二胎了！

10000楼：到底谁是灰狼！林斯平这个账号好放飞啊，基本不打码。

10001楼：废话，不是楼主这样的显微镜，谁能想到自己会突然掉马啊！粉兔这个号都开了四年多了。

10005楼：此楼太高，移步新楼。

论坛＞八卦江湖＞【新楼】关于美食博主粉兔

主楼：原来那栋楼太高了，新开一贴，旧料汇总。

粉兔=林斯平，已婚且二胎，喜欢做菜、手工、布娃娃，跟原来的硬汉人设完全不一样！仨灰狼身份存疑，可能是素人。

粉兔微博没有戒心，基本不打码，但家居装饰经常换，生活水平不错。

1楼：占位失恋。

2楼：所以林斯平的自我定位就是粉色兔子吗？还穿围裙？话说粉兔图片里偶尔露出来的那个绿色围裙好像也是手工，但是这也做得太烂了吧！

15楼：不了吧！林斯平是硬汉人设啊！那个肌肉，那个平头！

楼主：他最早的微博似乎有线索，灰狼貌似是曾贝的粉，他粉丝真的是显微镜，他们居然可以透过玻璃精准定位曾贝门票！

21楼：曾贝喜欢自己设计门票图案，还挺好认。可是粉兔本来就是曾贝粉啊，我是粉兔最早一批粉，他有晒过演唱会门票，WIP 座席，一张。而且你们看曾贝粉扒出来的那张，也是单张。

36 楼：婚后依然自己去看爱豆演唱会吗，林斯平 ZQSG（真情实感）追星锤了。

38 楼：额，比起这个，我更在意图里门票旁边的工作牌，林斯平现在的工作是什么？为什么看演唱会要带工作牌一样的东西？

50 楼：难道粉兔嫂是曾贝那边的 staff？

60 楼：话说微博有人爆料，两年前在 K 国见过很像林斯平的人，粉兔两年前也回复过粉丝自己在 K 国！

70 楼：而且那段时间粉兔少见地经常发外景！

72 楼：那个时间曾贝正好也在 K 国啊。她觉得自己 30 岁了应该充充电，就暂停业务出国游学了。

78 楼：曾贝粉证明是真的，因为她 27 岁的时候也这么干过一次，所以大家并没有很恐慌。我记得曾贝 27 岁的时候想从唱跳爱豆转型，回国后唱功演技都更好了。

80 楼：路人表示虽然烦爆料楼安利，但曾贝我还是服气的，32 岁还能当空中舞娘，演戏也努力，愣是把自己从过气边缘拯救回来了。她在 TGC 组合的时候可是小透明，组合解散后她一度销声匿迹啊，要不是当初还有一个林奕志女友的身份，真的要查无此人了。

82 楼：我想起她当年一晚仨热搜，去医院被偷拍，林奕志宣布跟她分手，她微博开骂林奕志直男癌。

85 楼：唉，就是当年她因为肠胃问题，连夜去医院化验，正赶上林奕志发声明跟她分手，当天晚些时候曾贝就发了微博，说自己去医院是去通肠子的，还说跟林奕志分手是因为对方要她退圈结婚、相夫教子，说她反正也不红，要她去学做菜。不过曾贝当年一骂，星运反倒慢慢亨通了。

> 86楼：是啊，其实那时候她已经没什么资源了，毕竟是组合出身的唱跳偶像，不转型真的不行。本来公司就小，每次出圈都靠各种洗脑神曲……

> 90楼：她们组合解散之后退圈的退圈，演戏的演戏，曾贝一开始专注唱歌的，但一直没有水花，结果因为分手事件开始上节目。后来就是有钱了出歌没钱了参加综艺再演戏，慢慢拼口碑。哦，她还去过选秀节目当导师……那个节目就是林斯平上的节目！

> 95楼：这么巧？

> 100楼：所以林斯平当年是为了和偶像近距离接触才去参加选秀吗？好像进的班也确实就是曾贝做导师的E班……

> 102楼：所以是这时候和曾贝的工作人员认识的吗？

> 130楼：同一个选秀节目，同一个时间段出国，她是他爱豆，开博以来的演唱会基本都有去……林斯平总不能是退圈后去给曾贝当厨师了吧？

> 200楼：家庭煮夫也可。

> 201楼：200哥结论大胆……

> 202楼：曾贝隐婚二胎？

> 203楼：202哥过于大胆！

论坛＞八卦江湖＞【粉兔】分享林斯平视频若干

> 主楼：最近林斯平又出现了，楼主很感动，特地放出珍藏许久的

视频，高清六年级教主，选秀直拍 + 直播录屏 + 花絮。最新还整理了粉兔微博菜谱，PDF 格式，大家可以自行打印成书。

1 楼：楼主好人一生平安。

2 楼：感受到了楼主对林斯平的浓浓爱意。

楼主：是的，看见儿子长得好做菜也好，妈妈很欣慰。

400 楼：林斯平可能是真的想当厨子，我基友是当年节目组的成员，说有一次后台采访，问他如果不当爱豆想做什么，林斯平居然说：开甜品屋，或者当家庭煮夫。节目没放出来，不然当时要被人笑死。

401 楼：现在他真的实现这个梦想了。

404 楼：从某种意义上来说他真是做啥都能成。

楼主：妈妈欣慰，开甜品店，再专心照顾家庭，多么朴实无华的梦想，孩子不贪心。

489 楼：说到这个，他退赛时就说："我只想用比赛奖金开一家甜品店，并没有出道的想法。这个位置应该留给梦想着更大舞台的人而不是厨子。"

其实他天赋真的不错，素人出道能挺那么久。

500 楼：大家一开始投他都是想看他笑话。我还记得他被爆的那张旧照，拿一条围裙当制服，那个围裙上的内容我一直都记得——"鸡兄鸭弟烤鸡烧鸭"，哈哈哈哈哈哈……

600 楼：万万没想到看菜谱也能看出料来！林斯平要么是曾贝的厨子，要么就是曾贝的家庭煮夫！【图片】曾贝晒过和他一样的菜。曾贝发的时间还比林斯平早。

630 楼：猴头菇菜谱？我记得那时是曾贝巡演时肠胃炎发了，她那几天晒出来的菜不是白粥就是猴头菇系列。粉丝当时还抗议过公司只给巡演期的曾贝喝白粥的事情,强烈要求推后时间让她休息!

680 楼:我的脑海里出现了林斯平系着围裙发飙的样子——怎么不按时吃饭!怎么不喝汤!

681 楼:这是把猴头菇汤当神药的节奏……还有之前那楼的龙眼鸡蛋,我越发觉得这就是林斯平做得出来的事情!

700 楼:三栋楼了,林斯平还没有出来,也没有清微博,所以是躺平任挖了吗……

710 楼:曾贝也沉默得可怕……

论坛>八卦江湖>【爆】曾贝召开新闻发布会,承认已和林斯平结婚生子!

主楼:选秀节目相恋后结婚产子,两个孩子都是在国外生的,林斯平全程陪产。当时为了避嫌,特地错开一个月的时间先后到达。林斯平为了不影响曾贝的工作发展,决定全职照顾家庭。

下面贴林斯平发在"粉兔"微博的亲笔信全文。

各位关注我的朋友:

大家好,很抱歉隐瞒了大家这么久,我确实是林斯平。

年幼时有幸参演电视剧《大侠》,能被大家惦记这么久,是我人生的幸事。但我无志闯荡娱乐圈。我的梦想很简单,那就是开一间自己的店铺,可以自己制作食物;拥有并专心照顾自己的家庭。

我并不是一个有远大志向的人。

不巧的是,在高中时期,家里发生了一些事情,让我离梦想更加遥远。勉强完成学业之后,我用自己凑到的三万块钱加盟了美食品牌,购置了推车，在南市天骄公寓下卖烤鸡烧鸭，希望可以凑够买店面和装修的钱。

我把这份工作看得很重要，公司送我的围裙被我当制服穿着，每天都洗，绣线断了我也自己动手补回去，围裙都被我洗得有些褪色，这些我记得这么清楚，还因为这是我第一次遇见曾贝时的穿着。

在那个夜晚，我在收工前遇见一位向我寻求帮助的女子，我为她打了车并送她去了医院。这个人就是我现在的妻子曾贝，那时我并不关注娱乐圈，她名气也不大，所以我只将她看作是公寓的普通住户，直到到了医院后，她的经纪人将我们载走，我才知道原来她是一位艺人。而后续引起的网络热议，也让我开始尝试去了解这个圈子。

这件事情发生后的一个月内，我还是在照料着我的小摊，直到那天南台的导演组在采风时发现我，问我有没有兴趣参加他们正在策划的选秀节目，只要拿到一定的名次，我就可以得到一笔可观的奖金。我想这笔钱正好可以用来装修未来的店面，便答应了。

我没有经纪公司，造型全由南台负责，针对我的身材和长相，我被设置成了大家在电视上见到的样子，平头，冷淡风。但我知道自己真实的性格不是这样的，我喜欢粉红色，喜欢手工，想开甜品店，是世俗眼光中"奇怪人"的一种。

在节目中我再次遇见了曾贝，我后来被分到E班，她成了我的导师。她非常认真、严厉，却也很温柔。在那个送她前往医院的夜晚后，她偶尔来光顾我的小摊子，我们聊过天，她知道我的真实性格却为我保密，并愿意理解我、鼓励我，这让我深受感动，让我沦陷。

在比赛中，我看见了许多比我有能力又愿意努力的人，我必须承认，我在比赛中的成绩有一部分来源于当年参演过的电视剧。那天我站在舞蹈室看大家奋力练习跳舞，突然觉得愧疚：这个舞台应该留给梦想着更大的舞台的人，而不是我这样打从一开始就决定当个过客、有其他目标的人。

于是我选择了退赛。辜负了大家对我的期待和喜欢，再一次向大家表示我的歉意。

在宣布退赛之后，我与队友们完成了接下来的节目录制。这时曾贝找到我，问我以后决定怎么办，会去继续支摊子吗？我回答是的。

"那你不如给我当营养师吧，我给你开工资，反正你做菜这么好吃，而且手工也很好。"她是这么对我说的。我问她会不会觉得我很奇怪，居然喜欢这些东西。她说不会。

"我喜欢你喜欢这些东西。"

这句话给了我莫大的鼓励，之后我们也走到了一起。那一天是八年前的五月二十日，她为我手工缝制了一条围裙，款式和我第一次见到她时的那件一样。她在上面歪歪扭扭地绣了几个大字——小贝的大厨。

那条围裙我一直穿到现在，这是我的新制服，我很喜欢。

我想说我很庆幸，这么多年过去了她还是我最喜欢的那个样子。这一次和大家再见是一个意外，我也得以趁此机会向大家坦白我真实的样子。

幸好她也一直喜欢这样的我。

我现在过得很好，希望看到这里的你也是。

林斯平

两人答记者问的视频就在这里了，大家自己看！

【视频】

1楼：开"粉兔"的微博是因为和曾贝结婚有娃了，忍不住想晒一晒……我酸了。

2楼："喜欢粉色和手工，但前经纪人说这样不符合硬汉人设，要纠正，所以在选秀节目里面对镜头时很难受。自己做的娃娃被曾贝发现后对方觉得很可爱……"所以这就是爱情开端？

4楼：何止啊……比赛前就知道了，这性格正好和曾贝互补，曾贝之前不就是因为林奕志要她当全职家庭主妇，她才在微博爆发骂人的吗，那时候大家还嘲笑她反正不红回家伺候家里算了，没想到……

5楼：粉兔子和灰狼玩偶买不到是因为那是他自己做的……我服了，林斯平牛。

11楼：林斯平甜品屋开了吗？没有的话不也是没实现梦想……

13楼：楼上，你看视频！林斯平的甜品屋就是横店很红的那家"BeBe"啊！

15楼：我求当年的节目组把后台花絮放出来！林斯平当年居然这么老实回答未来梦想是"开甜品店的家庭煮夫"？哈哈哈，曾贝看见了居然找他说了一句"我养你啊"！我想他是听完这句话高高兴兴退圈实现梦想去了，根本不是什么站在舞蹈室心有愧疚吧！

21楼：这酸酸甜甜的感觉怎么回事？曾贝那种林奕志说两句要她相夫教子就暴起撕破脸皮破口大骂的性格，亲手给林斯平做围裙。

22楼：我看是做制服……

25楼：不止，昨天新楼知情人士爆料，曾贝去年和今年有两套造型是林斯平设计做的，这两个人要不要这么甜？

30楼：互做制服？

论坛>八卦江湖>【平贝】林斯平掉马后晒得肆无忌惮

主楼：【图片】

林斯平晒全家福了，自己和曾贝露了脸，俩闺女戴了灰太狼面具！

1楼：想采访一号楼楼主的心路历程。

2楼：@一号楼主

55楼：大家好我是一号楼主，现在心情很复杂，我以为自己挖到一个惊天大料，没想到这其实只是一顿全檬宴的前菜。我这几天收到很多艾特问我感觉如何，我觉得吧——

在这世界上能遇见与自己互补又相爱的人不容易，希望你也能遇见那个愿意接受你，为你做制服的人。

还有，柠檬味狗粮其实也挺好吃。

文 / 茶茶好萌

山林 ✕ 有鹿

—— 有趣的打字机,主写都市现代言情小说,微博 @ 茶茶好萌 ——

01

秋意甚浓,冷风刮过枝丫,枯黄打着旋落下,轻飘飘铺了满地。

鹿柠扫开肩膀上的落叶,走进超市,室内的暖气让她松了松围巾,可在看到樱桃的价格后,她的喉咙又凉了凉。

好贵。

准确地说,在万山这地界,于她这个穷鬼而言,就没有便宜的东西。

"唉。"鹿柠叹了声气,视线流连樱桃半天,还是决定吃一天小番茄。等明天那人回来了,再让他买上几盒樱桃放冰箱,也不失为一个好办法。

这么想着,鹿柠的马尾突然被人从后面拽了一下——

她回头,入眼便是一张清俊干净的脸。

哪怕是看了整整二十年,鹿柠也不得不承认,这是一张五官无可挑剔的面孔,否则这些年也不会有那么多人前仆后继地想要勾搭他了。

"你怎么今天就回来了?"她后知后觉地摸了摸头发,又打了对方一下,"叫你别拽我头发,拽秃了怎么办?"

林峥看了眼她手里的小番茄,直接夺过来放了回去:"你不是不喜欢吃这个吗?"

鹿柠闻言，忽然促狭地转了圈眼珠子，一把挽住他的手，笑得巴结又讨好："林峥，我想吃樱桃。"

林峥垂眸乜她："又乱花钱了？"

鹿柠心虚地摸摸鼻子："最近天气太冷了，没忍住，就买了两件大衣。"她花钱大手大脚的毛病从小就有，以前有爹妈护着，现在有林峥兜着，不然就她那一月四五千的工资，连给她塞牙缝都不够。

林峥想起公寓里那拥挤的衣帽间，不免有些头疼。现在他只盼空间还够用，可别让鹿柠把魔爪摸到他书房去，到时候敲敲打打装修要好几天，她又该跟他打长途电话抱怨了。

林峥拉着她往回走，又往购物车里放了三盒樱桃，说："吃完了再来买，囤着放冰箱也不新鲜。"

鹿柠连连点头，又指了指零食区："还要巧克力。"

她撒娇的时候，总是靠人特别近。

林峥几乎是半搂着她逛完了超市一层："还要什么？"

鹿柠吃人嘴软，乖巧地摇头说："没了。"

"那就去结账。"

鹿柠这才发现不对，又问林峥："你的行李箱呢？"

林峥是飞行员，一年三百六十五天有三百天都在天上飞。这次他上大班，也就是飞长途，说是外出五天，结果这次提前一天回来了，估计是调度那边有变动。

这会儿他身上的制服都没脱，只拆了标，一身笔挺，一件长款黑大衣加在外面，不带风尘，依旧神采奕奕的模样。

鹿柠靠近些，还能闻到他身上古龙水的味道。出门在外，这人向来注意形象，想来也只有她才知道他在家里不为人知的一面了。

林峥给了她卡片,让她去取寄存的行李。等鹿柠把行李拿过来,林峥也结完了账。

俩人相依偎着走进风里。

独自一人出来时还好,但此刻鹿柠身边多了林峥,人也就变得娇气起来。她两手空空地藏在林峥的臂弯下,觉得暖和极了:"你还没回答我呢。不是说明天早上才回来,怎么今天就回来了?"

"航班变动。"林峥捏了捏她软乎乎的脸,"我早回来一天不正好给你买樱桃?"

"可你过两天肯定又要有任务了。"飞来飞去的,她想见他一面都难。

林峥搂她更紧了,不疾不徐地说:"如果我记得没错,你之前好像说过一句话。"

"什么话?"

"你说,巴不得我到处乱飞,这样就可以给你带礼物了。"

鹿柠浮夸地瞪他:"我有说过这么没良心的话?"

"下次我会记得录音的。"

"那你这次给我带礼物了吗?"

"你说呢?"早在他出发前她就给他发了包包的款式,还暗示,他要是不买,人也别回来了。

鹿柠嘿嘿地笑:"林峥,你怎么这么好啊。"

林峥一时无话可接,进了小区单元楼才低头咬住她耳朵。

"所以懂懂,你想好要给我什么奖励了吗?"

02

"懂懂"是家里唤鹿柠的小名。

至于林峥口中的奖励,那就更简单了。

因为从鹿柠搬去和他同居开始,这奖励的方式就没有变动过。唯一的后遗症就是次日腰酸背痛得厉害。

这回林峥"饿"了大半个月,上来就又啃又咬,他是舒坦了,倒把她整得恹恹的,手都不愿意抬一下,只能动嘴皮子,让他喂自己吃东西。

半碗粥下肚,鹿柠恢复了些许精气神,她抬起眼皮看林峥:"前天伯母给我打电话了,让我今晚回去吃羊肉煲。"

"我妈怎么没给我打?"

"因为伯母更疼我呗。"

林峥不置可否,沉默着给她喂完了粥,末了问:"休息好了没?"

鹿柠下意识拉高被子:"不能再亲了。"

林峥一怔,揶揄地笑:"我只是想说,如果你休息好了,我们可以早点回去吃羊肉。"

羊肉煲是林母的拿手菜,也是鹿柠最喜欢的菜肴之一。

林峥满肚子坏水,鹿柠才不信他的鬼话,她撇撇嘴:"那你出去,我要换衣服了。"

"又不是没见过。"

这回鹿柠的脸是真的红了,顺手抓起一个枕头就扔他的脸,大喊:"快点出去!"

林峥笑,懒洋洋地站起来,又懒洋洋地走到房门口。

他没关上门,只留下一句话:"哪有房客赶房东的?鹿柠,也就是你。"

　　房客与房东,是鹿柠与林峥最开始的关系。

　　鹿柠被娇养长大,对金钱一直没什么概念,为了锻炼她,鹿父从她毕业后就断了她的经济来源。

　　美其名曰,自食其力。

　　起初鹿柠还能适应,和同事合租了一间五十平方米的小公寓。可坏就坏在有公主病的她和大大咧咧的同事生活理念完全相悖,日子一长,矛盾升级,刚过一年,俩人就不欢而散。

　　为了避免鹿父嘲笑自己,鹿柠只得在荷包掏空之际找上了林峥。

　　和鹿柠的咸鱼模式不同,林峥从小就是"别人家的小孩"。成绩优异,相貌堂堂,从不以父母钱权作仰仗,学生时期端过茶水卖过报,也曾跑过长途马拉松,体验生活,积攒经验,全凭脑袋瓜和自身的身体素质在自己的兴趣领域有了一席之地。

　　做飞行员是他的梦想,他做到了。

　　并且做得很好。

　　那时林峥已是事业有成的大好青年,有车有房还有钱,是众人眼中的香饽饽。

　　在找他求助前,鹿柠还纠结了那么两天。

　　因为之前闹别扭,她已经好长一段时间没有和林峥联系了。

　　所幸,林峥大人不计小人过,不仅借钱给她解决燃眉之急,还给她提供了住所。

　　他说,自己长年累月地在天上飞,她住过来,也能给屋里添点人气。

　　好无私一男的——如果不是后来林峥露出了獠牙,鹿柠也许会一直对他感恩戴德的。

可惜没如果,狼就是狼。

就鹿柠这细胳膊细腿的,压根就斗不过他,她才入住半个月,就被吃干抹净了。

目送林峥出去,鹿柠咬牙切齿,她盯着那半敞的门缝好一会儿,到底放弃挣扎,卷着被子下了床。

可就在此时,林峥却像算准了一般再度出现,她一声尖叫还卡在喉咙,就被他拦腰抱起,连人带被地给丢在了床上。

"林峥,你耍赖!"

林峥慢条斯理道:"是啊,你才知道吗?"

03

从鹿柠记事起,林峥就在她身边了。

鹿林两家是通家之好,同在一处小区,挨得极近,不算园林范围,也就隔了一条道的距离。小时候家里大人不在,鹿柠便会被送到林家来,待上一整天,等到了晚上再被接回去。有些时候,她还会留在林家过夜——

林母是个颜控,很喜欢鹿柠,专门给她留了一间公主房,就在林峥房间的隔壁。

小时候的鹿柠并不喜欢粉粉嫩嫩的装潢,但她不会拒绝,只会迈着小短腿爬上林峥的床,死死地抱住他,以防他把她踢下床,然后再此地无银三百两地说:"林峥,你别怕,懂懂来保护你了。"

这样的保护一直持续到林峥上初二才结束。

上过生理课以后,林峥就再也无法直视在自己跟前不计形象的鹿柠了。

为了躲她,他甚至还给房间上了锁。

也是从这以后,鹿柠才一改黏人招数,和他玩起了相爱相杀的套路。

话说回来,以前的林峥是接受不了鹿柠喊他姓名的。

他大她三岁,只是讨声"哥哥"而已,不过分吧?可鹿柠不。她绝不叫他哥哥,从来都直呼其名,就算到了学校,也是理直气壮地站在教室门口,拉住一个人就说:"同学,帮我叫林峥出来。"

在学生时代,林峥最常听到的一句话便是:"林峥,你家那小妹妹又来找你了。"

你家那小妹妹。

这几个字,堪称魔咒,余音绕梁。

有那么两年,林峥嫌弃过鹿柠这块没有礼貌的牛皮糖。可他嫌弃归嫌弃,却是不准许别人轻易置喙的。从小到大,林峥为鹿柠打过的架不计其数,还有些荒唐的,连鹿柠本人都不知道。

太丢人,不提也罢。

不同于鹿家夫妇都是工作狂的人设,林母是位典型的家庭主妇,她将家里的花园整成了菜园,想到什么种什么,竟也料理得不错。

烹饪时,常常直接从园里取用就足够了。

"伯母真的是太厉害了。要我养,别说结果,这些苗苗连开花都是问题。"

林峥拽她头发:"你负责吃就行了,废话这么多。"

鹿柠一脚往他鞋头踩，没踩准，就蹭了个边，她低声威胁："你再拽我头发，小心我半夜把你头给剃了。"

拽拽拽，这一拽就从小学拽到现在，敢情不是他的毛，竟一点也不懂珍惜。

林峥丝毫不惧，反而气定神闲地低头看她："隔墙有耳。小心一会儿全小区的人都知道你跟我同居了。"

鹿柠：……

两家人还不知道家里俩小孩同居了的事。

搁他们眼里，林峥和鹿柠，那就是一对冤家，说两句就能吵起来，更别提什么朝夕相处的戏码了，简直天方夜谭——所以说，万事无绝对。

昔日一见面就斗嘴的俩人，现如今，还真就成了零距离相处的亲密关系。

只不过，暂时没有公开。

因为鹿柠压根就不想面对家长们夸张的反应。

他们一旦知道，那就代表婚姻也该提上日程了。

她才多大啊？

过早跳进婚姻的坟墓，届时后悔了怎么办？

再说了，林峥太狗，她可不想那么快就便宜他。

04

因为事先打过招呼，林母看到林鹿二人一块进屋，并不意外。

她无视了自家儿子，去拉鹿柠的手，问她有没有先回家一趟。

鹿柠摇头："我直接就过来啦，先来看伯母才是最要紧的事嘛。"

又拍马屁。

林峥在一旁"嗤"了声，径直上楼，头也不回。

鹿柠偷偷瞪他背影一眼，却又觉得他这样的反应才正常。如果他表现得再体贴殷勤一些，那瞎子都能看出他们俩之间的不对劲。

林母惯性无视，连夸鹿柠嘴甜："你爸妈开会去了，要晚上才回来呢，他们有跟你说吧？"

"有的。"

像这样的情况，鹿柠早习惯了。

她岔开话题，嗅了嗅空气里的饭菜香，霎时两眼放光："羊肉煲做好了吗？"

"鼻子真灵。才刚做好，还很烫，我先给你盛点儿？"

"好的呀。"

鹿柠很喜欢林家的家庭氛围。

男主外，女主内。林父严肃正经，林母贤惠温柔，而林峥则集齐了夫妇俩身上所有的优点，聚成了发光体。光芒万丈，亦是理所应当。

反观她，性格娇纵，不够聪明，就连能考上大学，都是托了林峥的福。

鹿柠的学习成绩一直都很平庸，年级总共八百人，她的成绩排名大多在五百名飘荡，混中游，且偏下。

她安慰自己，她比同级生年纪都小，稍微笨点，也能说得过去。

可林峥才不听她说这些废话。她升高一那年，新学期伊始，林峥就给她扔来了一摞的资料："从今天起，我给你补课。"

她愕然:"你不都要高考了吗?"

"所以啊,"林峥一本正经,"温故而知新。给你补习,就当作是给我复习了。"

毫不夸张,当时穿着校服的林峥在鹿柠眼里,就是一尊玉面修罗。

什么实验校草?什么十年男神?给自己补习的林峥,四舍五入,跟年级那位地中海主任也没什么差别。

最要命的是,没有一个人反对他的"多管闲事"。

鹿柠只能被迫接受,并自我催眠,熬过了这一年,等林峥上了大学,没空管她,她也就能解放了。

结果是她想太多。

林峥考的是本地最有名的航空大学。正好他所在的校区离家还特别近,除了考试周,他的时间多得比任何时候都过分。

鹿柠还没开始庆祝,即将解放的喜悦就被扼杀在了摇篮之中。

她彻底没辙了,再度妥协。

所以高二高三那两年,她的每个周末,都是在林峥学校的那栋逸夫楼里度过的。

枯燥,单调,且乏味。

逸夫楼五楼自习区那扇框住了她与林峥两年的窗户,如果能有摄像功能,待她回头看,画面一定千篇一律:

林峥穿着各式各样却挑不出分别的白衬衫坐在她的对面,盯着她写语文、写数学、写英语、写理综,一丝不苟地帮她检查所有功课。然后,在补习结束时,他会拍拍她的脑袋,对她说:"今天的懂懂很乖,想吃什么?我请客。"

她每次的回答都不同,但林峥每次都满足了她。

估摸是日复一日地吃白饭让她不好意思了,后来的鹿柠果真成功考上了林峥的大学。

只是很不巧,她好不容易实现了与林峥幼儿园、小学、初中、高中、大学都在一个学校的目标,林峥却要出国了。

也就是在那个时候,俩人真正意义上地拉开了距离。

她大一,刚入学,就因大学校园的各种社交活动忙得脚不沾地。

他大三,刚开学,就拿到学校给的名额飞往异国培训,为期一年。

距离使人疏远,但也正是因为距离,鹿柠才发现,自己是真的很想林峥。

而且是,想他想得不得了。

05

晚饭时间,鹿柠自告奋勇,上楼去叫林峥吃饭。

林家和鹿家格局相同,鹿柠轻车熟路地爬上三楼,她站在林峥房间门口,没有破门而入,而是装模作样地敲了敲门:"林峥,吃饭了。"

"进来。"

房间隔音效果好,林峥的声音传得有些模糊,鹿柠又敲了敲:"那我进来了哦?"

林峥没再回。

鹿柠摸摸鼻梁,扭动门把。

房里没开灯。

鹿柠眯起眼,隐约在床上看到一道隆起的形状。她开了门廊壁灯,轻手轻脚地走到床边,蹲下,摸索着去拉被子边缘,看到男人的睡颜,不免放柔了声:"你一直在睡觉啊?"

林峥闭着眼去抓她手,嘟哝道:"手怎么这么凉?"

这时候的林峥,是最好说话的,又软又萌。鹿柠想。

"刚刚去洗手了,还擦了护手霜。"哄小孩儿似的,她将手往林峥脸上凑,"你闻闻,玫瑰味。我说好闻,伯母就说送给我了。"

林峥勉强睁开眼,看她:"家里什么不是你的?"

她努努嘴,把他睡松了的头发向后梳:"该下楼吃饭了。"

"没力气起来。"

鹿柠便伸手进被窝去抱他的腰:"我拉你。"

"你拉我?"

言语间全然在笑她的不自量力,林峥不过轻松一拽,就把她拉进了自己的怀里。

俩人瞬间贴紧。

林峥说:"再陪我睡会儿。"

鹿柠一时间心脏狂跳:"不行的!"

"为什么?"

"伯母还在楼下等我,她知道我上来,我不能留太久,要是被发现了怎么办?"

"那就发现。"

鹿柠一呆,没话了。

被窝下,他们俩的温度逐渐融合。

鹿柠头脑风暴十几秒,还是决定下床:"你不吃我吃。"

林峥却不让她动,只沉声问:"懂懂,你在怕什么?"

不说别的,就说林母有多喜欢鹿柠,是所有人有目共睹的。最让人头疼的婆媳关系都不用担心，她有什么好犹豫的？

鹿柠此时脑子里一片空白，囫囵半天才说出一句："我还没准备好。"

"准备什么？"林峥扣住她的手，翻身把她压在身下，俩人在黑暗中对视，鹿柠瞳孔放大，林峥目光如炬，"只要你想，我现在就可以拉你下去，给我妈介绍我们俩的关系。我跟你保证，她绝对是最乐意听到这消息的人。"

"可是……"

鹿柠小心翼翼地问："如果我们后来分手——哇，很疼！"

几乎是"分手"二字刚出口，林峥就用力攥紧了鹿柠的手，他黑着张脸，像被惹怒了："不疼你不吃教训。"

鹿柠有些委屈："我是说认真的。如果我们分手了，两家人岂不是很尴尬？"

哦，原来比起他们俩的未来，她更在意这个。

林峥一点也没有考虑分手这个可能性的兴趣。

他阴着眸子松开她的手，翻身过去，不再压她。

"行了，你出去吧，我一会儿就下去。"

身上变轻的那瞬间，鹿柠鼻尖酸得眼眶也跟着发胀。

林峥生气了，她又搞砸了。

明明俩人刚才还好好的，仿佛再暧昧一点，他就能吻下来了。

可是没有。

鹿柠闭了闭眼，下了床，说："那我就先下去了。"

06

说起俩人在一起的经过,委实有些荒唐。

那天是林峥的生日。

鹿柠入住万山后,白吃白喝也有两周了,借着生日的东风,她做了一桌的饭菜等林峥回来,还准备了酒。

林峥当天飞的是短途,恰逢早班,他乘着八点钟的夜色回到万山,看到一桌子的饭菜,不禁一愣。

"都是你做的?"

"是的啊。"鹿柠受他恩惠,狗腿得很,上前给他脱大衣不说,还帮他拿出了拖鞋,"今天你生日嘛,应该庆祝一下的。"

林峥问:"什么时候学会的?"

"和同事租房住的时候。"鹿柠帮他挂起衣服,"我又存不住钱,哪经得住天天吃大餐。算来算去,还是自己做饭划算,就学咯。"

林峥看桌上的菜,品相有六分,香味闻着也不错,他笑道:"那么缺钱也没联系我,有进步。"

知道他在揶揄自己前段时间玩冷暴力的幼稚行径,鹿柠鼓鼓腮帮子,念他生日,就不和他计较了,只说:"你先坐下尝尝嘛。"

林峥依言坐下,接过她递来的筷子,第一筷,献给了离他最近的莴笋炒肉。

鹿柠急需得到认可,她看林峥细嚼慢咽,恨不得帮他吞了,等他吃下,忙问:"怎么样怎么样?"

林峥吃相好,顶着她虎视眈眈的眼神也面不改色:"不错。"

鹿柠松了口气,却故意摆脸:"才不错?我好不容易下厨一次,你也不懂说点好听的话。"

林峥睨她,让她伸手出来。

"干吗?"

"你伸手。"

鹿柠伸出手去,畏畏缩缩,生怕他恶作剧地打下来。

但他没有这么做。

他只是用指尖戳了戳她的掌心,又揉团子似的握了握,说:"手都糙了。物以稀为贵,这种事,一年做一次就好。"

自她住进来,他就安排了阿姨过来照顾她的饮食起居。如果不是今天,他都不知道她还学会了做菜这件事。想想真是不该,她跟他闹脾气,他竟也幼稚得不愿妥协,白白害她遭了这份罪。

这话七拐八绕,鹿柠有点晕,干脆问:"那你到底感不感动啊?"

林峥失笑:"这还需要特地说明吗?"

她郑重点头:"需要。"

林峥垂眼,俩人的手还握着,没松开。

于是他拉她更近一些,一字一顿:"谢谢懂懂,我很感动。"

分明刚刚还在嫌弃他轻佻的态度,可他一认真,鹿柠倒不自在起来。

她迟钝地抽出手,嗫嚅着:"哦,不客气。"

这一顿饭,他们吃了很久,吃到后面,还碰起了酒瓶。

酒精在身体里发酵,血液沸腾,温度升高,连空气都透着一股抓人的暧昧。

鹿柠朦朦胧胧地看着林峥从饭桌对面绕过来,她磕巴地问:"你过来干吗?"

林峥却反问:"懂懂,你醉了吗?"

她醉了吗?

鹿柠不知道。等她再有意识,已是第二天清晨。

而且是一个,风和日丽,身边躺着林峥的清晨。

07

两人都不是什么忸怩的性格,认识多年,窗户纸一捅破,合则聚,不合则散。

就这样,他们稀里糊涂地确认了关系。

在此之前,鹿柠还特地向林峥确认了一件事。

"昨天晚上,你到底醉没醉?"

林峥心满意足,好说话得紧,搂住她的腰就往被子里拉,他答:"你当我是什么?醉了怎么还有力气跟你'胡来'。"

那就是没醉。

鹿柠用手抵住他胸口:"那你是蓄谋已久啊!"

他嘲弄一笑:"就你这智商,还需要我蓄谋已久?"

臭林峥,讨厌鬼。

鹿柠气得咬他,不一会儿,又让他逮着机会亲了一口。

到了晚上,鹿柠后知后觉,踹了身边的林峥一脚——从白天俩人确定关系,他就搬来了次卧,当真臭不要脸。

她问:"林峥,你是什么时候开始喜欢我的?"

林峥回答得很快:"你高一那年。"

鹿柠诧异,掰着指头数:"呀,都七八年啦!"

林峥看她:"你能收一收脸上的得意吗?"

"我不!"

鹿柠情绪亢奋,往他怀里一倒:"那你当年给我补课,也是因为你喜欢我吗?所以才那么迫切地想要我成绩提高……"可不等他回答,她又扼腕,"哎呀,你应该早点跟我告白的呀。没准我善心大发,就接受你了呢?"

"善心大发?"林峥欺身挠她痒痒肉,"我要不是怕耽误你学业,还用得着你善心大发?"

鹿柠最怕痒,被他弄得哇哇求饶,又哭又笑,眼泪都要掉下来,她气道:"我又不喜欢你,怎么就不算善心大发了?"

林峥听了,并不觉得恼怒。像是抓住了蛇的七寸,他握紧她的命脉,字字透着自信。

他说:"懂懂,你也喜欢我,为什么不承认呢?"

08

为什么不承认?

因为承认了很丢脸啊。

少女的心思总是别扭又拧巴。从小到大,鹿柠最黏的就是林峥,他去哪儿她跟哪儿,他一点点的情绪变化,都能左右她的心情好些天。

回顾以前,鹿柠的每一次最难过,都与林峥有关。

鹿柠的第一次最难过,源于林峥将房间换了锁,不让她进去,不让她爬床;

鹿柠的第二次最难过,源于林峥要出国培训,让她三年多的努力成了竹篮打水一场空;

鹿柠的第三次最难过,源于林峥回国后,除了刚开始有几天陪着她,其他时候都忙得像陀螺,连她生病了都不知道;

鹿柠的第四次最难过,也就是最近那场冷战的起因,源于林峥身边多出了一个与他十分"登对"的异性,漂亮知性又大方,让她一见,便自惭形秽。

优秀的人总有优秀的人配对。

而像她这样的咸鱼,却还在因为室友偷用了自己的化妆品而悄悄生闷气。

她好想向林峥吐槽,可是她不敢。她生怕林峥不赞同地看着她,对她说:"鹿柠,你能不能成熟一点?"

正因为这份不敢,鹿柠拖啊拖,一拖就是大半年,早就过了和林峥和好的时机。

他们都长大了。

以前和好不容易,光是主动开口可不够,还得做出行动来讨好表决心;现在和好很容易,只要主动开口就可以,可人却再也没了往前迈一步的勇气。

其实冷战的这几个月,林峥是有联系过鹿柠的,还不止一次。

他那么忙,却还是会在每次飞回来的时候给她发消息。

鹿柠每条消息都看到了,可没有一条是回的,因为那段时间关于林峥的流言真是太多了。

大家都在传,林峥和他们公司的一个空姐在一起了。消息传得有鼻子有眼的,传到鹿柠耳边,内容全然升级为:林峥喜欢比他大的女生。

反正,林峥一定不会喜欢鹿柠这样的。

人陷得越深,就越容易怯懦。

鹿柠不肯承认,只能自暴自弃地想,她是为了林峥好。

林峥有了对象,如果她还和他纠缠不清,他对象会不高兴的。

直到最近,她又听到有人说,与林峥传绯闻的那个空姐嫁给了一个公司大老板,连婚纱照都拍了。大老板脑袋圆滚滚,肚子圆滚滚,很是富态。

鹿柠的第一反应就是,林峥该多伤心啊,他居然输给了一个"胖冬瓜"。

正好自己也受不了同事偷用她东西的坏毛病了。两个可怜人,就应该抱着相互取暖啊。多好下的台阶,过了这村可就没这店了。

鹿柠想得有理有据,可给林峥拨电话的时候,她手心都冒汗了。

电话很快接通。

林峥的第一句话便是:"憧憧,我还以为你要一辈子都不理我了。"

他还叫她憧憧,那就还是她熟悉的林峥。

鹿柠有些鼻酸,却也没了大半年不联系的疏离感,她为自己辩驳:"明明就是你有了女朋友。你要知道,女生都很小心眼的,我和你保持距离,也是为你好。"

哪知林峥反问:"谁说我有女朋友了?"

鹿柠抽抽鼻子:"大家都这么说啊。"

林峥:……

鹿柠似乎听到他在叹气。

两秒后,他开口:"说吧,找我有什么事?"

说到正事了。

鹿柠提了一口气上来,支支吾吾道:"林峥,你能借我点钱吗?我想自己租房子住……"

"你那室友呢?"

就算没有联系,林峥照样能对鹿柠的生活动向了如指掌。

鹿柠没发现不妥,失落地答:"黄了。"

林峥默然几秒,提供对策:"钱我可以给你,但也只能解决一时。这样,我这边有空房,你搬过来和我住吧,我不收你钱。"

09

饭桌上,林母很快就发现了鹿柠和林峥之间的不对劲。

看来又吵架了。

林峥说成熟也可,说幼稚也罢。这极端的两面,他全都展示给了鹿柠。

鹿柠给他夹了块羊肉在小碗里,他装没看见,自顾自夹了好些吃,就是不吃她夹过来的那块。

林母看不过去,桌下用脚踹他:"林峥。"

林峥懒散抬眼:"怎么?"

鹿柠也跟着看过来。

真别扭。

林母叹,用眼神示意他:"给懂懂夹菜呀,她最喜欢吃香菇了。"

林峥垂眸,过了一会儿,用公筷给鹿柠夹了一筷子的香菇。

"吃。"他说。

鹿柠撇撇嘴,委屈巴巴地低头吃了。吃完又偷眼看林峥,见他脸还是冷的,心里难受,连嘴里的羊肉都不香了。

她抿抿唇,本在桌下安分的腿,突然动了动——

林母被冷不丁坐直的林峥吓了一跳:"你干什么呀?吓妈妈一跳!"

林峥却瞪着鹿柠:"鹿柠,你给我出来一下。"

林母比鹿柠更慌,忙拦着他:"林峥,不许欺负懂懂。"

自家母亲太偏心,林峥额角一阵抽疼,他二话不说就拉过鹿柠的手拽到自己身后,又压着不知从哪儿起的火对林母道:"我那不是欺负,是教育。"

"什么?"

趁林母愣神,林峥拉着鹿柠往外走。

秋风凛凛,离开了温暖的室内,鹿柠冷得一哆嗦。

被改造成瓜果菜地的园子蚊子好像有点多。鹿柠出神一想,眼前就陷入了黑暗。

林峥把她拉到光线死角去了。

她抖声:"林峥……"

"知道怕了?"林峥捏着她的后颈,"刚才在饭桌上怎么就那么胆大包天?说说,拿哪条腿蹭我的?"

鹿柠沉默地看他。

他脾气说好不好,说坏不坏,但再怎么样,最后也总是会顺着她的意见。她就是被他惯坏了,所以才常常忘了顾及他的感受。

像他这样优秀的人,哪该这般卑微呢?

也该得到一些回馈了。

鹿柠突然踮脚亲了他的下巴。

林峥愣住,听到她说:"林峥,你别生我气了。"

10

其实林峥哪里会真的生鹿柠的气。

他年长她三岁，俩人从小一起长大，是外人眼中最亲密的青梅竹马。

以前上学的时候，他时常会听到别人对鹿柠的臆测，说她脾气大、有公主病，还是爱哭鬼、马屁精……但他从来不会听进去，因为他才是最了解鹿柠的那个人，别人再怎么说，也只能担上个嘴碎的名头。

鹿柠是他看着长大的，缺点也好，优点也罢，旁人说她不好，那他这个帮凶也难辞其咎。拴在一条绳上的蚂蚱，她犯了错，有他来管，有他来护，容不得别人来废话。

这样的认知，林峥并非一开始就有。

真正让他正视自己和鹿柠关系的契机，是在鹿柠高一那年，九月三十日，国庆的前一天——他记得很清楚。

鹿柠翻围栏钻进他家花园，扔石头敲他窗，在玻璃上磕了几道印子，到现在都还在。

那晚他本该生气，气她控制不住力道差点把窗户打碎。可他一探出头，见到她哭得红肿的眼，就再也气不起来了。

顾着鹿柠的面子，他悄声下楼接应，将她偷偷带到了自己的房间。

仔细一想，那好像是他换锁以后鹿柠第一次进他房间。

鹿柠一进屋，就抓着他的袖子往脸上擦了擦，她吸着鼻子，小声地问他："林峥，我今晚能在你这睡吗？"

林峥看了眼她脏兮兮的袖子，默默脱下外套，也没说可不可以："怎么了？"

鹿柠对他从不隐瞒，直言："我爸妈在吵架……你别这么看我，他们虽然经常吵架,但这次不一样,这次吵得很重,因为……"

有些难以启齿,她咽了口唾沫:"因为我爸在外面养了个小三。而我妈半斤八两,在外面也找了个情人。"

林峥:……

鹿家夫妇很疼鹿柠,没错。但这并不妨碍他们夫妻关系不合,貌合神离,即便心里惦记着女儿,也很少有陪伴的时间。不然,鹿柠也不会经常往林家跑了。

她几乎就是在林家长大的。

鹿柠扑在林峥的床上,蜷在被子里:"你也很吃惊对不对?我听到的时候腿都软了,但这并不能让我难过。让我难过的,是他们明明知道我在家,却毫不避讳,张口闭口就是离婚,完全没有把我当回事……"

说到这里,鹿柠又想哭了。

林峥忍着她将眼泪蹭在被子上的行为,蹲了身子,帮她脱鞋:"谁让你不脱鞋就上我床的?"

鹿柠乖乖让他脱,却不满:"你这什么关注点啊?我这么可怜,你不该关心一下我吗?"

"我不关心你的话,又怎么会让你进来?"

鹿柠努努嘴,在他脱掉鞋的瞬间把腿缩进了被子里:"反正你今晚别想赶我走。"

"不赶你走,先把腿拿出来。"

她警惕:"干吗?"

"你受伤了。"林峥无奈,"你难道不知道痛的?"

鹿柠后知后觉,掀开被子一看,好家伙,小腿被划破了,有一道很长的红痕,她光顾着哭,竟毫无察觉。

这会儿才疼起来。

她带着哭腔:"一定是刚才翻围栏弄的!"

"好好正门不走,翻什么墙?"

"我不能让伯母看到我哭呀,她会难过的。"

林峥一滞,见她双眼通红,鼻尖透粉,青涩的模样能品出酸,却有回甘。

她长大了。

林峥的喉咙就像是被突然塞了一团棉花糖,他说不了话,可舌尖一动,尽是甜味。

他找来药箱,给她上药。

这种事他老做,习惯了以后,手法娴熟,又轻又稳。

他轻道:"我妈看到不是正好?她会给你主持公道的。"

"那我也不想她替我忧心,伯母只要负责开心就好了。"

鹿柠看他专注认真,不由用指头戳了戳他的额头,补充说:"林峥,你也一样。等今晚一过,事情就能翻篇了,你不用替我出头,大人的事大人会处理,只要你还站在我这边,就够了。"

书房里爆发的争吵让她倍感孤独。她无处可躲,又想要有所依靠。

林峥这里是她唯一的去处了。

而林峥直至涂完药才轻轻地"嗯"了一声。

他看得出,鹿柠很珍惜林母林父对她的好。

她对此有所顾忌,他能理解,却又更想要她的安全感能够全部来源于他。

那该多好。

11

吃完晚饭,鹿柠同林峥回到万山。

两人在客厅亲亲抱抱磨蹭了许久。等结束,再沐浴,已是深夜。

鹿柠睡得很沉。

日有所思,夜有所梦,她梦到了林峥。

她梦到林峥不要她了。

梦里她不停地哭,求林峥别走,可林峥十分决绝,连碰都不让她碰,丢下一句"是你不要我的",就拉着一个女人离开了。

而他牵的女人,不就是前阵子才和大老板结婚的那个空姐吗?

鹿柠记忆一时出了偏差,难不成和空姐结婚的不是大老板,而是林峥?

像是要验证她的说法,她眼前一晃,出现了一张结婚照,空姐还是那个空姐,可男方的脸,赫然换成了林峥!

鹿柠立马就哭醒了。

她睁开眼,只见林峥满脸担心地看着她,他声音很远,在短暂的耳鸣之后,才传到她的耳边。

"是不是做噩梦了?"他问。

鹿柠摇头,又点头,搂着他啜泣:"我梦到你不要我了。"

她有多缺乏安全感这东西,林峥一清二楚。

他心疼得要命,五指舒展,抚摸她背部:"我不会不要你的。"

随后又感叹:"是不是我今天吓到你了?你放心,不会有下次,我再也不会逼你了。"

结果鹿柠却埋在他颈窝里说:"我不是这个意思。"

她的眼泪掉进了他的衣领,冰凉又滚烫,诚如她话里的分量。

"林峥，等你下次飞回来，我们就和家里坦白，好不好？"

休息不到两日，林峥接到新任务，又飞上了天空。

此前，鹿柠给他熨好了制服。

鹿柠很享受这份"工作"。她一直没跟林峥说，她最喜欢的就是林峥穿上制服的模样，禁欲而自持，尤其是他长了一副好皮囊，又是衣架子，走路自带气场，哪怕面无表情，也能叫人把目光黏在他身上。

更别提，他总是在和别人交谈时不经意地笑。

要命的绝杀。

鹿柠偷摸地看他换衣服，顿时口干舌燥，她清清嗓子："过来吧，我给你打领带。"

她是前不久才学会打领带的，记性不好，学了好久才学会，从起初的歪歪扭扭，到如今，已能系出一条漂亮的领带。

抚平男人领口看不见的褶皱，她难得花痴："好帅啊你，我都舍不得让你飞了。"

林峥笑着提醒道："别忘了你跟我说的话。"

鹿柠撇嘴："知道啦。你一回来，我们就跟家里坦白。"

结果，当天晚上，鹿柠就在新闻上看到了一则消息。

于她，噩耗。

林峥飞的那次航班，失联了。

12

半年后。

鹿柠下班，驱车回林家。

冬去夏来，她一身清凉，浅色的吊带衫配牛仔短裤，肤白如瓷，细腻得几乎看不到毛孔。

林母在后院，正看着人给金毛洗澡。

金毛叫法文，半年前过来的，从林母朋友那边转手，来时还瘦瘦小小，这会儿洗个澡，甩个毛，都能水溅方圆八百里。

鹿柠走路轻，停在小厅往阳台看，看到林母温柔的侧颜，也看到水珠在空气中与尘埃喧闹。

她好像看到了彩虹的颜色。

"懂懂来啦。"林母在佣人提示下发现了鹿柠。

鹿柠看得出神，应声也慢了半拍，她扬起笑脸："嗯，刚到。"

"那要不要休息一下再去厨房？"

她们说好今天要一起做蛋糕。

"现在做吧，不然就太晚了。"

林母便让人去准备，等她俩到厨房，所有食材都在中岛台上摆好了。

鹿柠厨艺见长，近日还迷上了烘焙。今天要做的杧果慕斯，她做过一次，还挺成功，就想让林母也尝尝。

"懂懂，你爸妈什么时候回来？"

两个月前，鹿柠的父母终于解除了荒诞多年的婚姻关系。很神奇，离婚过后，他们关系却好了不少，甚至还私下约见过几次，全然一副知心朋友的架势。

鹿柠不想掺和太多，也没问，但对他们的行程还是挺清楚的。

她答："他们明天的飞机。"

林母向来以己度人,她爱怜地摸摸鹿柠的脑袋:"辛苦我们懂懂了。"

鹿柠弯眉笑:"不辛苦的呀。"

"什么辛苦不辛苦?"

俩人闻声回头。

是林峥。

只见林峥倚门而立,身上的飞行制服还没脱。

很显然,他一下机就赶回来了。

"说我爸妈呢。"鹿柠答。

林峥一动不动地看着她,也没开口,便让林母看出了门道。

她很有眼力见地举手投降:"得,我出去,给你们腾位置,就不当这扫兴的电灯泡了。"

鹿柠脸红:"哪有。"

林峥倒是大大方方,侧过身子给林母让路:"谢谢妈。"

待林母一走,林峥长腿一迈,三两步就把鹿柠抱在了怀里。

"想不想我?"

"你说呢?"鹿柠不再忸怩,紧紧回抱,闻到他身上的青柠香,有些贪恋,"你这次走了好久。"害她提心吊胆,一有空就往林家跑。

"还不是为了给你带礼物。"

"说得跟真的一样。"鹿柠瞪他,"那礼物在哪儿呢?"

"行李箱,晚点再看。"

鹿柠也不是真在乎这礼物,她问正事:"这次你请到了几天假?"

"调来了两周。"

"哇。"鹿柠掰着指头数,"好多天。"

"本来只有十天。"林峥低头亲亲她的鼻尖,"但我怕你玩得不尽兴,只能尽量调开了。"

鹿柠皱皱鼻子:"又不是只有我结婚。"

一周以后,他们的婚礼将在本城玻璃教堂举办。

林峥用鼻尖蹭她的脸:"懂懂,你紧张吗?"

"已经紧张过了,就不紧张了。"

半年前那场意外,林峥飞的航班失联,四十分钟后才重新和地面控制中心取得联系。

那四十分钟绝对是鹿柠这辈子以来最紧张的四十分钟。

她不敢开车,拦下出租车就回到林家,全身哆嗦,整个人都处在一个濒临崩溃的状态。

而林峥也是飞机返程以后才知道,鹿柠在他失联的时候就跑去了家里和林母坦白。

她怕得要死,却还是在那一刻选择了面对。

哪怕只有她一个人。

林峥在鹿柠耳边亲了亲:"那我比你没出息一点,我特别紧张,紧张到亢奋,亢奋到睡不着。"

鹿柠拍他胸口:"你能不能正经一点?"

"不能。"

"你怎么这么烦人?"

"你不是才说就喜欢我烦你吗?"

……

林母偷听了一耳朵,嘴角快要咧到耳根去。

她没忍住，偷偷瞄了一眼，心情登时柔软。

林峥穿着制服，身形高大；鹿柠穿着浅衣，小鸟依人。

郎才女貌，俩人十足般配。

当年那两个动不动就拌嘴的小豆丁长大了。

真好。

这时，林母听到花园几声犬吠，她回头。

看到喷水枪洒水的范围，画出了两道漂亮的彩虹。

她又笑。

今天真是个好天气。

END

文 / 瑞迟

对面的警察

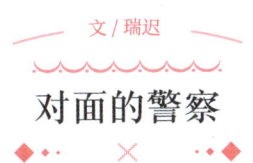

看过来

21 世纪的三无青年，无条件热爱文字，无条件忠于自由，无条件屈服于温柔。微博 @二白超无敌

01

路肖早上刚进来的时候，就看见刑警队里一群愣头小子们正头挨着头围在韩野边上七嘴八舌地讨论着。

"韩哥，快告诉我人家叫啥名儿啊？"

"对对！还有电话！"

"你们也没问问人家姑娘有没有对象，就在这儿瞎打听……"

路肖双手插兜懒懒地走过来，冷不丁开口："什么姑娘？"

一帮人瞬间收敛，齐齐站直身子："路队早。"

韩野见到路肖来了，顿时如释重负："你可算到了，今天队里刚分了两个新人，一男一女，人在你办公室等着报道呢。"

"一男一女？"路肖皱起眉。韩野明白路肖的心思，他嫌女生麻烦。

韩野扫了眼旁边清一色的大老爷们，摇头笑："大概是上面觉得我们这刑警大队快成和尚庙了吧。"

"不过这姑娘挺不赖的。"韩野递过资料，"尤其是体能这块，是同期女警中最高的。"

"噢，这么说还是我赚到了。"路肖没什么表情地接过文件，随口一问,"她叫什么名儿?"

"阮南星。"

男人的动作一顿,目光扫过资料右上角的证件照,照片上的女子容貌和印象里相比倒是长开了些,眉眼愈加清隽。

尤其那双眼睛透出来的目光,一如既往的沉稳坚定。

路肖眯起眼:阮南星。

路肖推门进去的时候,阮南星正大大咧咧地坐在办公桌上,和一同来的新男警员聊天。见有人进来,她轻巧一跃,立刻乖乖站好。

阮南星的目光在路肖脸上停留了两秒,而后正色道:"路队早。"

"嗯。"路肖脸上没有任何异色,目光快速地扫过两人,"阮南星和姜陶?"

"今天你们就正式加入刑警队了,我是队长路肖。工作事宜的安排和任务分派由副队长韩野负责。我希望你们知道,这里的工作可不是什么舒坦的差事,也没有人能受到特殊待遇。"

阮南星知道最后这句话是说给自己听的,她抬眼看去,两人目光在空中轻轻一撞,但下一秒路肖就淡淡移开了目光。

"如果没其他问题的话,你们就可以出去了。"

路肖喜欢清静,除了必要工作外,不相干的人都会在最短的时间内被打发走。

啧,果然一点都没变。阮南星扯起嘴角。

晚上下班,路肖出来时人已经走得差不多了,他一眼就看到了阮南星的位置。

本来嘛,一群糙汉子的办公室出现一张干净整齐的办公桌已经够显眼了,桌面上还堆着好些水果牛奶零嘴,想不看到也难。

"要是今天没女同志来,我还真不知道这群小子私下藏着这么多吃的。"背后响起韩野的声音,他拍了拍路肖的肩,"走,吃饭去。"

秋天的夜晚凉风阵阵,窗外五光十色的霓虹一闪而过,路肖坐在副驾,听着韩野絮絮叨叨地讲着阮南星。

"来个小姑娘就是不一样啊,队里一下子就热闹了。

"小张说小阮长得比隔壁派出所的警花还要好看。

"大刘听到小阮是单身,笑得眼睛都没了。

"小阮是今年才毕业的吧,一毕业就考上刑警队,这丫头真可以。"

路肖听韩野一口一个小阮听得头都大了。

"哎,老路,我发现我和小阮挺有缘的,今天那帮小子问小阮,女孩子家家的为什么会想到当刑警,小阮竟然说是因为我!八成是前些年我去一些大学办讲座的时候,这丫头见过我。"

听到这,一直没说话的路肖终于忍不住嗤笑了声。

"你笑什么?"韩野莫名其妙。

路肖懒懒道:"的确,你和她是挺有缘。"

路肖看着一脸蒙的韩野,提醒他:"她是阮南星。"

"我知道啊。"

"我说的是,她是那个十七岁就被你抓进过局子的阮南星。"

路肖的声音悠悠荡着,随后是一声尖锐的刹车响。

"阮南星?"韩野倏地直起身子,"那个小丫头片子阮南星?"

02

路肖第一次见阮南星是在公安局,确切地说,是六年前,在审讯室。

"姓名?"

"阮南星。"

"年龄?"

"十七。"

"知道自己为什么在这儿吗?"

对面的女生沉默。

"再问你一次,知道自己为什么被抓吗?"

"警察叔叔。"女生终于抬起头,"说实话我也很想知道为什么。"

那天临近傍晚,局里突然热闹起来。韩野他们组跟了好些天的诈骗案终于收网了,几个嫌疑人在一条小巷子里碰头的时候被他们抓了回来。

局子里就两条长椅,靠里面的板凳上面挤着五个小青年,靠外头的这条坐着四个。

打眼望去,都是清一色花里胡哨的骚气打扮,唯独靠外长椅的末端坐着的小姑娘不一样,短发,白净,背着黑色书包,穿着规矩的校服,漫不经心地嚼着口香糖。

是抓回来的这伙人里唯一一个女生。

局里的人来来往往,都不免打量上几眼,一群吊儿郎当的青年中混着这么个温顺的女孩是突兀了些,路肖都觉得有些怪。

而事实也证明,这个看起来瘦削白净的小姑娘和韩野负责的那起诈骗案的确没有半毛钱关系。

路肖听见身后有人走来,是韩野。对方抢过他的杯子猛喝了一大口。

"现在的小屁孩儿不好好学习跑到犯罪分子碰头的地方打什么架啊,关键是那三个毛小子穿得还和他们一样骚,我哪分得清是不是共犯啊?"

所以说,衣品很重要。

因为暂时还不能离开,阮南星靠着椅背,双手抱胸,拉高的衣领遮住了她小半张脸,只露出秀气的鼻子和一双冷静的眼睛。女生身旁的书包坏了两条拉链,校服上也印着鞋印,刘海早就乱蓬蓬地腻在一起。

路肖眯起眼,她看着是狼狈点,但总比旁边鼻青脸肿的那三位好多了。

"看够了吗?"突然间,那双原本看着窗外的眼睛冷不丁转了过来,直坦坦迎上路肖的目光,漆黑的眸子蓄着沉静锐利。

路肖一时间竟然有些怔,还好这时韩野走了过来,通知她可以走了。

毕竟抓错了人,韩野多少有点尴尬,可偏偏阮南星临走前还往他跟前一杵。

"警察叔叔,今天还是要谢谢你,让我因为打架就进了别人进不来的刑警队。你放心,这种难得的经历我肯定会铭记一辈子的。"

这句话堵得韩野嘴张了半天,最后只憋出句:"看不出来这小丫头片子还挺伶牙俐齿的。"

韩野瞥了眼靠着墙看了半天戏的路肖,说:"你别笑我,这样的人以后你迟早得遇上。"

同天晚上，路肖组负责的连环抢劫案也有了最新进展，他们追踪一名嫌犯至一个高档小区，穷途末路的嫌疑人和刑警对峙的时候点燃了自带的汽油，虽然最后人被抓住了，可一路燃起来的大火也殃及了八户人家。路肖他们迅速采取措施，所幸无人员伤亡。

其中一户就是阮南星的家。

路肖第一次觉得韩野这嘴八成是开过光的。

"警察叔叔，在未成年的小姑娘里头，一天进两趟警局的，我应该是头一个吧？"阮南星偏过头看着路肖，眼里透着嘲讽，"而且还都是因为你们办案受到牵连。"

路肖扫了眼，这次女生的样子也没比傍晚时的狼狈模样好上多少，小脸灰一块白一块，因为事发突然，身上只穿了件单薄短袖，纤细的手臂裸露在白炽灯下，泛着冷白的光。

路肖眸色动了动，脱下宽厚的制服，往阮南星怀里一丢。

这时，一旁的男警员公事公办地开始询问："据你家保姆描述，你是单亲家庭，母亲早逝，父亲现在人在国外，你在这里还有其他亲人可以联系吗？如果实在没有去处，今天就只能安排你在我们女警宿舍住了。"

披上了路肖的外套，周身温度也渐渐回暖，阮南星的表情也柔和起来。

"你们抓人不行，查人倒是挺厉害。没错，我只有个一心做生意的老爸，现在能不能联系得上他不好说，除此之外我没有别的去处了。我可以住你们的女警宿舍，不过明天早上我要有人送我去上学。"

阮南星摸出条口香糖塞嘴里："你们也应该查得到我的学校和你们刑警大队离得可不是一点儿远吧？"

"这……"一旁的男警员犯了难。

"这事交给我吧。"一直默不作声的路肖终于开了口,"我家离一中近,她可以住我家。"

"啊?哎!不是,路哥……"男警员还没反应过来,阮南星已经被路肖带走了。

一路上两人都没说话,路肖专心开着车,等红灯时才从后视镜瞥了眼后座的女生,他以为阮南星睡着了,然而并没有。

阮南星嚼着口香糖盘腿坐着,男人宽大的制服罩在她身上,莫名像偷穿大人衣服的小孩。

她靠着座椅,清秀的脸庞一半露在车水马龙的灯光下,一半隐在静谧的黑暗里,隐约能看清她忽明忽暗的瞳仁。

"看够了吗?"阮南星抬眼看向后视镜里的人,"警察叔叔,你三番五次这样打量我,是准备上演一出正义警察劝说问题少女迷途知返的戏?"

啧,韩野说的没错。路肖闻声不由得扬起了眼,这丫头是忒伶牙俐齿了些。

男人收回目光:"乖乖女才不会和男生约在巷子里打架。"

阮南星嗤笑了声:"对,乖乖女只会被男生欺负。"

路肖好奇:"所以,那三个男生真是被你给打的?"

女生眼里浮上笑,歪头想了想:"好像是五岁的时候吧,我爸工作忙,他怕我无聊就给我报兴趣课。"

"我选了空手道。"阮南星悠悠吹出个口香糖泡,"练了十二年。"

03

下了车,阮南星才发现路肖说的真没错,他家和自己学校只隔了条马路。

路肖家在一栋老小区的一楼,带个小院子,家里还有一位老人,是路肖的奶奶。路肖向老人说明了阮南星的情况后就匆匆出了门。

原来他平日都住刑警大队的宿舍,难得才回家一趟。

阮南星在路肖家住的第三天终于收到了父亲的信息,这个心中只有事业的男人迟钝地了解到了最近发生的一系列事情。他立刻安排助理替阮南星重新找好了房子和保姆,同时往她银行卡里又汇去一大笔钱。

此时阮南星正窝在路奶奶给她晒过太阳的暖被窝里,眯着眼仔细数着上面的零。

"果然是我亲爹。"阮南星翻了个身把手机扔一旁,并不打算从这里搬出去。

原因嘛,或许是这儿离学校真的很近,走路十分钟足够了。

又可能是路奶奶做的秘制东坡肉只一顿就勾了阮南星的魂,打嘴不放的那种。

再加上路肖家是底楼,平日来串门的人多,相比冷清的大公寓,阮南星是打心眼里喜欢这种真实的烟火气。

而这边,家里多了个模样顺眼乖巧的小姑娘,路奶奶每天买菜做饭也得劲儿了,什么水煮肉片、牛腩粉丝、糖醋排骨、酱猪蹄……

阮南星在路肖家住了俩月,胖了整整五斤。

时间一久,阮南星都快忘记这是路肖家了。

某天深夜，阮南星写完作业照常打算去厨房找些东西吃，窸窸窣窣摸了半天好不容易掏出个大橙子，突然听见"啪"的一声，头顶暖黄色的灯冷不丁亮了起来，阮南星一惊松了手，滚落的橙子慢悠悠地停在几步外某人的脚边。

才洗完澡的路肖站在门口，锐利的眼睛望过来时还带着潮湿的雾气。

男人只穿了条睡裤，头发在滴水，水珠顺着他平直的锁骨、结实的胸膛滑下，可还没等阮南星津津有味地去数他有几块腹肌，一团不明物便迎面飞来。

"唔。"阮南星吃痛地轻哼了声，男人的外套结结实实盖住了她脑袋。

阮南星拿下外套，斜了路肖一眼："你吓我一跳！"

"阮南星，你才吓我一跳！"

别说阮南星，就连路肖也已经忘了自己家里还住着个小姑娘。

上次的抢劫案跟了整整两个月才将一伙嫌疑犯全部缉拿归案，终于得空休假的路肖没来得及提前打招呼便驱车回了家。

之前为了蹲点，一群大老爷们别说洗澡了，能回宿舍挨着床眯会儿都是奢侈的。于是，路肖回家第一件事就是换下臭烘烘的衣服，钻进浴室冲了个澡。

谁知刚出浴室，衣服还没来得及穿，便听到厨房传来的声响，不明所以的路肖以为进了老鼠，谁知一开灯便是两人面面相觑的场景。

阮南星往嘴里塞了块橙子，上下扫了眼男人："你怎么回来了？"

路肖觉得好笑，这可是他家。

可到了第二天，路奶奶买菜回来看见自家大孙子后的第一句话竟然和阮南星如出一辙。

"你怎么回来了？"

路肖的视线落在老人手上提的鼓囊囊的袋子："不是看到我回来你才特地去买了这么多菜吗？"

路奶奶后知后觉："噢，这些啊，这些是买给南南的。南南不是后天就要期中考吗？我今儿打算熬点鲫鱼汤给她补补脑。你正好回来了，顺便一起吃了饭再走吧？"

南南？鲫鱼汤？走？

路肖突然发觉哪里有点不对劲儿。

先是奶奶在听到自己这次能在家待好些天时嘴上虽"嗯啊"应着，但真正的注意力全在给阮南星熬的鲫鱼豆腐汤上。

再是往后几天三人吃饭的时候。

"南南，这鱼汤多喝点，补脑！"

"今天这五花肉买的新鲜，南南多吃点啊。"

"哎，南南你正在长身体，这骨头汤最补钙了。"

到后来，路肖晚上坐院子里和韩野打电话，刚聊没两句，路奶奶就跑出来戳他："你轻点声，南南在看书呢。"

"你小子怎么不说话了？"电话那头韩野的声音传来。

"老韩，"路肖握着手机忧心忡忡，"我好像失宠了。"

那几天，路肖只要白天在家，总能看见自家奶奶对着阮南星笑得一脸慈祥的模样。眼不见为净，于是路肖一无聊就去找韩野。

韩野有女朋友，这次好不容易得空想过过二人世界，结果全被路肖搅和了。所以当路肖第三次来找他的时候，他觉得必须想个办法把这个电灯泡撵走了。

韩野的办法就是给路肖相亲。都二十四岁了，该有个女朋友了。

某个周末的午后，阮南星听见有人敲门，谁知一开门，便和来人都愣住了。

"这，你……路警官？"门口站着位年轻的女子，表情错愕。

阮南星一眼就明白了情况，反应迅速地冲屋里喊："哥，有人找。"

见路肖走出来，阮南星冲女子歪头一笑："我是他妹妹。"

女子也看着路肖笑："原来是妹妹，怎么之前没听你说过？"

路肖扫了眼面不改色的某人，心道：我也不知道什么时候冒出来个妹妹。

"哥，我怎么也没听你提过。"阮南星偏过头看着男人，眼睛亮晶晶的。

路肖突然右眼皮狂跳起来。

"这次来找你的怎么是另外一个姐姐？"

04

女子羞愤离开后，路肖坐在客厅花了半分钟总算理清刚刚发生了什么。

突然，面前出现了一个剥好了的橘子。

路肖瞥了眼阮南星，不咸不淡道："这次又是哪出？赔礼道歉吗妹妹？"

"我知道刚刚的姐姐是什么人。

"而且我也知道你并不喜欢她。没感觉就不要吊着人家，所以我刚刚都替你解决好了。"

阮南星见路肖不吃，便不客气地掰了一瓣塞进自己嘴里。她先前无意听过路肖和韩野打电话，知道他对相亲没心思。

"这么说，我还要谢谢你替我挡了桃花？"

"谢谢就算了。"阮南星又往嘴里塞了瓣橘子，"我帮你解决了个问题，你也得帮我个忙。"

下一秒，女生摸出一张纸条："下周一家长会，你要替我去。"

路肖觉得人生真是奇妙，前一天他还是阮南星的哥哥，现在就成了这丫头的小叔叔。

虽然他长得高大，骨子里也透着超越年龄的沉稳冷静，但让一个二十四岁的小伙子扮演一个十七岁毛丫头的叔叔，路肖还是莫名有些紧张，坐在教室的时候，手里竟然积了薄薄一层汗。

不过意料之外的是，阮南星的功课很好，甚至可以说是优异。每个科目的老师表扬班里学生的时候都会提到阮南星，紧张归紧张，每当这时候路肖还是会微不可察地勾起唇。

家长会刚结束，一群家长便团团围住老师，期望再多得知些孩子的情况。路肖四处打量了下，觉得没自己什么事就打算先撤了。

"阮南星家长？"路肖刚站起身就被人叫住，"请您等一下。"

来人是阮南星的班主任，路肖突然有种不太好的预感。

果然，在接下来的半个多小时，路肖见识了什么叫从天上到地下的感觉，而且还是那种地下十八层。

原来不是所有的优等生都会本分守纪。阮南星就是优等生里最不老实的那个。

"老师说你的板凳这学期已经换了三个了。"

阮南星耸耸肩:"这批质量是挺烂。"

"上周三你翘课跑去看警匪片?"

女生一眯眼:"古天乐帅啊,尤其是拿枪的时候,贼帅。"

"这次年级评选的三个优秀生本来有你,但最后被换下来了,就因为你和男同学打架。"

阮南星挑眉:"那些奖项都是个名头罢了,有什么用?"

"所以,在你眼里,打架更有用?"路肖眯起眼。

阮南星似笑非笑:"我觉得除了会有被抓进公安局的风险外,拳头还是挺有用的。"

"阮南星!"

"好吧。"阮南星收起表情,"那我以后努努力,尽量克制下?"

很快,路肖就意识到阮南星说"克制"前的"尽量"二字意味着什么。

那天路肖出完任务刚掉头,路过一条街时看到了几个学生模样的人聚在一起,其中有道身影十分眼熟。

阮南星当时还觉得纳闷,虽然自己的武力值是挺高,可她明明还没使出全部招数,怎么一个愣神对面的人都跑了?

"阮南星。"沉沉的男声从身后传来,透着隐忍的怒气。

女生一回头就撞见穿着制服的路肖,瞬间明白为什么刚刚人都跑了。

阮南星喘着气瞥了男人一眼:"你怎么在这里?"

路肖紧紧盯着面前的人,女生的短发早已乱成一团,鞋带也松散开，衣领歪七扭八地翻着，和他第一次见到她时一样狼狈。

"你把我的话当耳旁风是不是?

"你爸让你学了十二年空手道就是让你用来打架的?

"如果什么事都能用拳头解决的话，还要警察干吗?！"

路肖不知哪儿来的火，劈头盖脸就冲阮南星一顿吼。

女生脸上先闪过惊愕，然后不解，最后慢慢平静下来，瞳仁中浮起了惯有的冷漠："你现在是在教训我?

"你屁都不懂，仅凭你看到的，什么也不问清楚就跑来教训我?

"你现在是以什么身份站在这儿?警察叔叔还是冒牌哥哥?

"我爸都管不着我，你路肖以什么身份来管我？"

深秋的傍晚，阮南星只穿了件单薄的黑色卫衣，唯一的校服外套也不知被甩在哪儿了。

街边的路灯陆续亮了起来，鹅黄色的光温柔地倾洒在一高一矮的两道身影上，阮南星仰着头倔强地和路肖对视着，向来冷静的眸子悄悄积聚起一层薄薄的水气。

不知是因为冷还是气愤，路肖看见阮南星瘦削的肩膀在轻微战栗着。

许久，路肖轻轻叹了声气，脱下制服披在了女生肩上，可阮南星下一秒就把外套甩了下来。

路肖弯腰捡起，阮南星再甩掉，再披上，再甩掉。

反复几次后，路肖像是被消磨掉了耐心，再次给女生披上外套后双手搭在她肩膀上没有放下，用了些力气不让她动弹。

这次阮南星终于安分下来，但仍然一言不发。

路肖松了口气："想和你讲道理还挺累。"

一阵风吹来,阮南星下意识缩了缩脖子,路肖扫了她一眼,不慌不忙地替她拉上拉链又扣上纽扣,最后翻起衣领,阮南星的那张小脸瞬间被遮去了一半,总算被裹得严严实实了。

路肖盯着阮南星,突然挑起眉:"啧,吃我的,住我的,我说两句还不成了?

"我知道上次和你打架的那几个男生不是什么好孩子,他们欺负你同桌,你是替你同桌打抱不平的。"

阮南星闻声愣愣地看着路肖,男人瞥了她一眼:"上次家长会你们班主任告诉我的。

"可是阮南星,你要知道,这世上坏人这么多,你揍了他们又如何?能把那些渣滓送进监狱才是真本事。"

男人望过来的眼眸中闪着坚定的微光,阮南星望进去的瞬间恍了神,外套上的气息趁机从鼻尖侵入,一路占据心底。

路肖似笑非笑:"所以,阮南星,你有这本事吗?"

05

那晚过后,路肖很快又回到大队,等到下次回家时,家里就只剩下了路奶奶一个人。

路奶奶说,某天晚上阮南星的爸爸找了过来,把阮南星带走了。

阮南星的东西本来就少,从住进来到离开,女生好像没有留下任何痕迹。

之后每年过节,路肖都会收到一大包寄给自己奶奶的快递,里面是些很好的礼盒补品,附带一张信纸,上面只写着"祝盛和春老人安好"寥寥数字。

路肖查过地址，都来自国外。

原以为从此两人再无交集。可六年后，阮南星竟又再次出现在路肖的生活中，悄无声息又突然，就如同她当年离开一样。

阮南星入职的一周内，她与路肖的交集也仅限于"路队早""路队好"的问候。

路肖偶尔目光扫过阮南星，她的眉眼间也尽是陌生的谦顺。每当这时，路肖脑海里就会恍然出现那个挑眉盯着自己、揶揄应付自己，曾经鲜活存在于他生活中的阮南星。

这天刑警队要外出调查一起盗窃杀人案，韩野安排人手时多加了新来的阮南星和姜陶，算带他们熟悉工作。

路肖本来跟韩野说好他来带姜陶，可最后坐进车的却是阮南星。

"路队。"女生冲他点头，与此同时路肖的手机也收到了条信息。

"老路，姜陶我带走了。那丫头一喊我韩副队长，再一冲我笑，我就莫名发虚。这人我带不了，就交给你了啊。"

路肖表情臭极了，他把手机关上往副驾座上一扔，启动了车。

路肖和韩野分组行动，今天也不知道怎么了，一路吃红灯。路肖在第九次遇到红灯时，终于忍不住低骂出声。

他摸出根烟，放下车窗，扫了眼后视镜，阮南星也正看着他。从刚开始阮南星上车时，路肖就察觉到阮南星投过来的视线。

坦荡荡，甚至有些肆无忌惮。

路肖深吸了口烟，吐出个漂亮的烟圈，而后抬眼正视阮南星："看够了吗?"

小动作被发现了,阮南星倒是也不慌,她换了个更舒服的姿势坐着,目光掠过男人俊朗的轮廓,歪着头下结论。

"路肖,你好像胖了点。"

后视镜里的阮南星微弯着眉眼,两人目光碰撞的那一瞬没回避反而更加直白。

路肖被烟呛得咳了几声。

敢情这丫头一点没变,这分明还是之前那个一开口就能把人噎死的阮南星!

男人掐灭烟头,斜了女生一眼:"才来一周就敢连名带姓叫上级名字的,你阮南星是头一个。"

两人查访了几处都没找到什么有用的线索,路肖把车停在路边,打发阮南星去便利店给他买包烟。

路肖隔着玻璃窗远远地盯着女生的背影,不知不觉出了神,回神时忽然看到一个戴着鸭舌帽的男子与阮南星擦肩而过。

路肖目光一顿,匆匆下车,迎面见阮南星回来了,迅速塞过一个呼机,吩咐:"发现目标,通知韩野他们,我去跟着。"

路肖刚跑了几步又折回来,认真看着阮南星:"你就待在这里等着,哪儿也不要去。"

路肖这次穿的是便衣,一路都伪装在行人中跟着目标。戴着鸭舌帽的男子塞着耳机匆匆走着,忽然他站定,像是接到了一个电话。

男人一边和电话里的人通话,一边东张西望不知在找着什么,突然男子回了头,和几米外的路肖视线一撞。

虽隔着三三两两的行人,但那一瞬对视,两人都神色一滞,明白自己身份暴露了。

男子转身就跑,路肖紧紧追上。几百米外就是一个人流拥挤的商圈,如果目标混进商场的人群,再想找到可就难办了。

眼看男子离商圈越来越近,这时前方冲出一道轻巧的身影。

"不许动!警察!"阮南星喘着气,目光灼灼。

阮南星喊话的时候还没来得及掏出枪,男子见她的手探向腰间,立即扑了过去,当下两人都摔倒,阮南星的枪也甩了出去,而那男子瞅准时机挟持住了阮南星。

"都给老子退后!"男子举着一把短刀挥舞着,路肖见状立刻停在几米外不再向前。

"人不是我杀的,你们怎么就追着我不放?不许向前,再向前我就杀了她!"男子用刀紧紧抵着阮南星的脖颈,冲路肖喊,"你!把枪拿出来!快点!扔给我!"

路肖眸色动了动,边靠近边朝阮南星使了个眼神,阮南星读懂了,这是让自己趁机挣脱闪开。

三人的视线都紧跟着路肖手里的动作。只听见"啪"的一声,枪应声落地。

就像得到信号般,阮南星趁男子注意力分散,一个下蹲顺利挣脱开,可她并没按计划闪到一旁,而是一个转身反手握住男子手里的刀,膝盖正面直击男子腹部。男子吃痛弯腰,阮南星瞅准空隙迅速转身抓住其手肘一使劲,一记漂亮利落的过肩摔成功将男子撂倒。

整个过程在短短几秒内一气呵成。此时韩野带人匆匆赶到,成功控制住了嫌疑人带回警局,现场还留下了一些人处理后续。

路肖回到车旁从兜里摸出根烟,狠狠吸了口,从刚才一直提着的心终于缓缓落了地。

身边有人走近,和他一样靠在了车上。薄荷口香糖的气味若有若无地飘来,路肖不用看也知道是谁。

"不听我命令好好在车上待着,不看我眼色乖乖闪一边,阮南星,你胆子不小啊。"

路肖没看阮南星,懒懒吐出个烟圈:"作为一个警察,枪都拿不稳,你是怎么进我的队的?"

"大概是拳头比较厉害。"阮南星歪头认真想了会儿。

路肖斜了阮南星一眼,掐灭烟头独自坐进车:"你一会儿坐姜陶他们的车回去。"

离开前,路肖瞥了眼女生颈间的一道血痕:"回去趁早处理下伤口。女生就是麻烦。"

06

阮南星刚入职半个月就空手制伏歹徒的事情很快传遍了整个刑警队。路肖现在走哪儿都能听到有人在讨论阮南星,就连上个厕所都能听到隔间传来的夸赞声。

"哎,你听说了没啊?"

"是小阮吗?我昨晚就知道了,第一次出任务立了大功,果真名师出高徒啊!"

路肖耳朵听得要起茧子了,于是白天只要没事,就待在办公室一整天不出门直到下班。

下班后的路肖也不和韩野出去吃饭了,而是换了身衣服直接就去了队里的训练室,韩野估摸着这大概是大龄单身青年下班后的新型消遣方式,就也不再管他。

但实际上,这全是因为阮南星的那句"你好像胖了点儿"。

其实路肖一点也不胖,一米八六的男人宽肩窄腰,比例匀称,深蓝色的制服穿在他身上笔挺有型,透着一股冷静沉稳。

可男人像是较上了劲,跑步拳击一练就是俩小时。

这天路肖运动完冲了澡,换了身衣服正准备走,经过二楼的射击训练室时突然站住了脚。

虽然射击训练场还有其他的警员,但路肖一眼就看见了阮南星。

说实话,自阮南星入队,路肖还是头一次认真打量她。

小丫头个子是长高了不少,个头都超过他下巴了。那头乱蓬蓬的短发蓄长了,绑了个马尾,露出好看的颈线。

阮南星眉眼也长开了不少,杏眼弯眉,眼尾上翘,鼻挺薄唇,是那种清淡舒服的好看。

路肖眯起眼,视线中的阮南星穿着制服,戴着护目镜和耳罩,肩平腰直,手稳稳持着枪,全神贯注地瞄准前方的靶位,丝毫不受旁人的影响,冷静果断地连发数枪。

六年的时间,虽然身形外貌不同了些,但这份沉稳倒是没怎么变。

阮南星从训练室出来时,远远地就看见楼梯口倚着墙的男人。阮南星本打算打个招呼就撤,却被男人叫住了。

"吃东西了吗?带你出去吃点,"路肖懒懒直起身,"算是你辛苦训练的奖励。"

路肖之前从没带女生出去吃饭，今儿第一次带阮南星出来就被熟人碰见了，特熟的那种。

"一直以为老路手下都是男的，没想到竟然还藏了个这么赏心悦目的人。"发小沈焉的目光意味深长。

"小妹妹有对象了没？我认识好些优秀适龄青年，运动、儒雅、潮流……"

"你消停会儿。"路肖斜了沈焉一眼，"这种事情不用你操心。"

"你管我，我还天天操心你的终身大事呢！巴不得早点找个人把你给收了。"

斗嘴归斗嘴，沈焉想起了正事："这周末阿迟生日请客，老规矩还是那几个人，你可别再爽约啊大队长。"

临走前，沈焉饶有深意地瞟了眼阮南星，笑得人畜无害："那天小妹妹没事的话也可以跟老路一起来，正好做个伴，省得他老是孤身赴约。毕竟你可是我见过的他第一个带出来吃饭的女性。"

一直到周五，阮南星才收到路肖的信息：

周六空闲的话，下午五点我来接你。

第二天，路肖那辆黑色SUV早早地停在阮南星住的小区门口。冬天太阳好得不得了，路肖坐在车里等得起了困意，直到听见敲玻璃的声音。

路肖打开车门，目光不由得一滞。

与平日里利落飒爽的模样截然不同，女生披着件米色大衣，里面是件黑色毛呢连衣裙，凹凸有致的身材一览无遗，脚上踩着双高跟银灰小皮靴，只露出短短一截白皙的脚踝。

"队长？"阮南星抬眼看过来，明晃晃的阳光掉进她眼眸中，像是撒了把金子，亮得晃眼。

路肖就不明白了，平时那双冷清清的眸子现下越看越勾人是怎么回事？

面前的阮南星长发及腰，清纯又透着点野性。路肖终于意识到，这丫头真长大了。

毫不意外，阮南星的出现让路肖那帮从小玩到大的哥们儿都惊得掉了下巴，直说路肖不厚道，非要他罚酒，可最后酒都进了阮南星的肚子。

聚会结束，路肖送阮南星回家，发现女生整个人都飘飘忽忽的。

"路肖，我今天是不是特给你长脸？"后座的阮南星探过身子，一脸求表扬的样子。

路肖挑起眉，意味不明道："是，你一个人喝趴了我三个兄弟，是挺给我长脸的。"

"嘿嘿嘿，那是因为我高兴啊！他们叫我小嫂子。"阮南星笑得满脸得意，"路肖，阮南星。路哥，小嫂子。"

前方路肖握着方向盘的手一抖，但很快正色道："阮南星你拎清楚点，我是你队长。"

"是，队长。"

阮南星乖乖改回了称呼，醉醺醺直笑："队长，我偷偷告诉你，其实我小时候最感兴趣的不是空手道，我最喜欢的是数学，数学年级第一的位置我是常包了的。"

"我人生都被规划好了,读金融,然后进我爸的公司。嘿!可谁知道我偷偷考了警校。我爸气得半个月没和我说话。

"不过这边的实习工资真的少得可怜啊,连我上学时生活费的三分之二都没有。"

"委屈了?"路肖呛她,"觉着委屈你明天就可以辞职。"

"辞职?"阮南星凑过头,"你以为我当刑警是玩玩的吗?

"最起码也等我拿下这个再说。"

路肖低头一瞥,握着方向盘的手又是一抖。

阮南星指着的是自己的工作证,上面"刑警队队长"几个字格外显眼。

喝醉了的阮南星竹筒倒豆子般叽里呱啦地讲起了过去的事。

"路肖,有没有人说你白了点?我小时候见你第一眼就觉得你特像古天乐,是真黑啊!

"你不喜欢吃芹菜,可偏偏每次回来桌上就有炒芹菜,知道为什么吗?

"哈!是因为我跟奶奶说我要吃的!"

路肖眸色渐深,总算开到了阮南星住的小区。

"到了,你住几幢?"

阮南星迷迷糊糊朝外打量着:"这就到了?我……我住,住……"

路肖等了半天没听到下文,转头一看,我去!阮南星竟然睡过去了!

都送到住处了又得把人带回家,男人的表情越来越臭。

两年前路奶奶被路肖父母接了过去,现在家里就他一个人。

车开到楼下,路肖看着后座睡得正砸吧嘴的阮南星一脸嫌弃,直接一把扛起。嫌弃归嫌弃，他放下人的时候还是轻手轻脚的。

路肖喘着气给她找出一床被子，直接给阮南星蒙头一盖就算是完事儿了，走的时候还吐槽："这丫头片子看着不胖，背起来还挺沉。"

但他前脚刚走，后脚这边被子下就冒出颗小脑袋。

阮南星气哼哼地抓着被子："路肖你妹的！你才重呢！"

07

第二天是周日，生物钟自动调为赖床模式的阮南星一觉起来已经十点多了。

初冬季节，气温已经降到个位数。路肖不在屋内，阮南星从沙发上胡乱扒拉了件他的外套披了起来。

不过相比于寒冷，阮南星觉得现在解决肚子饿才是首要问题。

洗漱完毕，阮南星熟门熟路钻进厨房，一眼就看见留在桌上的豆浆点心，还冒着热气。

阮南星尝了口，温热不甜的豆浆一路暖到了心坎儿，女生眼尾忍不住染上几分笑意。

路肖知道，她喝豆浆向来不加糖。

阮南星在院子里找到了路肖，男人正背对着她给植物浇水，虽然院里就几盆只剩下叶子的不知名植物。

路奶奶以前在家的时候，小院子被收拾得井井有条。除了种些葱头韭花，小院还有许多月季蔷薇。

春天的时候风一吹，各种花争先恐后地开，拿把椅子就能在院子里坐一整天。

不过老人家腿脚不便,幸好后来阮南星来了,很多事情都是她做的。

今天不知为何,路肖打开开关,手中浇水的管子只有一股细细的水流出来。

"你那下面的阀子没打开。"阮南星的声音从身后懒懒传来。

路肖这才发现阮南星站在那儿,女生倚着门不知看了自己多久。冬日的太阳暖烘烘地照过来,阮南星素净无瑕的小脸儿被阳光照着,竟有种岁月静好的感觉。

见路肖摸索了半天还是没找对,阮南星看不下去了:"还是我来吧。"

"哎哎!等,等等!不是左边的那个!"

阮南星刚一走近,就眼睁睁看着路肖拧转了另一个阀门。

"嘭!"一股巨大的水流冲了出来,还没反应过来的两人瞬间被从头到脚浇了个透。

屋内,浑身湿漉漉的阮南星裹了条毯子坐在沙发上瑟瑟发抖,而此时罪魁祸首正在衣柜里找衣服。

"这个换上。"路肖扔过来件衣服。

阮南星斜了眼,扭头:"不要。"

"那这件?"

"太长了。"

"这件?"

"丑。"

"阮南星!"路肖注视着小脸惨白的女生,冷冷道,"我以队长的身份命令你,限你三分钟内换上干衣服!"

阮南星瞟了眼男人,不情不愿地从那堆衣服里扒拉出一套还算看得过去的衣服,慢吞吞进了房间。

路肖总算也换下了冰凉湿冷的衣服,刚把脏衣服丢进洗衣机就听见有人敲门。

"老韩?"路肖怔在门口,忽然想起昨天韩野是提过今天要来找他拿资料。

"冻死我了,快让我进去暖会儿。哎!小姜快进来啊!"路肖还没反应过来,韩野和姜陶就搓着手进了屋。

"老路,你傻站着干吗?"韩野看着路肖一言难尽的表情,揶揄道,"咋了?屋里藏姑娘了?"

要不怎么说韩野的嘴是开过光的呢。

话音刚落,只听见里屋的门"吱呀"一声开了。

"路肖,我换好了。"

姜陶先看到阮南星,"噌"的一下直起了身。

"路队?!"

随着男生的暴吼,韩野扭过头:"喊什么喊什么?吓了你师傅我……我去!老路!"

四人八目相对,气氛一时有些微妙。

韩野:什么时候的事?一个月前?还是……六年前?

姜陶:我,这是发现了一个巨瓜吗?

而此时穿着路肖毛衣、踩着路肖拖鞋、头发湿漉漉的阮南星则是一脸莫名其妙。

她就是去换了身衣服,怎么一下子多了这么多人?

送走了韩野和姜陶，屋内又只剩下路肖和阮南星。

路肖十二分头疼地看向阮南星。

"阮南星你坦白吧，抢我宠爱、搅我相亲、夺我功劳，刚刚还毁了我清白。"路肖眯起眼，"怎么？你还真是冲我这刑警队队长位置来的？"

"如果我没记错的话，一开始我就说过，我的目标就是刑警队队长。"阮南星挑眉。

男人忽地笑了："阮南星，你知道你这样特像女流氓吗？就是那种把别人生活抢夺一空后还贪心要把人带走的那种。"

阮南星一双瞳仁清清亮亮："路肖，我要是女流氓那也是你惯的。"

路肖抬眼："女流氓是要送监狱的。"

"那你会来抓我吗？"阮南星突然认真起来，眼眸漆黑。

"路肖，我喜欢你，无论如何都喜欢的那种。"

08

路肖摸出一根烟，瞥了眼女生淡淡道："小屁孩懂什么喜欢。"

"我不小了，已经二十三岁了。"阮南星盯着男人向前一步。

"我也不小了，已经三十岁了。"路肖悠悠吐出个烟圈，"放六年前你要叫我声警察叔叔，放现在你该叫我声队长。"

"我这人虽然还单着，但我懂自己要找个什么样的，文静内敛，成熟温柔，落落大方。"路肖扫了眼女生，"阮南星，你觉得你自己够几条？"

阮南星眼里藏着似有还无的笑,她直直盯着路肖:"路肖,你说谎水平还真是差劲。"

阮南星离开后,路肖心里莫名烦躁起来,像窜进只蜜蜂,嗡嗡乱撞。
片刻后,路肖抓过手机。
"沈焉,你那儿有合适的姑娘吗?下周给我安排个相亲。"
"怎么了,跟小嫂子吵架了?女孩子嘛,哄哄就好了。"
"哄你?"路肖一拍桌子,"我明天后天大后天都有空,越快越好!"
沈焉虽然一头雾水,但还是很快联系了人,安排在周四晚上。
这几天路肖还想避着点阮南星,后来发现自己完全多虑了。
因为阮南星像是刻意和自己保持着距离,工作也换到了韩野手下,开例会远远地坐在最后排角落,偶尔有次在食堂看见她,女生也绕了一大圈从另一头走了。
明明是朝着自己计划中走的,可路肖莫名觉得更烦躁了。

周四快下班时,沈焉发来信息提醒他别忘了约会,毕竟这次的姑娘可是他的交际圈里面条件最好的一位,追求者一大把的那种。
路肖换了衣服刚出办公室,就看见韩野抓着电话神色凝重地站在走廊。
"怎么了?"路肖走来。
"小阮说上次的那个案子有疑点,和小姜去调查了。"韩野表情严肃,"然后好像出了事情。"
韩野手机里断断续续传来姜陶的声音。

"跟踪……杀人犯……小阮……好多血……"

路肖大脑"嗡"的一声,记忆中有什么蛛丝马迹串联起来。

那日追捕的嫌疑人分明是在接到一个电话后四处打量才发现的自己。

"人不是我杀的,你们怎么就追着我不放?"

难道作案的是两个人?真正的杀人犯还没抓到!

待路肖和韩野赶到的时候只有姜陶迎了上来,现场的人都在来来回回忙碌着。

"我和小阮在调查的时候发现一直有人跟着,经过一处人少的地方时忽然就有个男人冲了出来,那小子不仅有刀,竟然还持枪!"

听着姜陶的汇报,路肖一眼就看见了几米外的一大摊血,红得触目惊心。

路肖什么也不顾冲到救护车前,看见担架上躺了个人,一瞬间,路肖感觉血直冲上大脑,嗡嗡作响。

"路肖?"

路肖回头,涣散的瞳仁终于重新有了亮光,阮南星就站在几米外,女生深蓝色制服上尽是污渍与血迹,素净的小脸上也灰一块白一块的。

两秒后,阮南星像是想到什么,垂下眼改口道:"队长。"

就在这时,路肖手机进来一条信息,是沈焉的:**人家都等了个半小时了,大哥你人呢?!**

"你怎么来了?"阮南星走近,目光探究,"担心我?"

"担心什么!"路肖张口就是一顿吼,"阮南星!你还真以为会点功夫能长命是吧?上次目标有刀你敢冲出来,这次嫌犯有枪你也敢动手。你胆儿肥得不想活了是不是!"

阮南星被骂得莫名其妙,当下火也上来了:"路肖,你吃枪子儿了?每次见我不吼不舒服是吧?!"

"都是因为你!人给我介绍的媳妇儿都没了!"

"多大的事儿,没了你就再找个啊!"

"你说得容易!你当买菜吗?现在菜多贵你知道吗!猪肉都35一斤了!"

"我这颗现成的大白菜,免费送你要不要?!"

"小丫头片子!叶子长全了吗你?!"

"没长大你养我啊!"

突然,空气像是凝固住了般,只剩下阮南星上扬的尾音零星萦绕在耳边。

许久,路肖叹了口气:"阮南星,我今儿把话说明白了,我路肖糙人一个,脾气又倔又臭,既不会哄人也不会安慰人,能做的是尽量不和你扯嗓子。

"但我确实喜欢你,是那种想把你带回家的喜欢。我给你三分钟时间考虑,你要是同意,今儿我们就去告诉奶奶。你要是后悔了也没事,就当我刚才的话是声屁,吹吹就散了。"

路肖说完后就站到一旁,摸出根烟来,把几米外的韩野和姜陶看得一愣一愣的。

一支烟抽完,路肖走到阮南星面前:"想好了吗?"

"我就一个问题。"阮南星仰着小脸儿。

路肖瞥了她一眼,不由得握紧了拳头:"说。"

"一会儿到奶奶面前我能不叫你队长了吗?"

路肖怔了两秒，而后一眯眼，难得露出一口白牙，男人捏了捏阮南星的小脸。

"听你的。"

几米外的韩野和姜陶彻底蒙了。

"韩队，"姜陶幸灾乐祸地戳了戳韩野，"这下小阮真成你嫂子了。"

END

文 / 上没有下暖

不跟你师生恋

—— 喜欢现代幻想 + 小甜文。微博甜文博主 @ppp 大侠 ——

01

"请出示你的证件。"

屋外阳光缺乏热度,但室内暖气却开得很足。

干净的声音从对面传来,顾芊抬头,眨了眨双眼,瞳孔里全是青年的身影。

褚现穿着深黑的制服,别着管理员金色的胸牌,靠在深色木质的椅背上,一只手举着本厚厚的烫金书,另一只朝她伸出来。

那只手,骨节分明,修长白皙,指甲修得干干净净。

这姑娘怎么半天没有反应。

他又说了一遍,这次带着丝不耐烦。

顾芊连忙翻包,越翻越慌,越慌越尴尬,最终在对方视线中低声说:"对不起,我没带。"

褚现顿了顿,似乎第一次遇到来图书馆借书没带证件的人,他皱起了眉头,视线落在面前女孩要借的书上——弗洛伊德《梦的解析》,于是随口一问:"心理专业的?"

顾芊像是被问蒙了,睁眼说起瞎话:"是。"

其实顾芊并不是,她就是最近对这个比较感兴趣,心血来潮而已。

接着，男人出乎意料地从口袋里抽出某样东西，"滴"的一声，在仪器下扫过："那借你了，记得在规定的时间来还。"

身后还排着其他借书的同学，顾芊只来得及愣愣地说一句谢谢，就见男人已经别开了头。

外面天气很冷，她却觉得浑身炙热，心跳加快。

之后几天，顾芊没事就往图书馆跑，心中暗想以前怎么没发现图书馆是个这么好的地方，无论来多少次都不会腻。

偶尔顾芊会抱着书故作不经意从那个人面前走过，期待他认出自己，扭头就发现他正靠在软垫上，睡得好不自在，独留自己悻悻然瘪着嘴回去。

有时候突然听见他的声音，顾芊就会从专心的状态里被唤醒，然后抬头看他和借书的女生说话。

即使对方也只是普通地借个书，也会让她觉得酸酸的。

自己果然是见色起意了。

借书为搭讪提供了好理由，借的时候能说一次话，还的时候还能再说一次。

他的视线在《梦的解析》上多停留了一秒，然后"滴"的一声，还书电脑界面出现了他的名字和头像。

顾芊这次终于有机会知道眼前人的姓名了，就此将"褚现"两个字默默记在了心底。

褚现漫不经心地开口："这么快就看完了？能看懂吗？"

天天往图书馆跑，能不快吗？可注意力一直都在他身上，能看得懂吗?

她这么想着,嘴上却回答:"看懂了。"

"是吗?"褚现诧异地挑了挑眉,勾唇笑了笑,"很聪明,那我再给你多介绍两本?"

刹那间,顾芊的脑海中只有"他表扬我了"这句话在循环出现,像个魔咒般将她包裹。

等机械地走出图书馆时,顾芊手中多了一份他开的一长串心理学书单——虽然上面的书名她一本都没有听说过。

"他的字真好看,应该是也对心理学感兴趣吧,以后有机会问他问题了,开心。"顾芊喃喃自语,复又望天,"我是不是没救了?"

02

俗话说,计划赶不上变化。

当顾芊花了两个小时打扮,去图书馆再次借书的晚上,发现该坐在老地方的人,换了。

制服还是那件熟悉的管理员制服,但穿制服的却不是她心中的那个人了。

顾芊抱着书,有些愣,想了想干脆直接问:"您好,请问您是新来的图书馆管理员吗?"

冯成认为自己长得也不错,但以前坐在这里大半年也没见谁来问过问题,谁知道自己才不过让褚现代值了一周的班,今天这里就热闹得像过年。

脾气再好,一天经历了十几个同样的问题,也上头了。

他干脆长腿一伸,嘴角一压,沉声教育道:"同学,图书馆是用来学习的,不是用来给你们谈恋爱看帅哥的地方。"

顾芊惊讶地"啊"出了声。

他继续道:"我也不是新来的,你想问的那个人原本也不是图书馆的管理员。"

"劝你还是放弃吧。"现在的年轻人哦,冯成无语地摇了摇头,一字一句地说,"别人是心理学专业的教授,不是你们做白日梦的对象。"

顾芊全身如遭雷击。

送走了顾芊后,冯成很有成就感地给褚现发了微信轰炸:我又帮你挡了十几朵学生的桃花。感谢我!请吃饭!

很久后,褚现才慢吞吞地回了句:上周代班的钱你还没给我。

冯成翻了个白眼。

只见对方又发了一句:你现在的语气带着愤怒和不甘,建议你冷静后再跟我说话。

冯成彻底想把这个朋友拉黑。

黄昏日落,人影约绰。

老旧教学楼的影子,因为光线而变得狭长。

顾芊推开门后将东西放在桌上,还没从刚才的震惊中回过神来。

她还真以为褚现就是图书馆的管理员呢,只是和她一样对心理学感兴趣。

理想是青铜,现实是王者。顾芊有点愁。

同事转头看了她一眼，问她怎么了。顾芊憋了好半天，才慢吞吞地开口问："我们学校允许老师和教授谈恋爱吗？"

03

"我从心理学专业的朋友那里拿到了褚现上课的课表。"同事神神秘秘地伸手抽出一张 A4 纸，低声啧啧称奇，"教授就是不一样，一周就两节课，工资还比我们高。"

顾芊抓过来看，对照了自己课表，惆怅道："我只有周四那天是有空的。"

"你应该庆幸周四那天是有空的，"同事朝她眨眨眼，"这样就多一次见面机会。"

乐观主义是怎么说的来着，你应该重视你获得了什么，而不是失去了什么。

顾芊只是个刚入职半年的数理小讲师。刚进学校就看上心理学的大佬，原本就不太好意思，现在还要伪装成学生去蹭他的课，就更"害羞"了。

按照她的学生不到打铃前两分钟不踏进教室的尿性，顾芊信心满满地提前 20 分钟想占个前排偏角落的位置，结果一进门，傻了——不要说前排，甚至连最后一排走廊的过道处都站着人。

难怪同事昨天语重心长地给她出主意："你明天早点去占个好位置，褚现的课真的挺……火的。"

当时她说什么来着，火的好啊，火就人多，人多就可以淹没在人群中，淹没后就看不到她了。

"你大费周章地跑去，然后不想让他看到你？"

"对。"

同事竖起大拇指："无私。"

顾芊头疼了，一边无比后悔，一边踮着脚找落脚的地方，喧闹的教室突然安静了下来。

褚现在门口等了挺久的，奈何面前这女生一直堵在这儿不动，他看了看手表，有些不耐烦了："同学，如果选的是我的课，就赶快进去。如果不是上课的，就赶快离开。"

面前的背影一僵，也没转头，飞快地冲向了教室的后面。

褚现眯着眼，目光追随快步行走的背影若有所思。人在听到声音时的直觉是转头，见到是老师会惊讶发愣，脑海的空白期取决于对这位老师的畏惧程度和自身的反应。

这女生反应不太对。

瞥到那一晃而过的侧脸，他顿时了然。这不是图书馆那个借书的学生吗？最近见她的频率有点高。

课上到一半的时候，为防止下面的同学打瞌睡，褚现打算请个同学来回答。

他环视教室，看到顾芊站在人群中间，眼睛睁得亮亮的，没什么畏惧感，心想，就她吧。

顾芊其实是根本听不懂的，但她也不怕，老师抽人不是通常都念点名册嘛，她的名字根本不可能出现在上面。正这么想着，下一秒就听见褚现徐徐开口："就那位站着还拿笔记本记录的女生。"

全场鸦雀无声。

顾芊僵硬了一秒，晴天霹雳不过如此。

褚现将视线直直朝她射过来，问出那道自认为很简单的问题："你说说在《梦的解析》中，弗洛伊德如何定义'口误'？"

顾芊震惊了，这她哪里知道？

她前段时间才看过这本书，但她那就是随手翻翻，内容完全不知道啊！

所有人都朝她看过来，有同情的，也有羡慕的。

顾芊心中兵荒马乱，抱着必死的决心开口："'口误'就是，不管我现在说了任何乱七八糟的话，那都不是我的本意。"

教室哄堂大笑。

褚现在讲台上哑口无言。

04

有没有在心理学专业一战成名顾芊不知道。但她当时记住了褚现的反应，对方原本就不太友善的模样，现在更冷了。

那朝上勾起的嘴角，不就是嘲讽的象征？

顾芊很惆怅，但突如其来的加班计划，没时间容她多想。

开会议、组织活动、写报告、做PPT，连续好几天连轴转后，她在蹭课和补觉中犹豫了三秒钟，背着包就往教室冲。

这次她提前了40分钟，终于占了个中间偏后的边角处，前面的柱子挡了一半的视线，对于她来说刚刚好——方便今天偷睡几分钟。

就几分钟，偷偷睡几分钟也不会被发现……

头颅越来越低，几乎和桌面亲密接触。

褚现刚讲完一个知识点，大家都在安静地做笔记，教室里"砰"的一声，显得尤为突兀。

其实褚现早就发现她在睡觉了。

一到教室他的目光就不由自主搜寻，然后就锁定了目标。

他将这种在意的心理定义为在图书馆兼职一个星期的后遗症。

"声源"被磕醒后蒙了一阵，后知后觉地发现前排好多人都望着她，一抬眼，就对上了褚现的目光。顾芊连忙扯出一本书，装作认真记笔记的样子。

真是个不太乖的学生。

褚现埋着头，很不客气地说："虽然我知道，危险的心理会让睡眠更香，但我还是希望，有些同学不要占着座位浪费资源和时间。"

顾芊的脸"唰"的一下就红了。

很好，又在他的心里增添了浓墨重彩的一笔。他肯定更讨厌自己了。

顾芊吸取教训，痛改前非。

为少留坏印象这一目标而艰苦奋斗，顾芊学乖了，也想通了。

她一个老师，跟人家学生挤什么挤，到时候被认出来了还丢人。

褚现授课的阶梯教室外，有一排长椅，原本是用来给小情侣谈情说爱的，如今被顾芊利用起来，光明正大地看他的身影，听他的声音。

视角正好，阳光加持，窗框为界——她瞳孔中的水墨画徐徐展开。

顾芊将心理学课本放在大腿上，安安静静地听着教室里褚现的授课声。

旁边坐着一对学生情侣，女生惊喜地指给男友说："你看，这个讲课的老师长得好帅。"

男友:"能有我帅?"

顾芊默默地朝那边一瞥,还真有你帅。

女生一顿,害羞道:"没有。"

现在的学生,说谎的本事越来越炉火纯青了。恋爱脑真可怕。

顾芊摇摇头,又竖着耳朵听清冽的声音从教室里传出来。

旁边的情侣抱在一起。

顾芊没眼看,又有些羡慕地想,她有没有机会有一天和褚现也……想到一半,又脸色爆红地摇头中止想法。

快下课时褚现布置了道课后作业:根据你喜欢的一个东西,诗词,句子,电影,小说,什么都可以,描述一个心理现象。

他补充道:"如果完成得好,可以朝我要一个奖励,什么都可以。"

顾芊愣了。奖励,什么都可以。

爱情里,这两句话,就像带着电流的启动器。

她蠢蠢欲动。

05

顾芊又去了图书馆。

这次倒是抱着认真学习的态度去的。

管理员还是上次"劝她放弃"的那个,身上黑色的制服却再也无法引起她的心动了。

她得谨慎地选一个喜欢的作品,然后仔仔细细、认认真真地描述一个心理现象。

可她就是一个普普通通教数学的好吗!文学心理她完全不在行啊!

从书架最上面一层拽出一本极厚的原版英文小说,矮个子顾芊踮着脚,手腕差点没被压断。

一双手帮她拿了下来,顾芊还没来得及回头说谢谢,头顶极其熟悉的声调就将她打回原形。

"你不太适合读这本。"

顾芊蓦地转身。

褚现赫然站在她面前,居高临下,眉眼轻皱——一副不满意的样子。

"中文都没学好,就想攻克英文?"

"又没听我讲课,"他看着她,"学习的过程中少点急于求成。"

"我没。"顾芊解释,眼睛睁大,"我是为了完成作业。"

"嗯?"

"就是你……布置的那个作业。"她指了指手机的界面,"我喜欢的一句话,不太懂,就想着查一查原著,有没有解释。"

褚现若有所思,忘了退后一步,忘了两人现在挤在书架间的过道里,狭窄又略显亲密。

最近这个女生都不来上课,弄得他心情都有些烦躁。

"不来上课,作业倒是很清楚。"褚现淡淡地开口,好半天又补了一句,"5次。"

加上星期二她课表冲突的那几节,顾芊确实有5次没去,但她不是没去,只是换了个地方看他。

当一个被老师记住的逃课学生,感觉实在太微妙了。顾芊想,还是她这种从来不记学生的小讲师比较讨人喜欢。

"我不是心理专业的学生。"她迟缓地开口,"不在你的选课名单上。就是单纯地……想来听你的课。"

褚现轻微地眯眼。试图从面前人的微表情中,看清事情的本质。

顾芊埋头,掐了一下自己的手指,迟疑要不要干脆现在告个白。不是考试周,夜晚图书馆的人也不多,他站在她面前,没有要离开的意思——可真是天时地利人和。

刚张开嘴,话还没说出口,突然被他打断。

"你喜欢我。"

不是疑问句。

顾芊瞪大眼,心脏猛地急速跳动,仿佛做坏事被人当场逮住一般,心虚将人紧紧环绕。

脚想往后退一步,才发现无路可退。

褚现观察着她,继续开始推理起来,并在内心里给"这个女生喜欢自己"打了个对勾。

"图书馆的时候借书是为了引起我的注意,然后装作很喜欢心理学的样子。

"虽然我早看出来你看不太懂这些书,但现在想来后面的听课、相遇都是设计好的。

"是不是连经常的逃课,都利用了欲擒故纵的心理?"

他一连串的问题抛出来,解释的机会也不给,面色严肃地打个总结:"非常抱歉,我不会跟你师生恋。"

老实说，前面那些话听起来让人挺难过的，虽然"设计"这两个字看起来并没有错，但总是会被人揣摩成恶意。

这就是偏见。

但最后一句话成功让她呆在当场。

他在拒绝她，细细一品，又不太对劲。怎么就成了师生恋了？？

顾芊双唇一张，正准备询问加解释，图书馆的闭馆音乐突然响起。

褚现将英文原著还到她手里，转身就走。

等顾芊辛辛苦苦将书放回去后，早就见不到他的影子了。

06

误会大了。

顾芊琢磨出来了，褚现十有八九把她当作学生了，还是那种，上课不认真，读书不仔细，偏偏一心想要泡老师的不良学生。

坐在教师办公桌前，顾芊愁得脑瓜疼。

这世界上最可怕的四个字，非"墨菲定律"莫属。

正值国庆佳节，上面派了红头文件，需要每个系出两名代表参加学校国庆晚会。

顾芊作为资历最浅的那个，自然被第一个拉出去，由此开始了紧张的排练——也彻底失去了与褚现见面的机会。

同事建议："你可以直接打电话啊，学校官网教师团队简介上不是有他的电话？"

"这不太好吧，"顾芊满脸拒绝，"这不单单是误会的问题。"

而是他看起来就不像对她有意思的样子。

难不成要自己打个电话过去,说我不是学生是个老师,我们不会是师生恋。以褚现的性格,怕是会直接当骚扰电话挂断。

委实没脸。

晚会当日,顾芊被迫穿了一身红得发紫的长裙,象征着学校和祖国蒸蒸日上。

一波淡妆操作后,同事看着她松了口气:"终于不像个大妈了。"

顾芊:"……我实在不适合这个颜色。"

同事:"不重要,重要的是今天是全校的大型活动,教授级人物都是坐在前几排的。"

顾芊心里一"咯噔",更绝望了。

把化妆盘一收,同事将她推到全身镜面前,怜悯道:"我只能帮你到这儿了。"

别人上台都是较之日常更为惊艳,她上台是较之日常更为惊吓。顾芊看着镜中的自己,蓬蓬裙显得整个人饱满而臃肿,艳丽的紫红色衬得人肤色黑了一个度,再加之这显老的发型——看不下去了,她转身就走。

褚现对这些喧嚣的狂欢,其实并不感兴趣。

但学校要求了到场人数,他被安排坐在第二排正中间的位置,有点不耐烦。

小品,勾唇讽刺一笑。

歌舞,无聊得想睡觉。

相声,并不知道大家都在笑什么。

褚现用右手抵在扶手上，眯着眼百无聊赖地望着。

下一个节目又是唱歌，一群紫红色的衣服风风火火出来，他打了个呵欠，拧开矿泉水瓶送到唇边。

紫红色的衣服整齐划一地挪动，被光色照得极为辣眼。

上一秒，他在内心吐槽这件衣服，下一秒，褚现成功把自己呛到了。

他眯着眼，看见一个女人，走在倒数第二的位置，小心翼翼地上台。

脸颊在灯光的照耀下白皙通透，一双眼顾盼生辉，星光若熠——和平时不一样，又说不上来哪里不一样。

褚现喉结一紧，半侧着脸转向右边，今晚第一次发声："这是哪个院的？"他刚才没认真听。

旁边坐着的人想了下才回答："理学院。"

"都是学生？"

"不是啊，"那人摇摇头，说道，"都是数学系的老师。"

有时候，一句话，就能让身边所有的声音消失，比如此刻。

褚现艰难地把僵直半晌的身体转向了舞台。

她褪去了刚才的紧张，投入到歌唱中。但放在胸前的手指，无意识地收紧，暴露出她的心不在焉。

为什么。

是不是因为知道他在下面？

褚现摁着太阳穴，想起那天自己说的话——

"我不会跟你师生恋。"

怕不是个傻子。

07

顾芊利用国庆的一周假期，给自己的心脏建设了一座防线。

"失恋"的人就是这样，怀疑、失落，而后认清现实。

但现实是魔鬼，开学后不过第三天，反转来得措手不及——

顾芊抱着书，愣愣地看着面前身穿制服的人，无数次怀疑自己的眼睛。

褚现微抬下颔，问道："你确定要借书，而不是坐在图书馆看？"

心跳加速肯定是有的，但更多的是疑惑，顾芊歪着头："你怎么在这里？"

大佬般的坐姿看不出一点管理员该有的模样，褚现抬手，指了指制服左上角的胸牌，挑眉："没看到？图书馆管理员。"

"我是说，你怎么又变成管理员了。"

褚现面不改色地撒谎："和上次一样，朋友有事，代班。"

"哦。"她把书放在桌上，拿出教师卡，低头说，"我借书。"

教师卡和学生卡其实是有细微差别的，褚现再次在心里怪了遍以前的自己。

他接过卡，却没有刷，顿了顿才又问了一遍刚才的问题："你确定要借书，而不是坐在图书馆看？"

之前的她哪里舍得错过在图书馆看他的机会。

但是经过上次……

顾芊避开他的眼睛，点头说："是。"

褚现面无表情地抓过卡，"滴"声后还给她。

顾芊想了想还是低声解释道："我这是，教师卡。"

言下之意就是，我真的不是你心目中那种一心只想着跟老师谈恋爱的学生。

褚现将双手交叠起来，笑了声："我知道。"

那就没什么好说的了。

顾芊沉默地看了他一眼，抱着书离开。

刚滚到唇边的话，在她转身的同时又咽回去了。褚现不可思议地望着桌上交叠的手——这是想要长久交谈的潜意识动作。

这不是学心理学的人都知道的事情吗？她怎么就那么走了，都不给他说话的机会！

顾芊仍会去偷偷听他的课，坐在教室外熟悉的长椅上，旁边的情侣换了一对又一对。

两人偶遇的机会似乎多了些。

比如偶尔下课，顾芊会看见有同学缠着他问问题。

褚现原本不耐的神情会在看到她的同时瞬间改变，她却转身了。

比如在教工食堂，顾芊会看见他端着简陋的餐盘，却优雅得如同端着豪华大餐。

褚现正准备抬脚往她那边走去，一女同事却坐在她对面的位置，挡住全部视线。

秋季多雨，天空被灰调染成雾霾蓝。

学生如过江之鲫般，冲进大雨滂沱的世界中。

褚现正准备撑伞，耳朵里突然传来她的声音。她一边低着头说话，一边打开雨伞，应该在打电话。

褚现看到此情此景，立马走了两步，将手中的伞扔到教学楼角落的垃圾桶里。

顾芊挂断电话，就看见旁边站了个人，气质与天空的色彩很搭。

她顿了顿，才问："你没带伞啊？"

褚现："没带。"

然后用冷漠的目光，望了望屋外的雨。

顾芊伸出两根手指，抓了抓伞带子，又犹豫了两秒，才抬头说："那我去外面的小卖部给你买一把。"

这人怎么回事，智商不行情商也降低了？

褚现气结，一把抓住她的衣袖，在她陡然震惊的目光中，没什么表情地问："你去哪儿？"

"啊？"

"吃晚饭？"

"不是，我要去一趟办公室。"

"正好我也要去，一起吧。"

顾芊完全没反应过来，两人就站在了同一把伞下。

两人衣服相触，近得甚至能听到对方的呼气声。

她悄悄抬头，心想他有没有听到自己的心跳声，不然就又丢人了。

"有微信没有？"

"有。"

"那还不拿出来。"

看到他扫一扫的界面，她连忙掏出手机，在喉咙间泛出一丝淡淡的甜蜜。却又在想到之前他说过的话时，陡然消失。

很快就到了办公楼，褚现将伞还给她，白衬衣上湿了小半。

"去吧。"他示意她进去。

"那你怎么办？"雨还没停。

"我朋友在这里，我找他借一把。"褚现拍了拍袖子上的水滴，补充道，"男的。"

说完就走，留她一个人站在过道里，被他两个字弄乱了心跳。

08

这天上课前，顾芊的右眼一直在跳，越接近教室，跳得越凶。

等完全走到教室门口，得到证实。她脚步一顿，怀疑自己走错了。

第一排正中间坐得懒散的男人，可不就是褚现。狭窄的座位放不下他的大长腿，只能坐在第一排，鞋尖抵到过道中间。

他看到她，百无聊赖开口："顾老师，你这课的上座率委实不行。"

离打铃还有5分钟，教室只零零散散坐了十几个人。

顾芊早就习惯这一现象，她比较不习惯的是面前这个人。

褚现敲了敲桌面，解释了她的疑惑："来自上级的临时抽查。"

抽查个鬼，就算要抽查，也轮不到他一个专业毫不相干的教授来抽查吧。

时间一点点逼近，最后几分钟踩点的同学特别多，看到陌生的男人坐在第一排，纷纷递去疑惑的目光。

他今天穿着长袖无帽卫衣，显得比平时年轻了不少。导致最后一个和她熟悉的男生进来后"哟"了一声，笑道："顾老师，这是你男朋友啊？"

全班哄堂大笑。

顾芊差点没把粉笔掰断。

褚现挑了挑眉。

"这是上级下来视察工作的。"面红耳赤的顾老师翻开书,直接顺着褚现的谎话说了。

她不像他,教授,课少。

每周十几节课下来,几乎每次都能看到他的身影。

第二次的理由是:"来帮你提高上座率。"

第三次的理由是:"来帮你看看上课顺序有没有需要调整的。"

第四次的理由是:"最近想写一本书,需要数学知识。"

第五次倒是没来,是因为周二下午他有课。而他终于明白她之前缺席课程的原因。

久而久之,顾芊似乎习惯了第一排坐着一个人,皱着眉努力听懂她讲的变态积分公式,还能在下课的时候提出意见:"这里板书写错了。"

周五的傍晚,晚霞透着羞涩的红晕。

学生们一窝蜂跑了,急匆匆迎接周末。只有他慢条斯理地站起来,收拾起桌上的笔记。

顾芊走到他面前。

他看似随意地提议道:"晚上有约没,想不想吃正门新开的那家日料。"

"啪"的一声,顾芊将课本放在他面前的课桌上。

光线洒在上面,熨烫出柔和的色彩。

她将头颅埋低,心脏却在打鼓。

褚现盯着她的头顶:"怎么,不愿意?"

她没动,这属于退步似的静默,说明心里藏着东西。

看出来她有话对他说,褚现不急,就站在无人教室中,等待。

好半天,顾芊才鼓足勇气抬头,瞳孔流出疑惑、忐忑和暗藏的一点点期待:"你这些天做的这些事,是什么意思啊?"

09

褚现挑了挑眉,不知是该庆幸她终于发现了这点,还是该感叹自己乱七八糟做了这么多,她居然才发现?

褚现说:"就是你想的那个意思。"

顾芊的脸颊"唰"的一下就红透了,她结结巴巴地开口:"我,我想的那个意思,是什么意思,我没别的意思,就是觉得……"

胡乱开口,没有逻辑。

褚现的强迫症让他忍不住皱了皱眉,打断道:"简单一点,我喜欢你。"

顾芊没忍住,后退了大半步,脚后跟抵住身后的讲台,惊疑不定地望着他。

虽然之前,不是没有这种错觉,但是想起他说过的话,又低头开口:"你之前在图书馆告诉我,不会跟我谈恋爱的。"

这女人断章取义的本领还真是大。

褚现用指尖,一点一顿敲击在桌面上:"我哪里说过不跟你谈恋爱?我只说我不师生恋。"

"你当时就是对我说的,对我一个人说的。"

"我把你误会成学生了。"

"但这不足以抹去你前面说的那些对我的伤害。"

褚现确实还记得当时的口无遮拦。

主要是,第一次遇到这种奇怪的情绪,委实有点烦躁。

后来冯成听到后,差点笑坏肚子:"亏你还是心理学的教授,你之前没喜欢过人啊?"

"自然喜欢过。"

"那你不知道这段时间你的烦躁,都是因为你在意这个女孩吗?"

因为他把她当作学生,在心底画了道叉,圈入禁忌的牢笼,所以他品不出来,这种也是喜欢。

直到后来得知她是老师,才终于冲破枷锁,恍然大悟。

顾芊瞪大眼,委屈兮兮。

褚现是多聪明的人,立马在脑海里给出了一系列说辞。

"再次到图书馆当管理员是为了引起你的注意,当时想跟你谈谈,你跑了。

"节奏过快不太好,所有后面的听课、相遇包括借伞都是设计好的。

"我城府深得很,就因为喜欢你。"

他微微低身,漆黑的眸子将他看得仔仔细细:"我现在也说了伤害我自己的话了,是不是打平?"

打平就意味着重新开始。

他是教授,她是老师。

褚现缓慢地问:"你想不想跟我谈恋爱?"

顿了顿,又补充道:"别撒谎,我一眼就能看穿你。"

10

两人在一起很久后,顾芊有一次吃着饭,突然想起来曾经在阶梯教室外蹭课的那段往事。

褚现不可思议:"你说什么?"

她直接拉着他来到现场。

斜方视角正好,阳光加持,窗框为界,以前是她一个人的水墨画——如今也落在他的瞳孔中了。

"我偷偷摸摸又努力地观察你,你当时却那样误会我。"她责怪道,委屈巴巴。

"嗯,抱歉。"褚现抬手,捏了捏她气鼓鼓的脸颊,心中想的却是另外一件事。

因为旁边长椅上坐着的小情侣,正在卿卿我我。

他略有些不忿,坐下来,拉着她,坐在自己身边。

压低声音,随着微风窜进她的耳朵里:"你说,当时坐在这里的时候,是不是经常有情侣在旁边?"

顾芊偷偷朝后面看了下,点头:"差不多。"

"气不气?"

"气。"

"怎么能光让别人气自己,"他一副恨铁不成钢的样子,低下头,将嘴唇凑到她耳边,"我们也气他们。"

她突然想起,那时的愿望,好像都实现了。

END

二次元恋陷
元爱阱

文/鸭先知

非著名恋爱指导大师提示您：现在是甜品摄入时间，请跟随小鸭指示，及时补充糖分。

夏清野拿着一沓宣传单走进了学校附近的酒食街。

与Z大相邻的酒食街是周边几所大学学生的创业项目载体，但凡有想法的学生，都能申请一笔资金，在这里承包店面创业。几代学生更迭下来，这里的生意倒是做得如火如荼。

夏清野以往只在酒食街前半段逛过，街的后半段倒是比前面清净不少，开的都是有格调的餐厅酒吧。夏清野自问算是个"正经"的男同学，万万没想到第一次来这后半条街，就要做"不正经"的事。虽然他的好友大概率会拍案而起、激情反驳："我们光明正大的，哪里是不正经了！"

夏清野性情温和，有谁张口要他帮忙，在他能力范围内也不会太过推脱，于是被好友缠了几次也就应了下来——

事情的起因在于好友对酒食街的一家咖啡厅着了迷。这可是家女仆咖啡厅，开在以男女比例7：3出名的Z大旁边，那简直就是不可忽视的存在，男生们面对甜美可爱的服务员小姐姐纷纷流下激动的泪水。

夏清野的好友就是其中一名狂热顾客，狂热

到就算在赶作业设计,也要搬着电脑去咖啡厅赶工的人,他的会员等级已经是 VVIP 级别,堪称十足的粉丝头子。

夏清野被好友推荐过数次,但他并不是什么宅文化爱好者,只听了几耳朵就略过了。如此这般,按常理来说,他跟女仆咖啡厅是不会有什么交集的了。

但凡事总有万一,这段时间女仆咖啡厅开了投票竞选活动,来评选顾客心中的 N0.1 小姐姐。夏清野吐槽,弄得和选秀综艺一样,怎么会有人这在意。可偏偏他的好友坐不住了,立马开始准备拉票事宜,这位设计才子甚至从咖啡厅公众号扒了几张高清照片,裁剪拼接,完成了一张十分耗费心血的拉票宣传单。

"变态。"对此夏清野简要评价。

按照计划,好友在学校宣传拉票,夏清野负责在酒食街发宣传单,酒食街客流量大,估计不用半个小时就能搞定。

"正经男同学"夏清野准备好了口罩,准备在不暴露自己的情况下快速解决任务,然后回去继续刷题。

对于酒食街后半段"很乱"的情况他早有耳闻,可万万没想到,他人刚刚站定,还没来得及从口袋里拿出口罩,就被人扒掉了风衣。

"正经男同学"夏清野大惊,这里的人行事果然极其彪悍!

这几日天气不是很冷,夏清野穿着一件风衣,没扣纽扣。

正因如此,抓住夏清野肩头的那双手十分顺利地就扒下了他的风衣,女劫匪的整个"行凶"过程行云流水,流畅非凡。夏清野后知后觉,等他反应过来时,就看见抢了他风衣的女生,将衣服往身上顺势一裹,一个冲刺,拽住了她前面逃跑的那个人,右脚狠狠一绊,就将人撂到了地上。伴随着"凶徒"的动作,夏清野看到了飞扬的风衣下面,飘起来的蕾丝裙摆。

女生将风衣整理好,遮住自己的大腿,气场十足地把被"捉拿归案"的少年交给后面匆匆赶来的另外几名店员,然后转身跟夏清野道谢。

"不好意思,刚刚是我老板的弟弟,叛逆期离家出走,好不容易找到了。"周楚橙一边解释,一边拍打衣服上的灰尘,"没办法,老板怕他在外边饿死,情况紧急,手段就强硬了一点。"

被几个人严防死守的少年有苦难言,走在他旁边的另一个成熟风美女低声警告:"你现在还在我们工作区,本着服务精神我会和善一点,别让我当着顾客的面抽你。"

往店面走的时候,老板不忘扭头照拂一声:"橙子,借了人家的衣服,记得带他来咱们店请他喝杯咖啡。"

夏清野蒙了:她们管那叫"借"吗?

周楚橙冷静地应了一声,见衣服上的污渍拍不干净,索性做了个"请"的手势:"谢谢你的衣服,我的裙子太短,跑起来容易走光。跟我回店里歇会儿,等我帮你把衣服处理干净。"

夏清野婉拒:"那倒不必。"

周楚橙转过来面向他,夏清野才注意到她裹在自己风衣下面的衣着:黑白相间的小裙子十分可爱,腰上束着装饰性围裙,裙子的长度停在大腿中上部,乳白色带着蝴蝶结的丝袜完美勾勒出腿部的曲线。

整套装扮衬得人腰细腿长，甜美动人。

纵使夏清野对二次元再不了解，也知道这是所谓的"女仆"装。他心念一动，想起来自己此行的目的——他记得好友念叨了好久，应援数量最多的顾客，将得到被应援小姐姐的签名和一个月的VIP服务。

夏清野考量片刻，开口："咖啡就不必了，我等会儿还有些事，不如帮我……"不如帮好友直接要个签名，也算他完成任务，省得在这是非之地逗留。

周楚橙点了点头，把风衣脱了下来："也行，衣服的干洗费用我出，洗完后去Z大物理系研究生应用物理二班找我付钱，让人喊周楚橙出来就行。"

周楚橙说完才意识到自己打断了对方的话："刚刚说帮你什么？签名吗？"

夏清野后半句话没机会说出来，就被这一段信息砸蒙了，他立马否认："不是！"

过了几秒，又确认道："你叫周楚橙？"

周楚橙皱着眉，回道："是，有什么问题吗？"

问题大了去了。首先，周楚橙在Z大物理系的名气不小，算是个活在众人朋友圈里常年被偷拍的学霸美女。其次，上个学期，夏清野申请进一个实验项目组，周楚橙作为项目组内部代表兼主要面试人，无情地在面试表意见栏上写了一句：**不予通过，申请驳回**。

他还记得面试时，周楚橙穿着没来得及脱的白色实验服，戴着眼镜，找了个空教室倚在讲台边，抽出宝贵的十分钟来听夏清野的自我陈述。她垂着眼记录了一些数据，然后掀起眼皮，拿笔杆挑着夏清野的下巴仔细观察了一下，小声嘀咕了句："怪不得女生们常提到，是挺好看。"

虽然声音含糊，但是离她极近的夏清野还是听得清清楚楚，然后自己就被莫名其妙拒绝了，这件事他记了很久，所以一听到周楚橙这个名字，就立刻想起来了。

也不怪夏清野先前没有认出周楚橙来，谁能想到未来的女科学家此刻正扎着双马尾辫，穿着萌系裙子，可爱惹眼，电力惊人。

这实在是太可怕了，此地不宜久留。

气氛凝滞了一会儿，周楚橙才后知后觉回忆起来："哦，你是那个申请进组的小孩儿是吧，叫夏什么野来着。"

"夏清野。"他嘴里干巴巴的，十分尴尬，想要立马找个借口溜走。

周楚橙没在意他态度的转变，抖了抖手里的风衣作势要还给他。夏清野的风衣口袋本来就浅，宣传单早被挤得露了个角，随着抖动，纷纷扬扬撒了出来。

周楚橙拾起一张，挑了挑眉："你打印我的海报干吗？"

脸盲的夏清野再一次迎来尴尬暴击。

周楚橙道："你刚刚果然是想要签名。"

夏清野看了几秒周楚橙的脸，又对比了一下她手上的海报，发现他完全找不到两者的重合点。

他沉默片刻，犹豫着开口："其实，这是我一个朋友……"

周楚橙配合道："哦？"

面对万金油一样的"我有个朋友"式借口,周楚橙的语气要多敷衍有多敷衍。

夏清野闭嘴了,他此刻被正主误解成狂热粉丝,已经丧失了发言权,而周楚橙已经给自己的粉丝安排好了一切,只见她将地上散落的纸张整理起来,率先带路:"走吧,签名和 VIP 服务,可以满足你。"

夏清野放弃抵抗,为避免越描越黑,只得跟在身后。

咖啡厅很近,店面整体清新简约,挂着各类可爱的装饰。周楚橙将自己的裙摆扯了扯,又整理了一下胸口可爱的蝴蝶结,快走几步率先进去。

她推开门,站定,两只皓白的手腕交叠在身前,微微欠下身来,无比自然地对着夏清野道:"主人,欢迎回家。"

这家咖啡厅的门一定是一道魔法之门。

门外周楚橙能面不改色撂倒一个比她高二十厘米的青春期少年,即使穿着女仆装,也能在眼角眉梢看出几分平日里的果断和侠气。尤其是挑眉的样子,让夏清野立马回忆起了这位学姐回绝他入组申请时的神情。

而进了咖啡厅大门,周楚橙锋锐的气场都被好好地收了起来,像进入了一道透明的结界一样,暖和的室内风和香甜的糖果气息一起包裹了夏清野。周楚橙抱着菜单冲他微笑,一副殷切小女仆的温顺模样,跟十分钟前的做派可谓天差地别,真的是十分有职业道德。

夏清野硬着头皮走进去，店内其他女仆在他路过时都会热情地欢迎，而作为夏清野的 VIP 专属服务女仆，周楚橙则直接带着他走到了店面靠里一个人流较小的位置。

周楚橙将服务精神贯彻到底，顺势坐在他身旁，替他温杯醒茶，一边问道："主人今天想要点什么？推荐饮品有蜂蜜与四叶草、莉莉喜欢的热巧、橙子的卡布奇诺、软萌萌棉花糖……"

夏清野看着菜单，发现每个词语自己都认识，但组合在一起，就透露出一种高深莫测的神秘感。他犹豫片刻，指了指蜂蜜与四叶草的页面，问道："这是什么？"

周楚橙简洁明了给了回答："柚子茶。"

夏清野了然，又指向下一页："这又是什么？"

周楚橙伸手一指："就是莉莉调制的热巧克力，在桌游区那边的就是她。"不远处扎着丸子头的女孩恰巧看向这边，见有人指着自己，拎着裙摆不慌不忙行了个礼。

夏清野明白了，举一反三："橙子的卡布奇诺就是你去制作吗？"

见周楚橙点头，夏清野十分不怕死地又道："热巧太甜了，我可以点莉莉喜欢的卡布奇诺吗？"

夏清野发誓，他刚刚看到周楚橙在甜美微笑下不动声色地磨了磨牙，然后才元气满满地回应："给你三个选项，你可以点橙子调制的蜂蜜柚子茶、热巧克力和卡布奇诺，再作妖等进了学校大门我就把你抽筋扒皮涮火锅。"

周楚橙成绩优异，导师是业内有名的风向标之一，她又在导师的带领下做研究项目，因此十分受学弟学妹尊敬。就算在咖啡厅兼职，来者也多是二次元爱好者，很少有人来调侃她，更没人在接受一对一服务的时候还光明正大要点别人调制的饮品。

更何况作为自己的支持者，不可能不清楚售卖饮品的数量也是店内投票比赛的参考数据之一。周楚橙既然能从繁忙的实验中抽出宝贵的时间来打工，就表明了一件事，她是真的非常缺钱。古人不为五斗米折腰，她不行，她为五块钱提成就能折。而身为自己的粉丝竟然敢给别人送钱，可见夏清野是个胆大妄为的小兔崽子。

夏清野见周楚橙不再端着营业微笑，而是显露出几分自己熟悉的神色，不由轻笑出声。

"这样就好多了，你刚刚那样给我的负担有点大。"夏清野点了点菜单，"辛苦帮我做杯咖啡，不要叫我主人，好别扭。"

周楚橙对此无所谓，她的一切行动向钱看，夏清野想要她自然一点，她也乐得轻松。夏清野跟她进了咖啡厅，自然不是冲着什么VIP服务来的，因此当周楚橙端着咖啡过来的时候，看到夏清野正在看的物理题时，她难得地呆滞了几秒。

女仆咖啡厅里出现了开业以来的一幕奇景，粉色的桌子上铺满了草稿纸，周楚橙抓着记客单的魔法少女钻石权杖笔飞快地运算。

"你是笨蛋吗，这类题怎么到现在还不会，什么？还没学到这一步，在预习？这个需要学吗？今天做不会不许离开，听到没有！"

周楚橙踩着桌子下的横杠，又拍出一张运算过程。

"裙子！"夏清野应接不暇，连忙将自己的风衣搭在周楚橙的大腿上，避免她因为抬腿导致走光。

"看什么裙子，看题！"周楚橙怒道。

夏清野拿着草稿纸，哭笑不得。他没告诉周楚橙这两道题是最新的竞赛题，已经难倒了班上的大部分同学。而他并非天资聪颖的那一类人，抱着勤能补拙的心理已经提前预习了不少章节，能将这两道题囫囵做出个大概，已经算是整个年级里的佼佼者了。

周楚橙的运算简洁明了，逻辑清晰，他看了两遍，问了几句才算弄懂，终于得到了空档，端起冷了的咖啡润润嗓子。周楚橙将笔盖合上，看着夏清野慢条斯理将演算过程给她推了一遍，才问道："学得不算慢，知识系统也完善，像你这样的，一般奖学金稳拿，怎么还要申请加入研究项目？"

"当然是因为还想在这里深造，"夏清野揉了揉头发，将草稿纸整理好，回答道，"X大的研究生一向难考，到了复试环节还会考察本科的研究成果，光我一个人的话，发表论文有点困难……"

他从一开始就是冲着周楚橙的导师陈老去的，哪想到出师未捷，率先被陈老麾下弟子周楚橙碾压了几遍。

"说起来，你究竟为什么不让我加入？明明那时候有名额。"过了几个月，夏清野对此还是意难平，终于有机会详细询问。

周楚橙难得心虚了片刻，她摸了摸自己的鼻子："你知道我为什么打工吗？"

"嗯？"夏清野不知道话题为什么会拐到这里。

"项目资金紧张，已经没钱再给新的成员发工资了。"

没人知道周楚橙在拒绝夏清野时的挣扎,她疯狂计算着新收纳成员多出的各类开销,最后十分惋惜地放走了这个性价比超高的劳动力。

夏清野想过自己被拒的原因,可能在于人情交际,可能在于学术水平,万万没想到是如此现实的理由。现在看来,项目缺乏资金并非借口,毕竟连当家的主研究成员都套上了女仆装为了科学走上了卖萌之路,可见资金运转确实捉襟见肘。

夏清野沉默了片刻,还是有些无语:"其实,我自己有钱,并不需要工资。"

"我懂我懂。"周楚橙敷衍道,"你不要工资有什么用,我有次去看你们的实验,隔壁的姑娘为了多看你几眼,弄出来的失误可是坏了不少组件。我们家小业小,要是你进了组,来看你做实验的女生整天堵在门口,再多的预算都不够赔那些组件的。"

一个性格温润、学业有成、长相帅气、气质干净的男同学,无论在哪儿都是人群的焦点。周楚橙也听过几句夏清野的传闻,除了几桩本人不解风情让各路美女使尽办法也没有将其拿下的轶事,最有名的,莫过于传言中夏清野殷实的家境。

有多殷实看不太出来,因为夏清野本人吃住都在学校,兴趣爱好寥寥,很难让人打探到实情。但俗话说无风不起浪,值得被人私下传播的,真实性往往很高,周楚橙将其称为"薛定谔的有钱"。在夏清野暴露自己之前,谁都不会知道他本人的真实情况。

在夏清野的弹性有钱和女生们见到夏清野后大幅上涨的破坏率面前,周楚橙坚定地选择了保守方案,即使夏清野不需要工资,但为了实验室的安稳,她还是忍痛拒绝了他。

夏清野听她一条条阐述理由，觉得自己十分郁结：你懂个鬼。

周楚橙没有理会他的郁闷，凑近他打了个商量："不如我们公平交易，你每天过来喝杯咖啡，我帮你讲一道题。"

夏清野道："为了五块钱提成？"

周楚橙矜持道："您再补贴点也行。"

夏清野一时不知该祝贺自己找到了优质的补习老师，还是叹息自己在周楚橙眼里的意义竟然不如一杯提成五块的咖啡。

夏清野又叹了一口气，他重新翻了一页草稿纸，继续上一道题的运算。

好友学习设计，自由散漫，不用像他这样为了保研整日在自习室和图书馆之间穿梭，此时正在他身边拿着周楚橙的签名幸福翻滚。好友并不清楚夏清野跟周楚橙的渊源，只以为是朋友为他前后打点，才终于弄来了女神的签名。

夏清野为好友的单纯又叹了次气，手下的运算没有停歇。

作为吸引夏清野来继续消费的小小手段，周楚橙在他离开之前留了几道题目，连带小票一起塞给了他。

夏清野心里面默念几遍不要好奇，不要好奇，这明摆着是周楚橙给他下的鱼饵，目的就是为了钓鱼，但出了店门后仍不由自主地打开纸条，开始思考答案，回去就拿笔验算，耗了两个小时，卡在了最后的关键点。

周楚橙打蛇打七寸，精准命中了夏清野的死穴，在三天后等来了夏清野的又一次上门。

夏清野算得烦躁，顺着菜单点了一排小蛋糕，心满意足的周楚橙开启了愉快的赚钱之旅。之后的一切顺理成章，夏清野放弃抵抗，乖乖接受周楚橙的课外辅导。作为回报，夏清野以一己之力，带起了周楚橙的本月业绩，周楚橙本月销冠指日可待。本着顾客就是上帝的基本准则，周楚橙以 VIP 服务为名，行作业辅导之实，可谓尽心尽力。

尽心尽力之后，周楚橙留的题就更加困难巧妙了。夏清野为此付出的时间逐日增加，整天算得头昏脑涨不说，还要忍受好友激动难耐的骚扰。

"停。"夏清野用笔杆敲了敲桌子，示意好友不要激动，"在我这儿感慨有什么用，你去咖啡厅点杯饮料，开个桌游套餐，让你的女神陪你一下午如何？"

好友唉声叹气道："我倒是想，但她是出了名的排班时间不定，刚问了店长，今天下午她有事，又不当值。"

夏清野看好友委屈坏了的模样，笑了："想不到你还挺专一。"

好友掏出手机，查了查余额："其实小草莓也很可爱，缪缪也不错，但是我都给橙子投了好几票了，还是专注在她身上比较好，这样得奖的机会更大一些。"

夏清野收拾了纸笔："那你在这再感慨一会儿人生，我还有些事，先走一步。"

夏清野出了自习室，准备坐电梯上楼，周楚橙刚刚给他传了消息，让他去实验楼等她。他等电梯上行的时候，电梯正在往负一楼降，夏清野顺势进去，准备跟电梯走一个来回。他拿着手机翻阅上节课拍的PPT，在听到一楼到了的时候眼睛都没抬，只是身子往里让了让。

一道熟悉的声音响起："呦，这么刻苦。"夏清野一愣，说话的周楚橙手里拿着讲义，站到了他的旁边。此时她没有穿着他熟悉的可爱女仆制服，反而身着一套女士西装，气质超群，落落大方。

周楚橙莞尔一笑："有个老师请了假，我帮忙做几节课助教，这身行头还行吧。"

夏清野了然道："为了赚代课费？"

周楚橙穷得十分坦然："顺便也看看祖国的花骨朵有没有长进，怎么，你看我干什么？"

夏清野看着周楚橙腿上熨帖笔挺的裤子，摇了摇头："没什么，有点稀奇，见惯了你穿裙子，这么一看还有些不习惯。"

周楚橙眨了眨眼，电梯里只有他们两人，她将讲义挪到另一只手，凑近夏清野，挑起一抹调侃的笑："有什么不习惯的，我里面可是还穿着丝袜的，你不是熟悉得很吗……主人？"

"哇，你耳朵红了，你纯情得很嘛，还没有适应我们女仆咖啡厅的服务吗？"

周楚橙背着手，看夏清野稍显慌乱狼狈地后退一步，坏心眼地渐渐逼近他。

夏清野忙闪身避开，正好电梯到了楼层停了下来，他连忙跨了出去。他被逗得耳朵发烫,只能强压下紊乱的心跳,推着周楚橙的肩膀让她离自己远一点,开口道:"注意一点,为人师表。"

"算了算了,不闹了。"周楚橙笑了会儿,跟着出了电梯,夏清野走了几步,到自己班的自习室门口停下,想起了什么似的,从门口的桌上拿了颗巧克力球,偷偷塞给她:"喏,你不是爱吃甜的吗?"

他记得清楚,周楚橙嗜甜,每次补课时候,他点的一堆小蛋糕十有八九都进了她的肚子。周楚橙写题的时候总是叼着蛋糕匙,还理直气壮:"学习太费体力,当然要吃点糖分补充。"

那颗巧克力夏清野递得自然,周楚橙下意识接到手里才觉得不妥:"这不好吧,侵吞你们的公共财物。"

班里还闹哄哄的,没人发现门口的动静,夏清野轻声道:"没事的,你吃我的那一份。"

周楚橙立刻把巧克力球剥了糖纸塞到了嘴里。她的脸颊被顶得圆鼓鼓的,略带心虚地偷偷看了看教室里的情况。周楚橙那些精英气质此时都同这颗糖一起融化了,像是从谁家糖罐儿里掉出来的小仓鼠,神态可爱得很。

这时候班里有人看过来了,夏清野的同桌蹦到了门口,打了声招呼:"学姐,清野,你们怎么在这里,是有什么事吗?"

周楚橙还在偷舔嘴角的巧克力,闻言冲他微微一笑。夏清野无奈,出面解释:"恰巧碰到了而已,没什么事。"

周楚橙悄悄踢了踢夏清野的鞋尖,悄声道:"记得我面试你的那间教室吗?我先走了,你随后来。"说罢,若无其事将鬓角滑落的碎发重新抚回耳后,闲庭信步地走了。

同桌见学姐走了，不再装三好学弟的模样，十分惊奇地猛推夏清野，语气激动："我要晕过去了，学姐刚刚离我们这么近，你有没有注意到到她的长睫毛？还有那两条腿，太直了，我的心差点跳出来。"

夏清野本来没有在意的，被同桌扒着耳朵夸了句学姐的腿，突然想起一些画面，整个脑子突然被周楚橙那句"里面穿着丝袜"占领。是那双带着蕾丝花边的长筒袜吗，还是有镂空星星装饰的那款？他不自觉看了眼周楚橙裤脚和鞋沿之间的缝隙，又忽然反应过来，觉得自己整个人都不太好了——这不是跟变态一样吗？

他这么想着，只觉二次元文化实在是太过危险。

夏清野走到约定的教室时隔着门看了里面一眼，周楚橙没在。

当时为了方便，周楚橙是在实验室旁边就近找了个教室面试的他。夏清野心念一动，往隔壁实验室瞅了瞅，门虚掩着，里面传来几人走动的声音。

他走了过去，敲了敲门，不一会儿门就被拉开，此时阳光西落，恰好穿过实验室的窗，乍一看有些刺眼。夏清野被光晃得遮了下眼，透过夺目的日光，周楚橙的声音由远及近："谁啊……咦，你到这边来了？"

夏清野低下头来眨了眨眼，看到周楚橙穿着洛丽塔皮鞋，朝他一步步走来。身前开门的人让开，笑着跟周楚橙说了句："这就是你提过的那个学弟？"

周楚橙笑着应了一声，见夏清野的眼睫微垂，不由又想逗一下他："就这么喜欢丝袜？眼睛都离不开了。"

夏清野愣了一下，突然反应过来周楚橙已经换了装扮，又穿着他非常熟悉的女仆装正冲着他笑，唔，袜子是有小猫咪肉垫的那一款。

"你……怎么？"夏清野心神大乱，忙退出一步。

其他人对她这副装扮见怪不怪，只有个女生抬起头来："橙子，别吓着学弟。"

见夏清野看她如同见了洪水猛兽，甚至谨慎地退到门外，周楚橙耸耸肩，拉着夏清野胳膊将他带进来："没几句话，那就在这儿说吧。"

她找了件留在实验室的宽外套，挡住上身，这么一看，就像穿着黑色短裙的寻常学生，不再那么惹眼。

"你怎么在这儿就换上了？"夏清野帮她提着衣服、套上衣袖，并将衣摆往下扯了扯。

周楚橙面色平淡地道："马上就要到交接班时间了，从这边穿小路过去用不了几分钟。"

夏清野不赞成道："为什么不到店里再换？"天气还不是太热，只有少数几个爱美的女孩换了短裙，夏清野每次见了，都感同身受般地觉得膝盖冻得发疼。

"我走小路可是要过校门旁那片小树林的，穿裤子跑皱了，还得花时间去熨。"

实验室里刚刚帮夏清野说话的女生听到此处，笑了起来："怎么，这就心疼了？论起辛苦我们这一屋的人可是不分伯仲的。"

周楚橙笑骂她几句，解释道："为了资金，她去做家教，教完回来抱着太太口服液喝了两板。"

女生整理着资料，嘴里絮絮叨叨："我还好，旭东的工作才惨。"

被点到名的男生看了过来，无奈地做了个"饶了我吧"的手势，周楚橙无视求饶，说道："他以为自己找的工作最轻松，帮一姑娘躲相亲，结果被人家看上了，钱没赚几个，还把自己搭了出去，现在基本算是人财两空。"如此看来，周楚橙的女仆工作虽然出格一些，但竟然是几人里最靠谱的。

周楚橙拐回最初的话题，找出一张名片给了夏清野："你不是想找个导师跟项目吗？这个老师刚从国外交流回来，手下还没有收学生，我跟他聊了几句，引荐了你，你等下去找老师聊聊，看有没有机会。"

夏清野倒是没有想到周楚橙还记得他随口提过的那几句话，接过名片来，才发现这位老师也很有名气，作为领航者绰绰有余。

夏清野有些感激。虽然他以前就好奇，周楚橙做着项目，用着拨款，怎么还需要辛辛苦苦去打工。这次来和项目组人员沟通，他倒是更理解了一些，学校同期进行的项目有不少，因此资金也有些紧缺，很多项目都是老师靠着人脉找来企业投资。为了试验数据，周楚橙她们把资金都投到了试验中，每次失败都是烧钱，以至于每人都在兼职，却也只能艰难维持着。

他扫视实验室一圈，抿了抿唇，拿着名片打了声招呼便出去了。

周楚橙继续写教案，被一旁的人戳了两下。

"这就是你这段时间教的那个男生吗？我记得上次看到他的八卦，有学妹趁联欢会邀请他跳舞，结果伸手等了半天，他给人家手里放了把瓜子。哈哈哈，太绝了。"

周楚橙护短道："他学习好，以后是要有大作为的，小小年纪谈什么情情爱爱的。"

戳她的人笑了:"说什么不懂情情爱爱的,橙子你撩人家几次了,他刚刚把你外套往下扯了几次,都不愿意让你露腿呢。"

又有人路过,听了一耳朵八卦,也跟着起哄:"呦,橙子有情况?讲真的,不会嫌年纪小吗?男生本来就晚几年成熟,跟学弟谈恋爱,我们橙子怕不是每天日常都是'写完这道竞赛题再来牵手。接吻?接吻不行,那起码得做套模拟卷'。要我说,橙子绝对干得出这种事来。"

几人最后商讨完毕,下了结论:周楚橙用心不纯,要对小男生出手,实在是愧为人师,误人子弟。

周楚橙拿起教案,每人赏了几下:"你们懂什么,不趁着人还小将他拿下,以后成长了让所有人看见了,抢起来多麻烦。好歹是我看中的绩优股,还请各位大侠嘴下留情,多多帮衬着些。"

她的同伴们感慨:"橙子要是嫁出去了,夏学弟是不是要给彩礼的?快快快,把咱们项目组的购货单拿过来一下,那套装备我想要很久了!"

"对对对,夏师弟不是隐形土豪吗?大家停一停手里的事儿,我们来研究下咱们养的橙子能卖几个价钱?"

周楚橙无奈扶额,由得他们起哄,收拾了下东西,把外套拉链拉好出门兼职了。

夏清野对她的心思她还没看明白,但这边已经敲锣打鼓煞有介事地都给她计划好了。她要忙的事实在太多,不能跟他们胡闹,只求咖啡厅那边事情少点,争取拿个全勤,给大家减轻点压力。

按周楚橙的计划,他们组里的人虽然不多,但好在团结一心,又都是工作铁人,再攒一个月工资,就能凑够大致预算,让几人在期末考试前喘口气,歇息一段时间。

可老天开眼,天上的馅饼瞄准他们实验C区的几个人,直直地砸了下来。这个消息是夏清野先知道的,他看到消息通知,吓得手机砸到了桌上,直接跷了课去找周楚橙。实验室里的周楚橙刚兼职回来,女仆装还没换下,正拿着湿巾擦拭桌子,见这个模范生难得慌张地过来,开口问:"怎么了?"

夏清野看她穿着女仆装,二话不说,把自己外套脱了给她套上:"学姐,情况紧急,长话短说,你别骂我……"

"什么情况?"周楚橙被人拉过去,手上还抓着湿巾,就被糊里糊涂套上了衣服。

夏清野舔了舔嘴唇,开口道:"我……"

他话没说完就被打断,实验室的门被再次推开,周楚橙的同伴进来宣布消息,激动得大叫:"天大的好事,我们有赞助商了,正在朝这边过来呢!你听,这是上楼声!"

夏清野往后退了一步,认错道:"我家不是经商的嘛,我跟家里面说了赞助你们的想法,但是我妈……就是女人的第六感吧,猜了些什么,想来见见你。"

周楚橙全程只听到了"赞助"两个字,她拽住夏清野的胳膊,正色道:"是不是以为我带坏了她的乖儿子?但是先说好,批判我可以,赞助费不能少。"

　　夏清野被这财迷弄得哭笑不得："什么乱七八糟的，她只是想看一眼你，少不了你的钱。"

　　话音刚落，就听到脚步声渐近，来者是个优雅知性的中年女人，踩着高跟鞋走了进来，行政老师介绍："这就是项目组的成员，有什么想要了解的，让这几位同学来为您说明。"

　　中年女人应了两声，视线落在夏清野身上，她几步跨了过来，抓住的却是周楚橙的手，开门见山道："臭小子就是专门为了你，找借口让我们关心国家科研、赞助实验的吧？"

　　好大一顶帽子，周楚橙不动声色："那倒也不是，夏同学一直很优秀，关心这些也情有可原，说到这里，阿姨……"

　　"叫什么阿姨，太疏远了，叫我郑姨就好。放心好了，郑姨一定帮你们解决后顾之忧，有什么问题让臭小子转告就行。"

　　周楚橙听罢，原本推辞的话立马咽了回去。

　　"这怎么好意思呢，郑姨。"说着怕太客套让赞助商把许诺的条件收回去，又十分腼腆道，"但是郑姨帮了我们，我们一定会拿出好的成果来，不辜负您和学校的期望。"

　　夏清野看这两个女人在他眼前上演情深义重，不由牙酸。他被旁边人戳了戳胳膊，只见项目组里的学长也是表情复杂，同情地问："周楚橙平时对你也这样？"

　　他指的是周楚橙这种分外娴熟的装乖技能，夏清野想了想，发现周楚橙确实将这技能在他身上用得炉火纯青，每次都被她带跑了。他沉吟片刻，含糊道："就那样。"

学长拍拍他的肩，感慨万分地踱步到了一边。

那一边夏母跟周楚橙的话题越聊越偏："我早就想着，这小子也不是个和尚性格，怎么二十出头还没谈过恋爱，嚯，结果那次我给他送果盘去房间，发现聊天消息发了一半就睡着了，给他关手机的时候我顺便看了眼，就记住了你的名字。"

周楚橙道："夏同学学习刻苦，一般都是在问我题目。"

郑姨拆台："他给你专门建了分组，把你设成了'特别关心'，还有这外套，是这臭小子的吧，哎哟，我又不是老古董，小年轻谈恋爱还有不支持的道理？我们家里都是做生意的，几代才出了这么一个独苗苗高材生，能再找个高材生女朋友，真是要给他烧香拜佛咯。"

周楚橙抿嘴微笑，但笑不语，实则背地里猛拽夏清野。她刚刚在一群人涌进门前，眼疾手快地将女仆装上的蕾丝围裙扯了下来在手里团成一团。

她全程一只手抓着围裙藏在身后，终于得了空闲，把那团围裙塞给夏清野，再若无其事地抽出手来。夏清野被人塞了一团布料，没有反应过来，仔细一看布料上的褶皱边，顿时明白了。他离几人近，另一侧又是行政老师，只能不动声色地绕过他妈跟周楚橙往另一个方向走去。

"你要去哪儿？"夏母眼观六路，虽然跟周楚橙正在闲话家常，另一手却精准无比地拽住了夏清野的胳膊，"嗯？你拿着什么？"

夏清野跟周楚橙对视了一眼，只见这个丫头十分熟练地做出了几分好奇的神色看向他手中之物，将自己摘得干干净净。夏清野磨了磨牙，淡定道："我给周楚橙带的礼物。"他给他妈看了一眼，他妈立刻认出了这是个样式可爱的围裙。郑姨没有接触过二次元，自然看不出这是女仆装配件的一种，只当是现在的潮流。但是再可爱，那也就是件围裙。

郑姨恨铁不成钢，拐了夏清野一胳膊："怎么送小女孩这种东西，看见你就烦，一边待着去。"然后连忙转身给自己儿子找补："楚橙呀，我们家以后不用你做家务的。扫地机、洗碗机家里都有，做饭就让臭小子去，他手艺好，让他累去。"

周楚橙继续装腼腆："郑姨，谈这些太早了，您还忙着吧，不如我们先把这里的事解决了，以后再慢慢谈。"说罢就拿起项目组的资料来，要给她开始介绍。

夏清野十分头疼，行政老师也被这混乱的场景惊得目瞪口呆，只有项目组成员不受影响，自顾自记录数据。行政老师揉了揉太阳穴，对夏清野叹道："她俩好歹都跟你有关，你先让大家冷静些，院长接到了投资消息，马上就要到了。"

夏清野一个头两个大，硬着头皮上前低声道："妈，我们院长要到了，沉稳些、优雅些。"

夏清野他妈恨铁不成钢，也耳语："你可长点心吧，我的乖乖，这么久还没把人拿下来，还得你妈妈我亲自来，还考虑这些那些做什么。"

行政老师清了清嗓子，说："院长来了，这是我们系院长，还请多多指教。"

周楚橙如同奶猫被拎了脖子，刚刚还十分起兴地要给郑姨介绍，立马乖得像个鹌鹑，不敢声张。

郑姨才不关心来了什么人，继续问："楚橙，那什么时候来我们家吃饭呀？"

院长搭话道："怎么来谈投资就这几个人招待？项目组的负责人呢？这几个学生当然不行呀，我把这儿的负责人找来，大家稍等片刻。"

周楚橙连忙跳了起来，安抚院长："我们老师这几天刚得了几天休息时间，还得辛苦打车过来，老师年纪大了，太折腾了。"

她拽拽夏清野，要他帮忙说几句话。夏清野连忙制止自家妈妈："等下，等下，这事稍后再谈，我们先看当下……"

几人像走阵法，场面一度十分混乱。

最后还是夏清野急中生智，把周楚橙拉出了包围圈，他将人拽到自己身边，离人群退了几步，对他妈道："你们谈你们的，我们谈我们的。"

夏母露出一脸欣慰的表情，似是要感慨"我儿终于开窍"，冲他俩摆了摆手，让他们自便。没了两个"小累赘"，这位女商人恢复了从容的模样，冲几位老师得体微笑："我们从哪里开始谈起？"

夏清野和周楚橙下了楼，走到校门口的小树林，才终于松懈下来，对视一眼，笑出了声。

周楚橙揉揉脖子，叹道："这都什么事儿啊。"

夏清野默默走在她身边，沉默片刻，还是开口："其实刚刚那些话，虽然被人抢先说出口，但我的心意就是这样的，想问问你的想法是什么？"

周楚橙道："我看出来一些，不过看你性子慢，还以为你会再等一段时间才说。"

夏清野解释道:"这学期课程有点难,趁着绩点还不错,抓紧时间告白。再晚几个月,说不定就达不到你的要求了。"

周楚橙没想到是这个理由,应了声"唔"。夏清野低下头来观察她的神色:"'唔'是什么回应,所以是行还是不行?不过话先说好,我妈可是很想让你来家里吃饭,我家猫也想见你,还有……还有我研究了怎么做小蛋糕,材料都买好了,等你来家里尝尝我的手艺。"

周楚橙被逗笑了:"你都安排好了,还问我做什么。你有没有听过那句俗语?扁担长,板凳宽,扁担想绑在板凳上……"

"嗯?"夏清野有些疑惑,他忐忑又慌张,垂下睫毛凑近了自己喜欢的女孩。

周楚橙顺势揉了揉夏清野柔软的发丝,补充道:"板凳说'行'。"

夏清野终于收获了自己的专属女仆,周楚橙挑眉道:"既然成了我的人,今后可是要继续努力了,主人。"她说这句话的时候,脸上明晃晃的尽是狡黠的笑,让夏清野恍然觉得自己像被一只猫咪愚弄,引诱着踏入了晕乎乎的甜蜜旋涡。

他笑了笑,抓住周楚橙在自己脸侧揉玩发丝的手,微微侧头,落了一个吻在她的掌心。毕竟从他踏入咖啡厅的那一刻,就是踏入了一场梦幻的恋爱陷阱嘛。

END

"丐"世英雄

文 / 苏酥肉

一位幽默风趣的酥肉鉴赏大师。

"小姐,二皇子又在外头乱说你同他的'过往'了!"小厮着急忙慌从外面跑回来。

我轻抿一口茶:"不急,不慌,不怕。"

"他说您同他相见……"

我优雅淡然道:"我不慕名利,与皇子相识于草芥,好事!"

"说您同他交好……"

我继续抿茶:"安家一向一视同仁,对皇子亦不区别对待,好事!"

小厮脸色涨红,又补充:"最后说您听闻他不过是个无名无分的皇子,便贪慕虚荣,与他断绝了来往。"

我看向杯中水,水面稍起波澜,连带着里面那张脸也成了四分五裂的模样,我听见自己一字一顿道:"把那家造谣生事的店给关了。"

小厮苦着脸:"算下来这已是这个月关的第十家铺子了,小姐关店倒是随意,可外头已经颇有民怨了。"

接着便见那个大传谣言之人大摇大摆地进了府邸,周边下人跪成一地,我刚站起,那人立马做出客气的样子:"小夫子就不必跪了,你同我可是同床共枕的交情，跪了多伤感情。"

我同你最多是同桌共坐的关系！

"二皇子这么大张旗鼓来府里是有什么事？"我问。

他伤神地长叹一口气："小夫子，你这样让我很难做。"

上一个这样口无遮拦的，坟头的草已经两米高了。我深吸一口气，看向他笑道："你是不是在宫里无所事事闲得慌，想要重新体验一无所有？"

二皇子的表情是无辜的，神色是委屈的，眼里带泪，话里带颤，他泫然欲泣："小夫子怎么如此想我？"

我怎么想你了，太子让我教你朝礼，我费尽心思翻遍古籍，从之乎者也念叨到六国策；太子让我教你鉴别忠奸，我寻觅古今案例，将兄弟阋墙之惑讲得如此通彻，就差揪着你耳朵告诉你，别造反，没结果！

我把你当姐妹，当兄弟，当小白兔，当小奶狗，可到头来淹死会水的，打死犟嘴的。在你散布的谣言之下，你成了世人口中一清二白的旷世清莲，出淤泥而不染，而我成了一心想控制皇子，夺得皇位的女野心家！

想到这里我便咬牙切齿，要不是我安家家世清白，往上三代全是大字不识种田人，只出了我爹一个有出息的，陛下早就将我满门提溜到地牢里去了。

看着眼前这个依然无辜眨巴着双眼的二皇子，我怒向胆边生，抓起手边的茶杯便朝他砸去，二皇子一侧身，轻飘飘躲开。

就在此时，门开了，爹进了。

我眼睁睁看着杯子撞在门框上,水泼了爹爹一身,爹爹脸色不变,看向二皇子恭敬地一躬身:"臣与小女有几句话要讲,二皇子请便。"

二皇子朝我眨了眨眼,我目光凄然地看向他,他动了动嘴皮子长叹一声:"虽然小夫子背后总说相爷管教太严,但夫子毕竟是女儿家,有几分娇气,相爷还莫动怒。"

大理寺在不在,刑部在不在,本小姐近日突然想去地牢体验一下生活。

爹笑脸盈盈请走了二皇子,转身黑着一张脸看向我,我两腿一软跪了下来:"冤枉啊!"

只见爹淡然地坐在位置上,说:"我宠你,是因为你最像你娘,冰雪聪明、知轻重、懂礼数。阿昭,你知道安家要的是怎么样的小姐,对吧?"

我跪在地上静了好久:"女儿知道。"

爹爹笑着扶起我:"女孩子家活泼些是好事。前些日子太后又问起你来,说许久未见,怪想你的,你近日进宫一次吧,顺便去看看太子。"

"好。"

夜深了,爹沐浴更衣完睡了,我偷摸爬上房顶,一手鸡腿一手酒,美得很,美得很!

我举杯望月准备吟几句酸诗,只见屋顶另一头二皇子冒了出来,我慌忙将鸡腿整个塞进嘴里,又胡乱灌了两口酒,就近找个梯子就要下楼去。

他两步奔来拉扯我的衣角:"小夫子去哪儿?"

为师没有你这种逆徒!

或许我咬牙切齿的样子让他有所内疚,他皱眉道:"是我的不对了。"

他真诚地说:"小夫子,我不会计较满城风雨的谣言。"

我扯回袖子看向他:"祁彦,我教你尊师重道,你对我有半分敬意吗?我教授还是懵懂乞儿的你何为皇家礼仪,你有半分谢意吗?"

他笑了,俯下身盯着我的眼睛:"我本来就是个疯乞丐罢了,骨子里就是非不分,黑白颠倒。是你自以为是,把自己当成了救世主。"

宫中的路我最熟了,与太后叙完旧,就要去往东宫。

我常去东宫,轻车熟路。后花园的花开了些许,我驻足看了一会儿,不想祁彦的大脸又闪现到我眼前:"见过小夫子。"

我扭头就要走,他又拉住我的衣角。见宫女们一脸惊慌面面相觑,我淡然说道:"我和二皇子有师徒情分在,要叙旧片刻,稍后我会自行去找太子的。"

祁彦也笑:"就算小夫子不识路,我也能带她去,难不成你们还信不过我?"

宫女们连忙低头说不敢,然后匆匆离去。

祁彦不打一声招呼就将我拦腰抱起,其实这事儿他也没少干过,我泰然自若无动于衷,见我这样,他闹了一会儿也没意思,就将我抱到了荷花池边的小舟里。

他笑:"小夫子,我带你去看些好东西。"

上次他这么说了以后就带我去了花楼喝花酒,那些姐姐妹妹们靠在我身上乱摸一通,最后惋惜道:"姑娘这么娇俏,怎么天天素衣白袍,藏得叫人瞧不着。"

我害怕地直往门口冲,却被祁彦一把拉住我的手,他倒是坦然:"这可是我知书达礼的小夫子,哪和你们一样?"

众姐妹笑成一团:"嗨哟,是你的小夫子还是你的小情人,怎么还带来这里?"

我恼羞成怒,最后当着众人的面狠狠打了祁彦一巴掌,他侧头擦了擦脸,笑里总算带了三分真切,他看向被吓傻的众人:"小夫子有脾气了,不和你们玩了。"

见我许久不说话,祁彦放下撑船的长杆走到我对面坐下,撑着脸看我:"小夫子想什么好事情呢?"

我盯着他:"你知道燕京三害是什么吗?"

他一伸懒腰,漫不经心地回:"蝗灾、流寇和安昭。"

我抄起杆子就要打他,他嬉笑着站起身:"小夫子生气的时候,脸红红的,好看。"

我揍得你屁股花开二度,那红色怕是更好看!

祁彦将几个莲蓬打开,剥了几粒莲子,摘了最苦的芯之后递给我。又顺手从我手中拿过长杆道:"你知道我要把你带到什么地方吗?"

我还没开口,就听见不远处有嬉闹声,祁彦揶揄:"听听这声音,男子欢喜,女子雀跃,郎情妾意,肯定是天生一对。"

我一听就知道是我那本应坐在书房苦读圣贤书的太子哥哥,在和不知道哪位大臣家的臣女一起嬉笑打闹。

祁彦一脸恶意地看向我:"有没有觉得心绞痛,有没有觉得愤怒,有没有觉得酸?"

我面无表情地将一粒未剥芯的莲子塞进他嘴里,他先是欣喜,随后脸迅速变得皱巴巴的,他张嘴还要说什么,我直接一把将整个莲蓬塞进他嘴巴里。

不是很能说、很想说、不得不说吗!

祁彦的脸顿时和这片荷花池一样,绿油油的,充满生机。

眼看就要到午膳时间了,我催祁彦快划回岸上,他冷笑一声,将长杆直接扔进了池里,随后看向我道:"听说小夫子水性不错,不如游回岸上去。"

我脱下了外袍、鞋袜,最后是腰带,祁彦的脸越来越臭,终于坐不住拦下我:"你当着我的面宽衣解带,成何体统?!"

我无辜望向他道:"我不过拿些荷叶绑起来做船桨,何错之有?"

见祁彦一口气没上来的模样,我心中偷笑,随后看向他道:"不然你真以为我要游过去?二皇子,脑子是个好东西。"

我怜悯地看着他,他一把将我抱起,送回池边,正赶上太子蒙着眼睛和那位臣女玩你追我赶。我站在原地,那女子从我身边跑过,太子一把抓住了我的手腕,笑:"我抓住你了!"

他迅速解下布,随后神色一冷,理了理外袍,顿时又是那清风霁月的模样,他轻咳一声:"阿昭来了。"

祁彦出声:"太子殿下好。"

太子看向祁彦,立马面露欣喜:"皇弟也来了,我等你许久了!"说着便拉起祁彦的手往前走,好像两人有说不完的话。我一人被落在后头,先前玩闹的女子将外袍交给我道:"这是殿下的衣裳,麻烦姐姐了。"

我拿起衣服还没走两步,只听那女子又说:"听说姐姐同二殿下也走得很近,姐姐真是好手段,和太子青梅竹马,又与二殿下有师徒情分,真是两手都抓得紧。"

"你想当二皇子的夫子?怎么不早说,我让给你就是了。"

"民女可不敢和相府小姐相争。"

与祁彦交好是什么值得到处炫耀的喜事吗?!我只恨自己一双慧眼当初被他的皮囊迷惑,一时失误,给自己找了个大麻烦。

太子贪杯喝醉了,与祁彦二人在堂前斗舞,整个东宫不成体统。

太子指着我:"二弟啊,你觉得安昭怎么样啊,要不我去向父皇请旨,让她嫁予你算了?"

祁彦笑:"我可不敢,我怕她一把铁尺打得我两手开花。"

太子惺惺相惜:"年少安相做我太傅时就没少打我手心,长大后安昭又成了父皇钦点的太子妃人选,隔三岔五就要来宫中盯着我,实在让我不痛快！"

我淡然饮茶吃菜，在众宫女面前面不改色，太子这话我没少在他喝醉时听过，说便说了，他无法抗旨，我也无能为力，我们明明早就相看两厌，却为了这大燕的颜面，依然磕磕绊绊走过场，演出风平浪静的局面来。

太子睡下后不久，祁彦和我一同离宫，他摇头叹息道："可惜妾有情，郎无意啊。"

我转头看向他，看不出他到底是喝多了，还是本性如此。他笑着看向我："小夫子，刚刚太子要将你让给我的时候，你气不气？"

"不气。"

"是了。反正你就是这样，喜怒不形于色，我再怎么戏耍你，你也不过是故作恼怒。安昭，你究竟有没有心？"

我脚步一顿，伸手去抓他的手，他先是一僵，随后放松下来，任由我牵着，带着他离开宫墙。我带他走进一个无人深巷，柔声问："祁彦，你脑袋还晕吗？"

"我看到了好多个你。"

我转到他背后，将他的脑袋一下子按进水缸里，随后飞快逃离巷口，他却一动不动栽倒在缸里，我回头看了几次，他的脑袋依旧埋在缸里，我心下一紧，连忙折身前去看他，他一抬头，喷了我一脸水。

看着我头发湿透的模样，他大笑："小夫子，偷鸡不成蚀把米呀。"

我怔然站在路边，突然就觉得委屈。我教二皇子有错吗？我身为安家小姐，为嫁太子兢兢业业有错吗？见我突然站着不动，祁彦这才慌了起来，他不知所措地拿着帕子擦我的脸，嘴里不熟练地安慰道：

"别哭了好不好，是我错了。"

"错哪里了？！"我厉声问。

祁彦半天说不出一句话，最后见我哭惨了，只能拿着帕子待在一旁苦笑："小夫子，这种情况你没教过我，我不知道该怎么处理。"

他终究从纷杂的民间而来，花样心思不似宫墙中人古板，他放下我的时候，我只觉得头晕目眩，眼泪倒流。

祁彦拍了拍我的后背，我定睛时，只见眼前是燕京城开阔的全景，我倚在他身上惊呼："这儿竟然还能看到安府？"我回头看向祁彦，正与他的视线对上，他有些惊慌地转过头去，生硬地说："是。"

我指向远处一座黄色的塔楼："那里是元夕节陛下和皇后娘娘面见臣民的地方，我记得小时候爹爹常将我架在脖子上，带我去逛庙会。"

一提到庙会，我突然想起他便是幼年在庙会上被拐走的，一时间许久无人开口，过了一会儿起了一阵风，他替我拿下掉落在脑袋上的叶子，我回头看向祁彦道："你回宫之前，过的是怎样的生活？"

祁彦愣了下，随后笑开了，肩膀一抖一抖的："我们认识这么久，你还是第一次问我之前过得如何。"

他坦然道："当初将我拐走的人贩子跑得太远，去了边疆。我找到机会逃走，却没办法回来，长在战乱中，与一群饥民争夺食物，也曾跑到战场上，扒下那些战死沙场的将士衣服，只为了冬日里过得暖和些。"

或许是看见我表情有些凝重，他侧身笑："这就受不了了？千万别心疼我，我命可硬着呢。我行乞多年，最后被一个老乞丐捡了回去，那老乞丐教我一些字,还传授了我一身功夫。"

我看向他道:"那现在那位……"

"流寇逃窜,老乞丐在行侠仗义的时候不幸去世了。没事,他出了一辈子风头,死了也有许多人记得他,这辈子值了。"

祁彦说得轻松愉快,他那十几年流浪的生活好像一场看不见结果的冒险,带着未知和新奇,引得我啧啧称奇,这是我从未了解过的世界。

他见我有兴致,说:"我再带你去个地方。"

我搂着他的脖子,头紧紧靠在他的胸口,我听到了另一个心跳,稳健有力,和我的心跳相互交织。

再被放下时,我们已经身处一家老酒馆,来来回回的人见了祁彦,都向他打招呼,看到我时,脸上又不约而同露出打趣的笑来。

"只听说你在城里做官,却不知你还娶了个美娇娘,祁彦,瞒得够深啊!"一个经过的渔夫向祁彦打趣。

祁彦凑在我耳旁悄悄说:"这是我被接回燕京前的最后一个落脚点,这里的人热情好客,小夫子若是不喜欢,定然要同我讲。"

我揉了揉耳朵,低声道:"我知道了。"没有不喜欢,我心中暗暗想。

"今日酒还未酿好,你二人不如先住一晚,明日再说。"

祁彦规规矩矩在床边铺了褥子,又笑着说:"孤男寡女,你就不怕我对你做什么？"

我起身看向他："你也就是个口嗨王。"

过了许久，我仍盯着床帐不能入眠，只听旁边原本呼吸规律的祁彦忽然问："小夫子在想谁？"他索性起身趴在我床边道，"小夫子，山脚下有叶竹筏，叫渡情。传言撑着渡情过江，纠缠的情劫就能迎刃而解。"

我起身看向他，他朝我笑了笑。鬼使神差地，我伸出手递给他，他先是一愣，随后自然地握住了我的手，替我穿好外袍，将我揽在怀中。

秋末了，风微凉，被他牵着的手微微发热，我觉得两颊也烫了些许，祁彦轻声道："老板娘的酒应当酿好了，小夫子要不要喝一些？"

过去十几年，我从未像今晚这样放松肆意过。

祁彦用竹罐装了一壶酒，然后带我来到江畔，从一块石头后拉出了竹筏。他将竹筏放在水上，站在上面拉我的手，将我一下子带上了竹筏。

没有人撑杆，竹筏在水里随意漂流。

祁彦打开竹罐递给我，我小心抿了一口，与其说是酒，不如说是甜水，酒的涩意还没打开，嘴里只有大米的甘甜。

我撑着下巴坐在竹筏中间，祁彦坐在一侧，潇洒地大口灌着酒，他转头看向我，不知看到了什么突然笑出声来，我不知所措坐在原位，只见他起身坐在我对面，随后道："小夫子喝了酒，唇色也艳丽了许多，唇红齿白好看极了。小夫子以后也点唇，好不好？"

他问得认真又固执，我抬手摸了摸自己的嘴，只觉得脸上变得很烫，他把手伸到我眼前，捏住我的下巴，摩挲了一下我的唇："好不好?"

他醉了,但是我没有醉。我应该挥开他的手,可我只听自己说:"好。"

祁彦坐在一旁突然问:"小夫子,你曾说,喜欢是《梁祝》《关雎》,可却没告诉过我喜欢是怎么样的感觉。"

我心如擂鼓:"是不言,依然能从眼底表达热切;是不语,依然能从心底看到眷恋。"

祁彦闻言笑了笑,将脑袋枕在我腿上,许久他开口:"小夫子,我感觉我喜欢上了一个人,见到她就会喋喋不休。对着她,我败得彻底,无计可施。"

我心中不知为何忽然起了涩意,我开口道:"你要是真心喜欢一个人,就好好对她。"

他闭着眼躺在我的腿上,眉目柔和了许久。他那身不愿与俗世沉瀣一气的风度让我不能视而不见,我只能将自己全部包裹起来,一次次提醒自己我的身份,才能坐怀不乱,心如止水。

可喜欢终究不是腹痛、头疼那样忍一忍就能过去,他每对我微微一笑,每伸手将我从泥沼中拉出,每同我亲密无间时,我都感觉自己越陷越深。

我们沉默良久,随后祁彦起身拿起撑杆,将渡情又重新划回岸边。天已经蒙蒙亮了,有几户房内亮起了灯。

祁彦拉着我回到房内,他和我躺回原位,然后轻声说:"小夫子,好梦。"

我闭上眼,梦里是酒的甜香和散不去的温暖。

第二日回府时，爹爹正坐在堂前吃早饭，见我进来，便朝我招了招手。

我一路小跑着坐到他身边，爹爹问："你更喜欢二皇子？"

见我不说话，他摇了摇头："那不过是个草包，空有几分骨气，可是骨气算什么？也就是身无长物的人，安慰自己的词罢了。"

"阿昭，你是安府的嫡小姐，爹知道你最懂轻重了……"

"我不懂。"我打断爹，"你明知太子同众多臣女交好，仍让我嫁给他，你明知我素来不喜与人争抢，仍让我力争太子妃之位。"

我激动得胸口起伏，爹爹不紧不慢地咽下最后一口早膳："没关系，不喜欢就换一个，总有喜欢当太子妃的。"

大燕依旧歌舞升平，来往商贩络绎不绝，安府少了一个安昭又有谁会在意。

我惬意地坐在小屋内，只见窗外翻进来一个人，那人拍了拍衣服："不过是一夜未归，就软禁了自家小姐，这是什么说法？"

我叹道："这怎么能叫软禁呢？不过是换个地方住罢了。"

祁彦笑着从背后拿出一件衣服递给我，我看着这一把山鸡毛有些眼熟，忽然想起我和他第一次见面的时候，他穿的就是这件，整个人"姹紫嫣红"得像只野山鸡，我待在门口不愿进去，他在我面前转了好几圈，最后洋洋得意道："是不是爱上本皇子了？"

穿最杂的鸡毛，做最靓的皇子。

我笑："你拿这件衣服给我做什么？我堂堂相府小姐，可差不了吃穿。"

"小夫子,我要出征了。"他的眉眼在烛光下分外柔和,"你和太子成亲,我就守着燕国领土,以打退流寇做你的贺礼。"

"祁彦,我不做太子妃了。"我抬头看向他,"我不是什么救世主,帮不了安府也救不了自己。"

他突然站定,过了许久,我听见了他闷闷的笑声,接着是开怀大笑,他说:"小夫子,学生说了这么忤逆你的话,你怎么只记得这么混不吝的一句。"

他低下头,将我鬓边的碎发拨到耳后,看向我道:"我不过是气你、怨你、恨你眼中没有我,只有一个燕京二皇子。"

我起身轻轻吻了他的嘴角:"祁彦,我等你回来。"

他捂住自己的嘴笑开了,嘴里没把门地说:"看来燕国领土不是做贺礼,是做彩礼了。"

那晚他来得匆忙,走得也匆忙。

第二天爹告诉我,祁彦出征了。他嘲笑地看着我:"祁彦被召回从来不是皇家慈悲,也不是良心发现,只是时候到了,发现少了一位可以冲锋陷阵的皇家统帅。太子尊贵,其他皇子又有自己的母妃护着,皇家鹰犬早就盯上了那位流落民间的皇子,教他读书识字、尊卑礼仪,不过都是假象。"

我不言不语低头玩着手指,听他说完后笑了笑:"他这么自私的一个人,到头来还是选择出征为民,嘴里没一句真话。"

爹爹只听了我后半句话，低头看着我："皇家自古便如此，阿昭，爹从来不会害你，若你现在迷途知返，看见太子的好了，要同我讲。"

我抬头看着爹爹道："我的学生自然是世间顶好的，什么太子，什么皇子，都抵不过他万分之一。他虽流落民间，可也正因此知晓民心。"

爹爹甩袖离去，脸拉得很长。

在祁彦离京的第一天，爹爹解了软禁，同意让我出门，我走在街上，只觉得平日里热闹的街道也冷清了许多，街上行人皆匆匆忙忙，闷头前行。

我无措地走着，不小心与人相撞。我扶住对方，那人见我竟喊出声："小夫子？"

见我一脸茫然，那姑娘一脸好笑地望着我："那日你同二公子来楼里喝花酒，后来还狠狠打了二公子一巴掌。"

我恍然想起这位便是那花楼里的姑娘，连忙说："担不起一句小夫子。"

那位姑娘笑了一会儿关心道："你和二公子近日怎么样？外面开始打仗，燕京也不得安生，楼里许多姑娘家中都有人被抓了壮丁。"

"他也去了战场。"

"小夫子别担心，二公子一看就是习武之人。"她嘴里说着，眼里却还有对我的怜悯。

刀剑无眼，死了一个无足轻重的皇子又算什么呢。

或许见我笑得有些勉强，那位姑娘连忙又说："说这些做什么。

那位二公子回去之后没少向你赔罪吧？那天你来之前，他就让我们不要寻你开心，是姐妹们失了分寸才说出那些话来，见你生气，公子的眼神可叫我惴惴不安了好久。"

我抬头看向她："二公子常来花楼？"

见我要刨根问底了，那姑娘咯咯笑了起来："就见了两次，第一次他一人前来，被大堂的姑娘们团团围住，脸通红了许久才问有没有办法让姑娘喜欢上他，姑娘们骗他，说让他带那姑娘一起来，一试便知。

"第二次，他就带你来了。"

我心中微微一动，却又感慨不已，他就是个彻头彻尾的呆子。

回府后，我又拿起祁彦那件衣服，用手轻轻抚过针脚处。他流落在外，生活不易，衣物都是自己缝制的，或许以后让祁彦去做个裁缝也不错，针脚这么密，他手脚定然很利索。

我抚到衣服背后处，感觉陡然厚了一层，仔细摸了摸，是四方的一块凸起。我小心拆开细线，里面是一叠绢纸，是祁彦来安府之后的日志，我一页页看去，看他开始时对我、对皇家、对自己身份的敌意，看他一步步接受现实，看我对他的只言片语变成了他的全部。

——她总是想和太子说话，也不看看自己满口"之乎者也"的，有哪个男人喜欢听。

——她今天说花园的一朵花开了，说的时候不知道自己笑得有多好看。

——她今天又去找太子了，明明和太子说不了几句话，却宁愿面面相觑也要待上两个时辰。

——她能不能学学其他大家闺秀,但凡换件鹅黄的外袍,稍加粉黛,就是最好看的人。

这句话后头又加了一行小字:算了,还是希望她一如既往的朴素。

——她总是高高在上的模样,说要救我于水深火热,可她不知道,她自己也身处囹圄。

——昨天我偷偷看到她在哭,第二日我便去找了太子,让他好好待小夫子,他却说身为皇子,三妻四妾是常事,他日成了帝王,后宫三千也是正常的。倒是我,区区一个落魄皇子,凭什么为她出头。

那一刻,我知道了自己为什么要为小夫子出头,因为我喜欢她。

我拿着绢纸哭了,祁彦啊祁彦,你自有大把的自在时光,何苦要为我这笼中雀耗费心神。

他是身穿破烂的乞儿,是月下撑竿的摆渡人,也是边疆数万人的英雄。他将自己的一切剖在我面前,热切地告诉我他喜欢我。

大燕胜了,与蛮夷签了数年停战之约后,边关人民可以安心许久。

我拿着他的外袍站在城门口等他,他坐在高头大马上,脸色冷峻,脸上也多了一道浅浅的疤,从眉骨处一直到下颚,差一点点就划过他的眼睛。可看到我时,他脸上的冷色陡然消散,只剩下无尽的温柔。

他轻声喊我:"小夫子。"

随后他驭马到我近前向我伸出一只手,我轻轻将手搭在他手心里,他稍稍一用力,带着我一起到了马背上,他轻叹道:"小夫子,我早就想当着众人的面,宣布我喜欢你。你说的不言不语我还是做不到,我的喜欢就是要轰轰烈烈,要告知天下。"

我依偎在他的怀中,感受着他说话时胸膛的震动和他的欣喜。

庆功宴上,陛下问他想要什么。

祁彦跪着,腰杆却挺得笔直,我坐在一旁,觉得鼻子很酸,我早就告诉过他见陛下要恭敬,不要被人当枪使。

"儿臣恳请陛下为儿臣赐婚。"

陛下笑着看向周围女眷:"是哪家小姐?"

"是安家小姐,安昭。"他一字一句,"儿臣自被接回皇宫起,就受安小姐悉心指导,心中对她早已情根深种。请父皇成全。"

陛下的脸色变得前所未有的难看,太子也脸色微沉,宴上一片沉静,只有香烛燃烧发出细微的声响。

"彦儿不如先好好歇息,此事可后议。"

我低头暗笑了起来,太子嘴上说对我不管不顾,可他不要我,和由祁彦亲自说要娶我还是两回事。皇家颜面是头等大事,祁彦虽然立了大功,但说到底不过是个落魄皇子,堂堂太子的"东西",就算不要,也轮不到他来讨。

祁彦没有起身,他看向我,眼中有溢出的情谊,他笑:"既然如此,儿臣已自由惯了,在宫中处处多有不适,也无意耽于皇子之位,恳请父皇恢复儿臣平民身份。"

"你……"陛下愤然起身,又压抑着怒火重新坐下,"朕看你是昏头了。"

太子上前:"二弟不爱社稷,更爱山水,那便随他去吧。"

要用到祁彦的时候便叫他亲亲皇弟,等尘埃落定时便将他逐出宫门。

陛下脸色更难看了,也没有接太子的话,太子悻悻然回到自己位置上。

我默默饮酒,看着被爹爹一力扶持的太子就想笑,他不过就是想在众人面前暗讽、数落祁彦胸无大志,太子这吃相过于难看了,也不知边疆数万子民的心中,到底谁更胜一筹。

此事不了了之,庆功宴上觥筹交错,可谁不看祁彦的三分脸色,捷报频传,坊间都是他英勇神武、用兵有方的传闻,陛下正值壮年,继位之事尚早,一切都有变数。

祁彦凑到我身侧,笑盈盈地看向我:"小夫子,刚刚太子说我的时候,你怎么想的?"

我转头看向他道:"我倒希望你胸无大志,做个只知嬉闹的皇子就好了,也不会惹得太子惦记。"

他闻言笑道:"我天生是个乞儿,从未怕过谁,我从一无所有到略有战功,也不怕从头再来。我怕的只是你不理我,不和我笑,不跟我牵手。"

我笑了起来,低声问:"那你总跟我置气是怎么回事?"

"少不更事,回过神来早已情根深种。"

陛下终究答应了祁彦的要求,让我嫁予他,同时也夺了他的皇子身份。

朝堂上下一片哗然,独祁彦端端正正朝陛下一拜,说:"谢陛下。"

燕京终究容不下一个战功赫赫的皇子,而安家女儿,少了一个又何妨。

祁彦来找我的时候,我正在小院子里收拾行李,待他牵马到了院前,我便拿着他的破袍子同他一同出去。

爹站在门口,看着我即将离开安府,他突然开口:"安昭,你是爹最喜欢的孩子。"

我顿了顿脚步,心中涌起了一阵无奈:"我知道。"

爹也和祁彦一样,不过是个刀子嘴,嘴上要我嫁作太子妃,做事循规蹈矩,要安家稳立朝堂,可到头来还是由着我和祁彦走近,由着我和太子生疏陌生,由着我"胡来"。

祁彦抖开那破袍子说:"要委屈小夫子和我一起行乞四方了。"

"快意江湖,仗剑天涯,确实是女儿想去看看的。"我抬头看着爹,"爹,我自小学习礼教、琴棋书画,我常说我是为了天下黎民而刻苦努力,但却根本不知天下到底是什么样子,在这庭院的方寸之间看世界,终究是一叶障目、管中窥豹。"

祁彦跪在地上朝爹爹磕了三个头,起身说:"阿昭是我此生挚爱,我不会负她。"

爹站在门口没有说话,最后背过身让人关门将我们赶出去,我直直站在府前看着他,他最终还是忍不住说:"他要是对你不好,你就滚回来,安家多养一张嘴还是绰绰有余的。"

说完,爹爹便离开了。

我跪在地上，朝安家磕了三个头，随后和祁彦一同离去。

很久以后祁彦问我："阿昭，在你心里，我是什么样的？"

我抚着他眼角的疤痕笑："是个'丐'世英雄。"

身处不幸，却向阳而生；流落民间，却心怀大爱。这样的人怎么让人不心动呢？

END

陈文文考了两年公务员,没考上,她爸把她塞进了消防队。

"这工作要再做不好,你就别回家了。"

陈文文看着办公桌上那个不知道从哪里翻出来的发黄键盘,和自己刚做的延长晶钻玻璃甲——这工作……能做好就怪了。

和所有人际关系封闭的机构一样,消防队里也有鄙视链。小队长大于新兵蛋子,新兵蛋子大于后勤人员……

所有人都大于文员。

打印材料是她,汇总数据是她,剪照片是她,贴海报是她……就连食堂水管漏水都叫她。

陈文文第一天就哭鼻子了,结果还因此被办公室主任骂了一通,以扰乱工作秩序为由扣了她的奖金。

陈文文往家打电话的时候,她爸正坐在意大利进口的皮沙发上,怀里搂着七岁的比格犬,旁边放着去世老妈的照片:"你要做不下去,我就把我赚的钱都捐出去,就捐你们消防队,消防车全配奔驰的!"

倏然之间

文 / 公子小白

一个外表比内心白的人。微博 @公子小白-战斗鸡排。

五千万啊,五千万!陈文文一咬牙,拼了!

"娇宝蛋子"陈文文下线,次日,"五讲四美"陈文文正式营业。

说是要努力奋斗吧,消防队里的文员还真没什么奋斗空间,无非是当块砖,哪里需要往哪儿搬。陈文文准点到班,开上加湿器,抹上护手霜,开始敲自己买的新键盘。

"哐"一声,门被一脚踹开。

两个穿训练服的男人走了进来,其中一个伸手在脸前挥:"什么烟这么大,还潮乎乎的?"

今天有早训,他们刚训练完一身的汗,带进了一股味儿,陈文文马上用手掩住鼻子。

"哎,你是刚来的吧,我们澡堂的门坏了,你这儿有钥匙吗?"矮一点的男人两步并过来,"你赶紧帮我们找找。"

"我没有,你找门卫去。"

"门卫在我还来找你?你问你办公室主……"说话间男人瞧见了她的脸,话一顿,就这么直勾勾地盯上了。

"老杜,你快来。"他把身后高个子的男人拉过来,"她长得怪好看的。"

陈文文愤怒地抬头,一愣。

望过来的那双眼睛实在漂亮。瞳孔深黑,眼神明亮,眼尾却细长细长的。

陈文文顿时鬼迷心窍。

"呃……我帮你找找吧。"她愚蠢地打开抽屉,里面是好几包每日坚果。

"算了。"高个子男人转头,"她没有,找老黄去。"

临走前这人还伸腿往加湿器上一踢,机器响了一声,灯灭了。

"这里是消防队,别搞这些烂玩意儿。"冰冷的语气里,都是轻蔑。

陈文文自闭到中午。

不就是长得帅点,至于这么凶吗?

她爸有病吧,把她塞进这么个没文化没背景没素质的"三没"窝囊地儿!

虽然文员的身份不受待见,但陈文文那张脸还是吃香的。消防队食堂餐饮标准统一,每人两菜一汤,食堂师傅远远就朝她招呼,神秘地从蒸笼下面端出一碗白切鸡。

"小姑娘,你来晚啦,特意给你留的。"

陈文文赶紧挤出甜甜的笑:"哇,谢谢您啊,还记得我喜欢吃什么。"

陈文文此刻心中在落泪,平时笑一笑能刷来个包,如今笑一笑能混碗白切鸡。

忽然,白切鸡从师傅手里消失了,早上那个姓杜的一伸手,整碗鸡肉全扣进了他的白米饭里。

"哟,来得早不如来得巧。"

师傅很尴尬:"小姑娘的你也抢,要点脸。"

"她呀,吃花就行,好好一办公室弄得跟仙境似的。"

陈文文脸一红:"这我的鸡,你还我!"

姓杜的扬眉,忽然故意将腰往前一挺,笑着问:"再说一遍,谁的?"

我去,耍流氓?

陈文文嘴皮子慢了一步,姓杜的就直接送了她一个背影。

陈文文翻遍手上的所有材料,在消防员名单里找到三个姓杜的,遂致电闺蜜:"三分钟,我要他们的所有资料。"

不一会儿,闺蜜汇报:"看,杜倏然,是他吧?"

蓝底证件照,照片中的人留寸头,穿军装,冲着镜头牵动嘴角,痞坏痞坏的。

这都能通过……军人不是要求严谨肃穆吗?这是勾引谁呢!

闺蜜:"想追啊?"

陈文文咬牙切齿:"嗯,想追!"

"追凶"的那个"追"!

陈文文美国二流院校毕业,大学里除了逃课就是玩,多的是实战经验。

想要伤害一个人,那就先让对方爱上自己,再狠狠地甩掉!

下一个晴朗的训练日,陈文文穿一条薄薄的小纱裙,头发卷成微微内扣的样子,有意无意到操场旁边晃起来。

消防队里的新兵,哪里见过这种能掐出水来的小姑娘,眼都直了。

陈文文攥着报表,在三排黝黑的面孔中找了半天,硬是没见着那冤家。这是没出操?

碰运气晃到出勤的地方,一个赤条条的后背老远就引起了她的注意。

陈文文从小爱看警匪片,是个超级花痴,最爱刑警扎得紧紧的皮带,最讨厌消防员臃肿的衣服。

眼前的人消防服脱了一半,臃肿的上衣松垮地挂在腰间,古铜色的健壮双肩向上举着,往下是窄而紧实的腰。

陈文文响亮地吞口水。这……超纲了啊……

杜倏然还在修消防车后门上的螺栓,没看见她。陈文文做作地咳嗽两声,倚着消防车摆出一个娇美的姿势。

杜倏然转身,低头,挑眉。

"你今天怎么没出操?"

"要修东西,老黄家里有事。"

"哇,你连车都会修啊,好厉害。"

杜倏然毫不吝啬地露出看笨蛋的表情。

陈文文劝自己冷静,毕竟今天这头发卷了一小时……

陈文文委屈地低头撇嘴:"我和你道歉还不行吗?我毕业没几年,这儿都是大男人,我也没个可说话的人,你没必要这么凶吧?"

杜倏然把扳手往桌上一扔,两手往下拉,开始扯衣服。

他上身本来就裸着,天气闷热,谁知道下半身穿了什么。

对面刚露出一条腰线，陈文文就尖叫起来，然而嘴上叫着，两只眼睛透过含蓄的手指缝，一点儿都没少看——哦，有裤子。

"知道这儿都是大男人，还穿成这样到处晃……"杜倏然意味深长地扫过她的大白腿，"陈姑娘，你玩儿挺野的啊。"

这人要死也是贱死的。算了，以退为进吧。

陈文文刚想换个更加撩人的姿势，没想裙摆被车子的保险杠挂住了，"兹拉"一声。

陈文文在轻佻的口哨声中落荒而逃。

此役败下阵来，陈文文反思：那么帅的人肯定不缺追，看来他对自己这种小美人有抗体。

得走迂回路线。

食堂大叔："杜倏然？哦，来消防队两年了。家里做啥的？不知道啊……"

办公室主任："工作做完了？报表整理了？还想被扣工资？"

叶有志（之前盯着她看的那个）："老杜？你问他干啥？你问我啊！我老家青岛的，下面有一个妹妹，我妈是小学老师，我爸在中国邮政，我……"

这个杜倏然还挺神秘，除了在队里服役，以前的事情一概问不出来。

倒是后面几天，杜倏然被派到省级单位做抗灾演示，表现挺好，听说还拿了个奖。

报仇好难啊。陈文文如鲠在喉。

陈文文去食堂吃饭,一眼就看见了杜倏然。

几天没见他又晒黑了,精干的板寸衬着健康的肤色,和战友不知道聊什么,两眼弯弯的。

陈文文端着餐盘,跟着人群乖乖排队。

杜倏然余光往后一扫,伸出去端菜的手顿住,换了个方向:"阿姨,来份炒青菜。"

排到陈文文的时候,还剩最后一碗白切鸡。

陈文文用筷子戳着白乎乎的鸡肉,有点不是滋味。

饭吃到一半,外面忽然警铃大作,所有战士顿时都丢下碗筷,一个个动作快得像闪电,二三十个人一瞬间都跑了出去。

陈文文还在想事情呢,吓得筷子都掉了,她望向门口,杜倏然早不见了。

最近市里十分太平,这是她就职后第一次遇到警情。

整个下午,陈文文不停刷新闻。蓝色的网页上翻来覆去就几行字,说城郊的布料仓库发大火,火势久久不平。

距离消防员出警已经四个小时了。

操场上全空了,陈文文心惊肉跳的。

"下班了,还不走?"主任看她一眼。

"我等会儿再走吧。"

"你担心也没用,布料仓库有得烧呢,烧两天一夜都是常有的。他们消防员脑袋别在裤腰带上,天天和死神搏命,你就祈祷里头没人吧。"主任的语气缓和了些,"你帮不上忙的,下班。"

那天晚上,陈文文没睡着。她凝望着淡蓝色的天花板和蕾丝窗帘漂亮的阴影,想象自己周身都是火苗,心里微微焦灼。

第二天一大早,她跑进大门,正赶上消防车回来。

一辆,两辆,三辆……她紧紧盯着从车里跳下来的消防员们。

老天照顾她,第一个下来的就是杜倏然,他整张脸都被熏黑了。

陈文文跑上去,张张嘴,什么也没说出来。

杜倏然很惊讶:"你怎么来了?"

"你没事吧?"

"布料厂没人,我们就在外面灭火,火没了,里面也烧得差不多了。"杜倏然低头,边笑边用晶亮的目光盯着她,"怎么?担心我?"

陈文文最遭不住他这种表情,赶紧胡乱编个理由,跑回办公室开始勤奋地打字。

中午,陈文文去食堂,没看见杜倏然,叶有志说他在宿舍。

陈文文绕到宿舍,他果然坐在台阶上,两条长腿支着地,端着一碗泡椒味儿的泡面,吃得津津有味。

"不去食堂吃?"

杜倏然眼皮没抬:"吃不饱。"

"呵,那你也太能吃了。"

杜倏然三两下把面都吸嘴里,"咕咕"两口吞掉汤:"累一天了,肉菜就那么点儿,留给新人吧。"

陈文文用脚尖搓着地。不知道为什么,她很想站在这里,和他多说说话。

"你怎么来这儿的?"杜倏然问。

陈文文呆了几秒,反应过来——人家问的是为什么来这儿工作。

"哦,没考上公务员,我爸叫我过来的。"

"待这儿没前途。"

陈文文说:"还用你讲啊,一个月工资那么点儿,还不够我买双鞋。"

话一出口,陈文文心口一跳。

果然,杜倏然又露出了熟悉的笑。

"公主就老实待在城堡里。"他把空了的泡面盒子往地上一拍,忽然凑近,雪白的牙齿轻轻磨了磨,"微服私访,小心被野狗吃掉。"

陈文文琢磨了一晚上:他这句话,是说自己是野狗吗?

心里倒是早把"追凶"的事情给忘了。

她这种性格,其他同事自然不待见,没过几天,办公室坏话满天飞。

挥金如土啦，娇生惯养啦，爱勾引人啦——其实也没冤枉她，但说出来就不行了！

陈文文当天就去扫了专柜，每人发一支 Christian Louboutin 的口红，流言蜚语戛然而止。

陈文文知道，她们不是不骂，只是转到背地里骂了。无所谓了，耳不闻心不烦。

办公室主任是个五十多岁的女人，还有几年就退休，古板得皱纹里直掉渣渣。陈文文从朋友圈里观察到她爱喝茶，特意找老爸讨了两盒一千块的普洱。

陈文文怕太明显，还特意把浮夸的包装盒拆了。

贿赂之。

办公室主任拒绝不收。

说好话再贿赂之。

还不收。

说好话再贿赂再侧面透露出来自己到一个新环境的彷徨无助再加哭泣猫猫眼。

办公室主任的皱纹微微舒展，看她的眼神里也透出一丝同情。

第二天，陈文文在食堂吃到了生平吃过的最好吃的茶叶蛋，那茶的味道刻骨铭心。

"你买的茶挺好的，我给食堂了，大家都吃得蛮高兴的。"办公室主任夸奖。

这消防队真是异次元,一个个怪人哄不好嚼不烂,和陈文文之前的留学生圈子大不一样。

陈文文气馁,一个人抱着胳膊在操场上发愁。

杜倏然居然也在,正用吃剩的骨头逗一只黄狗。

喊,无聊。

"喏喏喏——"杜倏然蹙着唇,发出熟练的逗弄声,"转一个,转就给你。"

黄狗不是警犬,没受过训练,被消防局里的单身汉们喂惯了,也不稀罕这一口。它随便地左右晃了两下。

"你敷衍我?"杜倏然低下头,忽然用双手捧住黄狗的脑袋直蹭,"居然逗我?嗯?"

黄狗被他蹭得鼻歪眼斜,开心地吠了两声。

爽朗的笑声传来。这讨厌鬼跟狗一块儿的时候比和她在一起的时候真心多了。

陈文文你可顶住了,总不能嫉妒一条狗吧?

陈文文隔天提了一斤酱骨头,贿赂黄狗,黄狗识货,一闻着味儿就围着她团团转,一直叫。

美女与狗的组合很快吸引了大伙儿的注意,好几个消防员围过来,使劲夸。

"唉,要不怎么有个词叫'狗东西'呢,见到美女这么热情。"

"她单身,你也单身,要不你也热情点?"

"拉倒吧,人陈大美女能看上我?"

陈文文有点飘飘然。

然而这种展现"女子力"的时刻，杜倏然照惯例是不在的。陈文文喂完一斤酱骨头，该来的人还是没来。围观的一个消防员已经被怂恿得满脸通红，就差当场和她表白了，陈文文赶紧提起袋子闪人。

后面两天工作忙了起来。区里要组织消防比赛，海报啊策划案啊布置场地都要人手。

陈文文难得加班，忙到没空想杜倏然的事情。

忙完已经晚上八点。陈文文出门打车，发现黄狗居然正趴在路边喘气，那个喘气的样子怎么看也不正常。

陈文文当机立断，给杜倏然打电话，他很快出现在宿舍楼下。

操场上暖黄的路灯，将高挑的人拉出一道很长的影子。

陈文文忽然恍了神，仿佛回到自己刚上初一那会儿。那时候暗恋的人个子很高，也喜欢像他这样穿得松松垮垮的，沉默寡言，很有安全感。

黄狗二十斤重，被杜倏然一把扛在肩上，二人直接跑到了最近的畜牧站。

检查结果是酱骨头太香了，黄狗想把骨头渣也吞进去，反被划伤了食道。

陈文文多少有点罪恶感，抢先说："医生，要救，不管花多少钱都要救。"杜倏然抱臂靠着墙，笑着看她积极揽责。

结账的时候，刷了五十元。陈文文一愣："这么便宜？"

她家的"招财"前两年犯胃病,送去市里的宠物医院,一个月花了两万元。

"流浪土狗,命硬。"杜倏然轻描淡写地说。

骨头取出来,又吃了药,刚一蹦下地,黄狗就又没事狗一样跑了。

两人一前一后慢慢往回走。

陈文文磨磨蹭蹭地跟在后面,很快落下一大截。

杜倏然停步,等她靠近了,又自顾自地走。

这次慢了许多。

陈文文心情挺复杂的,正常说话而已,可这人怎么句句都像在刺她?

讲道理,家里有钱,爸爸又宠,她娇气也理直气壮,奢侈也理所当然,怎么就成了一种罪恶呢?陈文文绞着手指,很委屈。

杜倏然忽然拐到一家店门前,拉帘歪头一气呵成:"进来。"

这家店专做汤,一进屋就有股很浓郁的肉香,算是附近环境比较好的了。

陈文文午饭后就没吃东西,还真有点饿。

杜倏然没说话,倒了杯茶,看起来像要她点菜。陈文文也没客气,化悲愤为食欲,一下子点了三份不同口味的鸡和鱼。

"能吃完?"

"要你管！"

杜倏然笑笑，也不说话。

陈文文发现，杜倏然的吃相居然挺好的，和消防队里那些小年轻不一样，有效率却整洁，还很顺手给她在茶水里涮筷子。

鸡汤味道一般，红烧鱼的口味却很好，陈文文"埋头苦吃"。

杜倏然给她夹了一块鸡腿上的肉："喏。"

陈文文赌气没碰。

杜倏然又夹了一块土豆。

陈文文依旧不吃。

"既爱吃鱼又爱吃鸡，"他笑了，"像猫一样。"

不用抬头，陈文文都能想象到那口白牙。

结账的时候，杜倏然很自然地扫了二维码付款，陈文文很自然地站在后面。

心里有一点点甜。

周末的时候，闺蜜叫她去参加 Party。

陈文文宅在家里不想动，天天敲键盘都要累死了，还参加啥 Party。

"哎呀,你爸能让你干一辈子？还不是磨一磨你,熬两天就算了。"闺蜜哄劝，"赶紧换衣服，十分钟到你家楼下。"

陈文文心想十分钟哪里够。她硬是让闺蜜等了半小时，才穿着黑色连衣裙美美地下楼。

车里，闺蜜给陈文文背书。

"哎，这次给你介绍这哥们儿，酒吧老板，他爹地产局的，听说马上要升职了。"

"关我什么事。"陈文文玩指甲。

"嘿，你有没有好歹，工作都找了，下一步是什么？结婚！再下一步是什么？生娃！难不成你真等着你爸给你相亲，嫁个海归男博士啊？"

"大不了我嫁个消防员。"陈文文嘟囔。

闺蜜的笑声里全是稀奇。

十字街口亮起红灯，陈文文忽然觉得有点败兴。

那酒吧老板整晚上都在给她献殷勤，又是送花又是开酒，还在舞台上 Cue 她。

其实那人不讨厌，长得也还可以，关键很有品位，酒吧做得相当专业，场上的好几个 DJ 都是花大价钱请的。

陈文文深刻体会了一把劳动人民的痛苦——白天太累，晚上根本 High 不动。

她想了想，把老板拉过来，合了张影。

老板不知道自己是工具人，笑得特别欢。陈文文 P 了好久，把自己 P 得眉目含情媚眼如丝，然后把老板截得只剩一只下巴——看得出是个男的就行。

齐活儿，发朋友圈。

此时，杜倏然正四仰八叉地躺在床上，睡着了。

新的一周,杜倏然在食堂里碰见陈文文,没想对方黑着张脸,转身就走。

嗯?自己什么都没干啊?

叶有志拿胳膊肘捅他:"有情况?"

"有什么情况?"杜倏然摸摸头上的板寸,若有所思。

陈文文在外面晃了一圈,回到办公室,发现桌上放了一块糖。桃子味儿的,粉粉的,和她那天穿的裙子一个色儿,心下有了猜测。她嘴角抿了抿,把糖放进口袋里,没吃。

很快,消防比赛开始了,陈文文悄悄把杜倏然排到了最辛苦的那个组。

又要横向穿越爬障,又要竖向徒手攀楼,两小时下来,铁打的人也得废了。

比赛那天,所有文职在操场旁边坐了一排。其中有个年轻的小姑娘和消防员是情侣,挥着手给心上人加油。

陈文文嗤之以鼻,眼睛却比鼻子诚实,视线始终没离开杜倏然。

他个子虽然高,动作却很灵活,穿着臃肿的消防服,跑步越障都没问题,在同组里名列前茅。最惊艳的是攀楼训练,别人还在一二楼的高度上使劲,他已经猴一样"嗖嗖"上了五楼,站在楼顶上向后抹了把头发,甩着两条长腿意气风发。

哇……炫耀的酸臭味。陈文文心里吐槽，嘴角却笑弯了。

比赛结束，解散后，杜倏然径直朝陈文文走来。

随时准备出生入死的人，身体素质还是不一样。杜倏然往面前一站，铜色肌肤上水汽蒸腾，一股混合着荷尔蒙气息的热力扑面而来，陈文文面红耳赤。

"喏。"他抬手，手上是给第一名的奖励，一盒牛奶，一袋旺旺雪饼，一篮鸡蛋，全都用一根手指勾着——现在是她的了。

晚上回家，陈文文坐在沙发上，抱着那一袋雪饼傻笑。

直到厨房里飘出香气，是老爹用那篮鸡蛋做了炒蛋——陈文文心疼得快哭了。

"吃几个鸡蛋气成这样？"老爸诧异，"越活越小气！"

围坐着一起吃鸡蛋的时候，那条处心积虑的朋友圈跳了一个赞，居然是杜倏然。

陈文文瞥了眼时间，九点半。哼，老年人作息。

不一会儿，又来了新留言：*挺好看。*

陈文文回：*那是当然。*

杜倏然：*童鑫路那儿的酒吧？*

……他怎么知道？

半分钟后，杜倏然发来一条定位：*和朋友聚。来？*

陈文文飞速化了妆,在老爸诧异的视线中出门,一路飙车到微信里的地址。巷子太窄,开不进去,陈文文把车停在巷口,伸脑袋朝里望。巷子里一个人也没有,她刚想打电话给杜倏然,头顶被人轻轻一拍。

杜倏然很自然地揽住她:"走。"陈文文整张脸一下子通红。

两人来到一家夜宵店,店门口支着几张桌椅。一个穿黄色羽绒服的大妈在熬粥,两个中年男人点好了羊肉汤,一见杜倏然就站了起来:"哟,小杜来了?"

"这是?"中年大叔稀奇,"嚯,女朋友?"

杜倏然说:"小妹妹。"

我去,我这么晚出来就为了做你妹妹?陈文文的好心情一下就没了。

陈文文瞪着锅里的羊骨头生闷气,三个男人有一搭没一搭地聊天。

"小杜,你打算干到啥时候?"

"不知道呢,再说吧。"

"你妈身体好吗?"

"好着呢,前几天刚报了旅游团,去西藏,天天给我发照片。"

"得,退休就得找点事做,对自己和孩子都好。"中年男人说,"来,黄叔叔敬你一杯,上次评残的事情多亏有你帮忙。"

"应该的。"

陈文文竖着耳朵,目光一瞥——那个中年大叔的右手居然只有两根指头,只用拇指和食指扣着纸杯子。

"您之前不会也是消防队的吧?"陈文文问。

"怎么不是呢,消防标兵!连续十年都是我们队的榜样人物呢。"另一个中年大叔说,"不过啊,岁月不饶人,你黄叔烧伤之后,只能搞搞后勤,现在为了几百块钱,还要和新兵蛋子抢评残名额。"

"唉,惭愧惭愧,还不是为了生活嘛……还好现在设备精良了,你们也越来越专业,这几年也没出几个受伤的。"

姓黄的大叔喊:"老伴儿,再给小杜添一盆黄焖鸡,再来个……"他转向陈文文:"小囡,椰汁喝不喝?还是雪碧?"

走的时候,陈文文默默在羊肉汤的铁盆底下压了三百元。

现在都搞移动支付,这是她身上仅有的现金。

杜倏然陪她走回车旁:"怎么不说话?没吃开心?"

"你故意带我来的吧?"陈文文生气,"就是看不惯我在消防队里的言行。"

"不是看不惯。"沉默片刻,杜倏然说,"这些个皮糙肉厚的大男人,其实也很脆弱,如果不是身后有人,谁愿意把脑袋别裤腰带上……"

他回望小店黯淡的灯火和嫂子忙碌的身影,摇头:"跟你说这些干吗。"

"行了,我知道了。"陈文文郁闷,"我谨言慎行还不行吗?"

杜倏然漂亮的眼睛熠熠闪光。忽然,他抬起手,摸了摸她柔软的头发:"嗯。"

"我就不送你了。"

"没事，我跑回去。"杜偌然笑。

陈文文"噗"一声也笑了。

自那之后，陈文文总能察觉杜偌然的铁汉柔情。喂阿黄的时候，带新兵训练的时候，在食堂吃饭的时候，和办公室的文员说话的时候。

杜偌然好像对谁都比对她温柔，又好像对谁都没对她那么笑过。唉，男人的心好难琢磨。

不知不觉，陈文文一天要想他好几个小时。

后来，市区又发生好几次警情，陈文文每次都叫一个心惊肉跳，恨不得钻进车里和他们一起去。出警的时候，杜偌然总是冲在最前面，从来不回头看。

陈文文的窗户对面，正对着训练场上有几个大字：几许报国心，为民终不悔。

其实站在他们身后的，又何止是一两个人？

"天啊，你真陷进去了？"闺蜜惊呆，"对方是个消防员，你爸能同意？"

"肯定不能啊。"陈文文呻吟，"爱而不得……我的天，我更喜欢了！"

"你也说了他工作那么危险，说不定哪天……"闺蜜一挥手，"赶紧上，及时行乐！"

简直虎狼之词。

其实，杜偌然应该也有点喜欢她。从他吊儿郎当的态度，从他摸她头发的小动作,从他嘴角若隐若现的笑容看得出来。

在办公室主任眼里,陈文文不知道怎么就开窍了,越来越像样了。

工作做得认真,办公桌也比之前整洁,留过学的技能也都派上了用场,给千篇一律的海报添了几句英文。

可她刚看着小丫头顺眼,陈文文就递交了辞呈。

"主任,我就干到月底,下个月起我就不来啦。"

主任推推眼镜,有点可惜:"是吗?我倒是觉得,你已经适应这里了。"

离开当天,几个平时和陈文文交集多的警员凑了钱,给她在旁边的炒菜馆办欢送会。

警员A:"唉,文员里就你一个漂亮的,走了我还看啥?"

警员B:"平时也没见你少流哈喇子啊?"

叶有志:"小陈,你以后准备干啥去?"

陈文文有气无力:"相亲,生娃,买买买。"

其实说这话的时候,陈文文心里有一些期待,谁知杜倏然却闷在一旁,专心吃菜,压根没听见的样子。

叶有志捅捅他:"喂,你没啥要说的?"

杜倏然放下筷子,给她倒了半杯啤酒:"陈文文,我敬你一杯。"

那天晚上回到家,陈文文倒在床上就哭。她爸把门敲得震天响,硬是没把她扒拉出来。

故事就这样结束了……才怪。

第二天,闺蜜忽然打电话给她:"咦,你这个杜倏然不得了啊,他居然有你爸微信?"

"啊?"什么鬼?

"真的,你看他朋友圈,你爸在三月二十号的时候给他点过赞!"

"不对,你怎么有杜倏然微信的?"

"呃……人家就是好奇嘛,好奇就加了。"

这不是重点。重点是那个狗狗头像的点赞,还真是她爸。三月二十号,她还在准备考公务员。

陈文文仔细想了想,那个碗都舍不得让她洗的老爸,会把宝贝女儿塞消防局,本身就很奇怪。而且这位亲爹已经连着一个月没给她介绍对象了。

陈文文洗把脸,淡定地晃到客厅:"爸。"

爸爸对即将到来的暴风雨浑然不觉。

"爸,你给我安排相亲吧,就要聪明绝顶、'海龟'得不能再'龟'的那种,我想通了,身材好长得帅的都是渣男。"

她爸一愣:"何出此言啊?"

陈文文撇嘴,要哭:"被人玩弄了,被人伤害了。"

她爸正在看报,闻言一扔老花镜:"小杜他有能耐玩弄你?说反了吧!"

陈文文又羞又怒。

"不是,文文,爸爸不是故意的,这不看你年纪在这儿吗,小杜真挺好的。爸爸喜欢小杜,难道你不喜欢?小杜人又高又帅,还有责任感,哪里不好了?"

"他知道吗?"陈文文问。

"他知道啊,你们本来就认识啊,小时候他住隔壁小区你忘了?你上初一的时候,你杜姨天天让他来给我们送包子,你见过啊。"

陈文文一愣。包子?初一?

搞了半天,那个神秘、身材高挑、戴着鸭舌帽,几次来都没让她看清过脸的送包子的初恋,是杜倏然?

"爸,你想将功赎罪吗?"

"想,想。"她爸习惯性掏卡。

"你现在给杜倏然打个电话。"

那个周末,杜倏然按照约定登门拜访。

一身私服,又高又帅。脸上是那种讨厌的、从容的笑。

"你来干什么?!"

明明是她叫自己来的。唉,女人。

杜倏然乖巧地拎高了手上的几大盒茶叶和礼品示意。

"来找你相亲,生娃,买买买。"

END

软 骨 病

文 / 绿蜡

蜂蜜柚子那样甜的。微博 @绿蜡的本尊

01

白端端有病,站无站相,坐无坐相,俗称"软骨病"。

此病堪比绝症,无药可医。

因此,她堂而皇之地在办公室里搭了个窝:"我骨头软,不能久坐,得时时躺着。"

敖羽无比嫌弃:"你不如做咱训导处的看门蛇,一天十二个时辰都躺着。"

看门蛇?在门洞上开个神位,将她的白蛇原身塞进去?人来了,冒个头?她骨头是软了点,但一点不懒啊,最爱干的还是出外勤。

譬如这日,刚上班没一炷香时间,敖羽便在楼里吼起来。

"'求是楼'来的消息!四楼!凤族的小鸡仔和人族的人尖子打起来了,动了法术还见了血——"

白端端不等吩咐,立刻化成一条雪光闪亮的白蛇,乘着风去,一刻钟后就卷着俩小崽子回来。她向敖羽邀功:"老头,我勤快吧?"

敖羽赏她一句:"唯恐天下不乱的货。"

白端端一笑,从窝里翻出零食,再拎了张软凳子,去禁闭室问话了。

她舒舒服服坐好,摸出一根肉干塞进嘴里,笑眯眯地看着牢里互瞪的俩崽子。

学馆里这些崽子们，个个年轻气盛，芝麻绿豆大的事便打得你死我活。这些事听来别的作用没有，下饭倒是一绝。

她嚼着一口肉含糊道："凤飞阳，林蔚，说吧，都干啥了。"

凤飞阳高傲地用下巴尖看人，就是不回答。林蔚倒是颇平和，对她一笑，却也一声不吭。

长得都是好模样，脾气却一个赛一个的臭。白端端吃完肉干喝口茶，敲了敲茶几："不愿意说？我听敖羽吼得都以为你们要死了。结果也就脸上有指甲大的淤青，连块皮都没破，看来争的也不是什么大事，所以不好意思说？"

少年人也是要脸的，被戳穿后，齐刷刷丢了个后脑勺给她。

"不说也行，老师不强迫。"白端端清了清嗓子，"就问问，私了还是公了？"

私了这事，简繁由人。简单的，互相道歉认错，写一万字保证书，再关三天完事；烦琐的，死不认错，关上三年五年的也有。

公了则是先繁后简，开头联系各方家长准备资料麻烦些，律师介入后便可不管。

凤飞阳冷笑一声："我家有律师，公了。"

凤族是大族，养了许多律师。白端端同凤飞阳的哥哥凤平澜熟，知道那可是个砸钱不眨眼的主。

林蔚也毫不示弱："上个月学馆发了通知，说'朱明楼'有律师为人族提供无偿的法律援助。"

"无偿？"凤飞阳讥讽道，"免费没好货。"

"朱轩律师虽是人类，但三界六道的法典他倒背如流，有几个仙妖能比得上他?"林蔚反唇相讥,"你们也就只会吃白饭和乱撒钱而已。"

白端端听见朱轩的名字就头疼,今日这波有点亏啊,热闹没瞧着,还将朱轩引来了。

她沉吟一番,调解道:"都是好同学,互相认个错,拥个抱,轻松完事!"

两少年对看一眼,仇焰滔天。认错?认错是不可能认错的,他们不约而同地开口:"我没错,公了!"

白端端叹口气,年轻人啊,全身上下也就骨头是硬的。既然他们如此坚决,那她只好溜之大吉了——她才不想与朱轩碰头。

02

白色的纸鸢带着学馆的徽记,从法部飞向朱明楼,见到的人都窃窃私语。

"学馆又出麻烦了。"

"这回不晓得是哪家和哪家的郎君斗起来了。"

"哪家和哪家才不可怕,最怕的是啥?是哪家和人族。"

"人族呢!"众妖倒吸一口气,"本事不大,脾气倒是大得很。"

妖仙相斗,皮糙肉厚,一般是打不死的。但人族就不一样了,皮脆血薄,吹口气就可能伤了、半残了或者死了。

"无事,朱明楼管了这活,咱们看热闹便是。"

一路上的窗户接连打开,乌泱泱一群不知什么妖仙的脑袋探出,盯着那纸鸢冲进了朱明楼。

朱明楼里，一只手伸了出来。那纸鸢似嗅着味儿一样，立刻冲了过去。

手腕翻飞，那人摘下纸鸢的翅膀，打开是一张信笺。

人族学生林蔚同凤族凤飞阳因生口角打架，毁坏公物诸多。双方互不妥协，不愿私了，申请兴讼。训导处联络人：白端端

手弹了弹白端端三字，年轻男子走出朱明楼。他面容白皙，鼻梁上一副细边眼镜掩去了凤眼里的咄咄逼人，衬衫领口笔直，一身雅致西装将腰腿拉得极长。

邻居红狐君好奇地问："朱轩，又是学馆的生意？"

朱轩仰头："是我家端端的麻烦。"

从法部去鸿蒙学馆坐云舟只需一个时辰，训导处设在教学区最后面的楼里。朱轩下舟，落在门前。青铜门上浮着繁复的凤纹，门扣却是狴犴衔环样式的。

他压了压门扣："我是朱轩，接了纸鸢，负责林蔚的案子，来和白端端老师接洽。"

那狴犴睁眼，里面冒出敖羽的头来。他打量朱轩："来得还挺快啊。急着干活还是追人？"

"今天又是你做看门兽？"朱轩平淡地问。

又？看门？敖羽有些恼火，感觉被嘲了。

训导处的老师，全是妖孽，一个个都装作忙得不行，不来开门，他能怎么办？作为训导处主任，只有给下属擦屁股。朱轩对情况了然于胸，却偏要说。说，就是暗嘲他领导不力。

这人一副好皮囊，可骨子里却透着妖气。

敖羽开门："你自己去禁闭室找林蔚。"

朱轩勾了勾唇："白端端，又跑了？"

这话敖羽就爱听了，他"呵呵"一笑，幸灾乐祸道："何止是跑？简直是躲灾！"

03

朱轩是白端端的灾。

时间往前挪半年，白端端代表训导处去参加法部的年度庆典。

敖羽再三交代："不管价格如何，最要紧的是哄两三家律所进来做学生的法务工作，后面怎么处，看咱们本事。"

这不是个好活儿。学馆虽收了许多人类的学生，但由于各种原因却不允许他们的父母出入。一旦发生学生之间的纠纷，父母鞭长莫及，只能依靠律师。可许多年来，也没哪个律师敢接这烫手的山芋。

因此，白端端别说忽悠人了，她一出现，几乎所有律所代表都跑了。

白端端叹了口气，准备先吃些东西补偿自己，然而一转身便撞进一双直勾勾的丹眼里，一股若有若无的幽兰香气飘了过来。

有好事者见状，很热心地跑来："那是朱明楼的代表律师——朱轩。是个很有本事的人类，将三界六道的法典全啃完了。"

法部律师多妖仙，能精一门已经很了不起了，居然全通？白端端细细打量，朱轩白肤和黑发仿佛用颜料调过一般，不像一般人。

她勾了勾唇，不置可否地问："人类？"

"确实是人类的模样,应该是有过奇遇。否则,人的脑容量怎么装得下数十万的法典?敖羽不是愁没哪家敢接生意吗?这人正在寻门路,你不如找他合作?"

她没应声,只绕着食档找东西吃,偶尔看他一眼。

人皮妖骨,不好搞。

那朱轩也怪,并不主动来攀谈,只不远不近地瞧着。

她进,他则进;她偏,他也转。她去窗边瞧个热闹,他也跟着。

白端端被看得心头火起,想要撤退。不想朱轩却在会场门口将她拦住:"可是鸿蒙学馆训导处的白老师?"

白端端看着他不说话。

朱轩递出名片:"朱明楼朱轩,幸会。"

她没接,但朱轩的手依然挺在她面前:"听闻学馆有意引入律师。我虽从人界来,但对三界律法略有些了解,或许能帮得上忙?"

白端端还是没接,只说:"这活不好干。"

"总是要有人去做。"他微微一笑,"你空手而归,总是不美。"

她就这么回去,确实会被敖羽那老头子唠叨死。

朱轩更近一步,将名片往她面前再送了送:"合作愉快。"

白端端好久没遇到这种怪人了,懒洋洋地从他手里抽出那名片,软语道:"你这态度,可是吃定了训导处?"

他一笑:"吃定谈不上,只希望能有个机会。"

白端端捏着名片晃了晃,名片便化为飞尘晃过朱轩的眼睛。她说:"脾气不讨喜就算了,眼睛还不老实。"然后化为一阵清风,跑走了。

白端端三天没回训导处,估摸着敖羽消气了,才溜达着回去。

一入楼,整个气氛都不同了。她拉了个同事问:"怎么都喜洋洋的?是不是那老头心情好,没骂人了?"

同事给她一个大拇指,猛点头。

她半信半疑地上楼,却见朱轩端着一杯茶从水房出来。他一身妥帖的西装,鼻梁上新架了个细框眼镜,显得温良了许多。

"你怎么在这儿?"她怪异道。

他抬了抬手上的茶杯:"终于回来了?"

终于二字,怎么听怎么不舒坦。

白端端有点沉不住气,悄悄到敖羽的门边偷听。

她等敖羽出来拿文件的空当进言:"老头,这人怕是不怀好心吧?"

"好心?我管他什么心,只要能帮咱们把问题解决了,就是最大的好心。更何况,"敖羽笑着敲了敲她的头,"人家不收咱们钱。"

不收钱?天下熙熙皆为利来。不要钱,那就是要命了。

白端端打了个寒战,滋味苦涩。她知道自己劝不动贪图便宜的敖羽,准备跑路。

刚走出去一步,敖羽的龙爪就按住了她的七寸。

她立刻住脚,"嘿嘿"一笑:"老头,小心点儿,这可是要命的。"

"不要你的命,你心虚什么?"敖羽的爪子加了三分力,"朱律师一见面就冲我道歉,说那日初见很失态。希望能请你吃顿饭,算赔罪。端端,你去不去?"

命在别人手里,能不去吗?

白端端去了,很不客气地选了最贵的饭店,点了最贵的菜。

朱轩面不改色地拍出一张黑卡,整顿饭都笑眯眯地看着她吃,完了还问:"要不要再?"

她算是深刻体会了"养肥了再杀"的真意,含泪吃完。

次日,她冲敖羽吐槽:"那个朱轩不缺钱,干点啥不好?居然免费来帮你?脑子有坑吧?"

敖羽有些诡异地看着她:"能看上一条蛇,确实是有问题。"

白端端警觉道:"你什么意思?"

敖羽马上缩回自己办公室,哼,意思多得很。

吃饭这事,有了第一回,往后的无数回就都顺理成章了。

朱轩三天两头地来训导处,逢来必请白端端。

她不去,他就不走。

长此以往,大家都知道有个人在疯狂追求白端端,给她带来了巨大的烦恼。

敖羽反劝道:"吃个饭而已。"

白端端很恼火:"只会吃饭吗?难道我就缺那一口吃的?"

其实每次都吃得很不错,只是她挑毛病而已。她就是对这个目的不明的人放不下心。

敖羽眨眼,转头就把她给卖了。

朱轩隔日来就说:"白端端,新进了个电影,一起去看啊。"

白端端气极反笑,无辜地看着他:"朱律师,你该尊敬地称呼我为白老师。"

朱轩笑得眯起眼睛："白老师不如白端端好听。"

她很不理解，到底是什么给了一个凡人勇气调戏她？她飞了一个媚眼："你，想泡我啊？"

朱轩立马回了句："给泡吗？"

她直接化出原身，一尾巴将人扫去天边。

然而其他一切暴力行为都只是想想而已，敖羽及时地把她按住了。

"搞出人命违反天规。"他少见地苦口婆心，"对他客气些，无论如何都忍住了，我是为你好。"

白端端翻了个白眼。就这个"为你好"，搞得她软骨病都难好了。

看来朱轩这人，自己唯有一躲，才能得救。

于是自那以后，白端端只要听见"朱轩"这两个字就溜之大吉。

04

风过耳，语不入心。

朱轩只觉得白端端躲他是因为害羞，并非是不喜欢自己。他熟门熟路进训导处，去了最顶层的禁闭室。

禁闭室门口已站了两个人，是凤飞阳的哥哥凤平澜和凤家的律师。

"谁先动的手？"凤平澜问。

"林蔚。"凤飞阳答。

"为什么不是你？你在怕什么？"凤平澜问。

朱轩走得更近些，听了个全。他笑，凤族从不怕事大，只嫌孩子不够胆大。

"对不起。"凤飞阳道歉,"以后不会了。"

凤平澜又问:"谁提的私了?"

"白老师。"

凤平澜瞥了一眼朱轩,点头道:"至少你还知道不能私了。白端端和我虽然有同学之谊,可她一向包庇人类,频频私了,惹了不少非议。你可不能学她那样软骨头,不能怕事,更不能因怕事而向人族屈服。懂了?"

凤飞阳垂手:"懂了。"

当着众人的面,真是教得一手好弟弟。

朱轩走上前,冲站在禁闭室最里面的林蔚勾手:"你来。"

林蔚过来,有点不好意思地打了个招呼。

"你先动的手?"朱轩问。

林蔚想了想,点头。

"为什么不私了?"少年人打架多是意气,但闹到法堂去,总是谁先动手谁理亏。

"我没错。"林蔚直视朱轩。

朱轩想了想:"为什么要动手?"

"凤飞阳老是欺负他的同桌袁鸣,实操课上袁鸣术法不稳,不小心烧了他的翎羽。人道歉了,可凤飞阳不接受,打了他好多下。别人去劝,凤飞阳还来劲,打得更狠了。眼见着袁鸣脚都要断了,我要是不阻拦——"

朱轩明白了,这小子自以为在行侠仗义,于是总结:"凤飞阳欺凌——"

凤平澜开腔:"注意用词。"

朱轩颔首:"抱歉,刚才有人当律师面教唆小孩子打人,就有些失言了。"

凤平澜皱眉,对他很不满。朱轩不以为意,又问林蔚:"袁鸣挨打,没说找凤飞阳算账的事?"林蔚摇头。

凤飞阳嗤笑道:"同桌玩闹,算什么账?我这样对他,他喜欢得很。"

"胡说八道!什么玩?什么喜欢?人被打成那样,是玩吗?"林蔚瞪大了眼睛,"他明明就看着我,叫救命。"

凤飞阳双手抱胸:"你不信的话不如再去问问他,看他怎么说。"

"就算他说喜欢,也是你威胁的!"

眼见又要吵起来,朱轩说:"林蔚,不要激动,我再问你。"

林蔚闭嘴:"朱律师,你问。"

"你认为袁鸣是在向你求助,你才动的手?"

林蔚点头:"是。"

"你动手后,袁鸣有帮忙吗?"

林蔚摇头:"他劝我冷静,还说自己不会追究凤飞阳,事情最好算了。"

朱轩双手抱胸,有些沉默地看着林蔚。

凤平澜挑了挑眉:"我说了吧,就是林蔚无理,无端打人。"

朱轩冲林蔚问道:"你帮袁鸣出头打架,他不仅不出手,反而用话压你。这是站你这边,还是站凤飞阳那头?"

林蔚面色有些发白,似乎没想通。

朱轩接着说:"他借你向凤飞阳卖好罢了。林蔚,你得知道,帮

200

人要讲究方法;打架,也不是这样打的。"

林蔚深吸一口气道:"朱律师,我做错了吗?"

朱轩摇头:"帮人没有错。你要帮人可以,先让那人自己去打架,打不赢,你再去帮。"

林蔚若有所思,缓缓点头。朱轩也是,当众教得好当事人。

05

白端端跑路了,捎着自己的窝一起。

她把窝寻了一个山洞放下,化出原身瘫进去,一睡便不知人事了。

梦中不知年月,只是饥肠辘辘,甚至嗅到一阵烤肉的香气。

学馆九食堂有个专管烤肉的师傅,技术当真一绝。各种肉类,经了他的手,美味程度倍增。

她口水横流,再躺不住了。一睁眼,就看见朱轩对着她笑,白骨仿佛透过血肉,发出盈盈的光。

他身上幽兰的香气也越发盛了。

噩梦,一定是噩梦。

白端端立刻闭上眼睛,想要躲过噩梦。

"饿了吧?"朱轩的声音响起。

白端端想忽略,可更浓烈的肉味窜出来,从鼻腔直入大脑,让人不得不在意。她就没明白,自己躲得也算隐蔽了,他到底是怎么找过来的?

"烤鸡热的时候才好吃,凉了始终差些意思。"

是这个道理。

天下唯二不可辜负，一为美食，一为美色。

此刻的朱轩美食和美色兼具，叫她如何抗拒？

白端端不是扭捏人，想通了，就大大方方地化出人身，坐到了桌前。

她瞥了朱轩一眼，一身白衬衫，蜂腰长腿。她面上无所谓，心里却在流口水——人太讨厌了些，否则真想上手一摸。

白端端扯了鸡腿就啃。大师傅的手艺果然是好的，一口肉下去，什么烦恼都没了。她啃完两只鸡腿，终于有功夫说话了："说吧，找我什么事。"

"没事。"

"没事？"她挑眉，"你哄鬼呢？"

"真的没事。"朱轩坦然，"好久没见到你了，有些想念，所以来看看你。"

她舔着手指，看着他："你究竟看上我啥了？"

朱轩似乎被她十指吸引了目光，看得专注，没有回答。

白端端身上全是软骨，双手皮白肉滑，如同膏脂一般。她点头："看来是看上我这身大补的蛇肉了啊。"

朱轩欲言，她挥手止住："算了，说点别的。"

朱轩略顿了一下："林蔚让我谢谢你。幸亏你去得及时，否则他就要被凤凰神火烧成一把灰了。"

"谢？"她满不在乎地擦手，"有什么可谢的？臭小子嘴巴和骨头都死硬，我说私了，他偏要公了。"

她看着他，故意停顿了一会儿："两人身上连伤口都没有，怎么上法堂？赢了凤飞阳道歉，输了林蔚道歉，和私了有区别？"

朱轩冲她笑，笑得她勃然大怒："你笑什么？"

他说："你的道理，并非他的道理。道歉是小事，但输赢的含义却不同。"

白端端听出他支持林蔚，便问："无非争口闲气。你呢？赢了不挣钱，输了还损名声，图什么？林蔚本意是帮人，可如果法堂判了他错，岂不是折损了他的本心？还是说，你有必赢的办法？你要是真能赢，我倒是无所谓。"

朱轩点头，却没保证："法堂上判的是事实本源，但对错公道自在人心。"

白端端眨眼，端详他的模样，故意问："凤平澜找过你了？"

"找了。"他点头，"我见完林蔚，他就在楼下等着。他说整个法部，敢管凤家闲事的只有我，很是佩服，想请我去他那里寻一门好差事。"

"凤家出了名的有钱，肯定是买通了袁鸣后才来找你。你要是答应了，得他一根毛，都能成财主。"

朱轩笑眯眯的，眼镜面上照出白端端明亮的眼睛："我说我不缺钱，更要紧的，我家端端会生气。"

白端端本就忌他，一声"我家端端"听得全身发寒。她恶向胆边生，只想试试眼前人的深浅，便再顾不得天条，飞起一脚。

06

敖羽来迟一步，眼睁睁看朱轩的身体化成一条弧线，落到深渊里去了。至于白端端，早已经顶着窝跑远了。

他长叹一声，冲着万丈深渊问了一声："还活着吗？"

朱轩从山石里爬上来，除了白衬衫脏点，连头发丝也没乱。

敖羽只好忍了笑："刚才怎么了？"

朱轩拉直印着脚印的衬衫前襟："被打了。"颇有些显摆的意思。

敖羽简直看不懂这人："有受伤吗？"

"她没舍得用力。"

敖羽憋不住了。打飞几个山谷，还能骗自己没舍得用力，到底是不是瞎？

朱轩显然探知了敖羽激烈的脑波，淡淡看他一眼："她弄不死我，就是舍不得。"

敖羽不以为意，十个白端端，也弄不死一个朱轩，罢了，换个话题。

"凤飞阳和林蔚的事，真要上法堂？"敖羽问。

朱轩想了想："打架事小，凤平澜说话讨厌。我治治他，赢了这场，给端端出口气。"

敖羽看着那凌厉的脚印，思考一个严肃的问题——就朱轩这泡妞水平，到底多少年才能追到白端端。他不好直说，便问了一个发人深省的问题："你知道我为什么一直叫你低调吗？"

"平易近人。"这问题朱轩答得快，"等她对我情根深种，就不计较前事了。"

情根深种未必，怕得要死倒是很能确定。

敖羽又问："那我为什么多次努力阻止白端端打你？"

这问题朱轩没在意过，一时陷入沉思中。半晌，他有些犹豫："难道，是因为你特别尊敬长辈？"

敖羽摆手三连，语重心长道："老祖宗，你要装人，要装得像些。雷蛇白端端，虽然现在得了软骨病，但全力一脚也够弄死许多普通人了。"

朱轩有些恍然:"所以,我露馅了?"

何止露馅?人家从第一次见面,就已经感觉不对了。

"所以,我现在该追上去解释吗?"朱轩谦逊地向敖羽咨询。

"不行。"敖羽道,"端端觉得你不对劲,宁愿自己憋半年也不来问我,这是连我也一起恨上了的意思。她连我都不信,又怎么会听你解释?"

朱轩若有所思:"那先赢了这场官司,让她开心。"

敖羽含泪:"老祖宗,那是一场官司的事吗?"

朱轩一笑:"那就是一场官司的事。"

07

朱轩果然不是个人。

白端端怒火中烧,一气跑出几百里。快出学馆了,才想到这已经是三界最安全的地儿,她还能躲去何处?

这么一想,干脆折返训导处。敖羽不知道跑哪儿去了,办公室空荡荡的,架子上摆着许多零食。

白端端将窝丢到沙发边上,把他的零食全掏出来,拆开了吃。

等敖羽回来的时候,就见满地包装纸袋和瘫在沙发上的白端端。

他用力清了清嗓子。

白端端探头,懒洋洋地看他一眼:"哟,回来了。"

"你跑哪儿去了?我找你好久。"敖羽随手将资料放办公桌上,

"凤飞阳和林蔚都要上法堂，章程也该办起来。有些手续可以让法部处理，一些却要你这位联络老师——"

她坐起来，随手扯开一包肉干："编，你再编。"

敖羽摊手："我编啥了？"

白端端摸出一根肉干，递给他看："知道这是什么吗？"

他疑惑地看着她："五香味的牦牛肉干，你最喜欢吃的。"

她缓缓摇头："不是牦牛肉干，是龙肉。"

白端端起身一笑，捏着肉干塞入口中，盯着他大力咀嚼。

敖羽："我可以解释。"

"解释什么？解释我的骨头为什么会在朱轩人皮下面？解释他为什么一直用馋肉一样的目光看我？"白端端恨恨道，"还是要和我聊一下雷蛇的作用？天生灵物，骨头能助人过天劫，肉和皮也是上好的材料。

"你敢说，他不是看上我这身肉？"

敖羽为难地看着她，从某种程度而言，朱轩确实是看上了她的肉，但话不能这样说。

他摊手："你不要乱想，也不用做惊弓之鸟。没人要扒你的皮，吃你的肉。"

白端端静静地看着他："可有人活挖了我全身上下的雷骨。"

让她什么也做不了，只活成一摊肉。

08

白端端还在卵中时，便有了意识。只是不知什么原因，许多年都无法孵化，生身父母想了许多办法都无效果，只能含泪将她丢在某个山中，自生自灭。

日月轮转，过了不知多少年。有阵风卷着她去往山峰的最高处，承接日精月华。

一日暴雨，雷劈处山石垮塌。碎石下爬出来一条白蛇，浑身缠满了电光。龙族的敖羽正好路过，见此奇观，便收养了她。因她通体纯白，雷又是天下至正至端之力，敖羽就称她白端端。

敖羽要带白端端回龙族生活，却被诸多长老反对。

龙族是天生妖神，是上三族，怎么可以收养蛇类爬虫？

敖羽本要解释雷蛇有所不同，白端端却说："野生野长更快活，我才不耐烦去你们那死板地方。再说了，要真因为我是雷蛇才接纳，只看中我的作用而不是我本身，有什么意思？难不成我不去那里，你就不能来看我了？"

因此，敖羽便时常来看她，每次都带许多食物衣物，当然还有书。书里有许多精彩的故事，自然也有上下尊卑的道理。

她看得奇怪，却也有自己的想法，常笑嘻嘻地同敖羽讲："我活我的，为什么要懂这套？等我去考鸿蒙学馆，学成了，一定要告诉三界六道新的道理。"

"是什么？"

她洋洋得意："众生平等。"

敖羽哭笑不得，只夸奖她好志向。

白端端有的不止一点点志向。

她在学馆，睥睨群山，扶起蛇虫鸟蚁组成一个学会。该学会将凤平澜领导的龙凤二族少年团打得落花流水，又拉了狐马虎豹等族类做伙伴，渐渐和那些传统派有了分庭抗礼的架势。

走出去时，许多人都要尊称她一声"雷蛇"。

一切看似都要顺风顺水地发展，白端端却突遭横祸。

那日天晴，白端端飞去附近的湖泊练习术法，半道却遇上几个龙族长老。

长老见她，头次露出和蔼的模样，托言说敖羽升任学馆小神，要开宴席，让他们接她去族中赴宴。

她本来不想去受人白眼，但敖羽的喜事一定不能错过。

因此，她拎了些土产做礼物，兴冲冲地去了。

一去，便是水酒接风。她端来喝了，便立刻昏睡不醒。

睡梦中听见各种喧闹的声音，仿佛是敖羽在和什么人吵架。

"你们该和我商量，得端端同意才能取骨——"

"还要她同意？她生长的那里本就归那位管束。你和她是占了人家的地，人家不和你计较已是大度，又任你将她养大。喂条狗也知看门，养一条雷蛇岂是容易？怎能白养？更何况，又不是要她的命，只借雷骨一用，日后定有回报。"

说的都是什么混账话？骨头是能借的吗？敖羽还是护着她的，吼出的话和她想的一模一样。

又有人说:"那位很讲因果,说了是借,就必定会还,而且定会还更大的福分。这是多少人求也求不来的,你别不知好歹。"

敖羽显然不服,闹得凶悍,仿佛砸烂了许多贵重物事。可他单枪匹马,哪里斗得过不知修炼了多少年的长辈亲族?

后面听来,他应该是被按倒绑起来了。

"敖羽,你还记得尊卑上下吗?"有人指责他,"知道什么是轻重缓急、贵贱有别吗?"

白端端尚有一丝意识,身体却不能动。

她越长大,越知道万物有别,便越坚定自己的道。

贪她雷骨的,显然是龙族也无法违抗之辈。敖羽护她,也是辛苦。

事实无法改,那她就自己想个法子。

最起码的,总得知道那人是谁。

她悄悄调出周身毒腺,一点点将其中的毒素舍掉,只余下一些兰香。那味儿平日潜在骨中,无色无味,近乎不存在,可一遇到她,就能被激发出来。

因此,看见朱轩的第一眼,嗅到他身上的幽兰味,惊惧之情便如潮水涌向了她。

09

训导处青铜大门,狴犴衔环状的门扣动了动。狴犴睁眼,浮光尽入眼底,三界一览无遗。朱轩立在朱明楼顶上,伸手去捞起那些浮光。

浮光内人影晃动,是白端端在教训敖羽。

"敖羽,我叫你一声老头,你唤我一声女儿。当年我被龙族那些老不死骗走雷骨,也没闹得天翻地覆。你也诚心诚意认错,帮我求了青莲灵藕做假骨头。这事,咱们就揭过了。可你现在居然站他那边,还帮他算计我?你是不是也想分一口蛇肉吃?"

"不敢,绝对不敢。"

"不敢?那你就滚回老家休假去,把跟朱轩相关的事都丢了,不准再和他眉来眼去。否则,咱们下半辈子断绝关系,老死不相往来。"

敖羽立刻泪如泉涌,痛哭流涕:"死丫头,我一个孤寡老人,你怎么舍得断绝关系啊?我这就走,立马——"

白端端双手叉腰,目送敖羽远去。

朱轩微微一笑,白端端这是要斩断他消息通传之路。没关系,天下狌犴所在之处,他都能见闻。思及此处,他抬手嗅了嗅衣袖,又闻了闻皮肤,却什么也没闻到。

兰香?原来是这味道出卖了他。

真是一点不慎,满盘皆输。

他的端端,果然很聪明。

邻居红狐君抬头问:"朱轩,我看你在楼上站了好久了,是为那学馆的官司烦恼吗?"

"也许呢。"他放下手,散开浮光,回了一声。

"凤家请的律师确实棘手。"红狐君建议,"反正你也没收学馆的钱,不如随意找个借口,辞了差事。那人族学生没律师,自然就消停撤诉了。"

朱轩一笑:"你倒是想的好主意。"

红狐君喜滋滋:"对嘛,你快去辞了,咱们喝酒——"

朱轩却摇头。

红狐君脸一垮:"为什么?这一点点小事便上公堂,岂不是浪费人力物力?"

"并不是。"朱轩道,"林蔚争的不是闲气,只是要有个讲理的地方。"

他的端端,也要个讲理的地方。

她想要,他能给,这事就有转圜的余地。

10

凤族行事,向来招摇。

凤飞阳要上法堂,凤平澜便把这事闹得沸沸扬扬。学馆内外,无人不知。因此,到了开庭那天,法堂内外被看热闹的人围得严严实实。

白端端作为联络老师,有一个旁听席。席位恰好在朱轩律师席位的后面,能将他的所作所为看得一清二楚。白端端直盯着朱轩的背,目光恨不得将他烧穿。

朱轩似有所觉,回头冲她一笑:"端端。"

她勉强扯出一个笑:"好久不见——"

"三个月又十五天。"他回答得一板一眼,"我很想你,可不能去见你。"

白端端嘴角抖了抖,虚伪道:"上次太过激动,不小心踢了你一脚。你没事吧？这几个月是不是在养伤？"

朱轩的笑更明显了："端端，你明知道我没事。"

他妹的，居然不装了。

白端端暗骂一声，收了笑，显出冷若冰霜的模样来："看来，你自认为是赢定了？"

"答应端端的事，绝不失言。"

朱轩也不纠缠，转过头去。他并未整理资料，只是出神地看着前方法堂主官的位置，那是一堵雕刻了巨大狴犴图的墙，墙上方高悬明镜，一块"天生正气"的牌匾高高挂起。

狴犴是龙神九子之一，九子中：囚牛好乐，睚眦喜斗，狻猊弄香，饕餮贪得无厌，椒图守夜，赑屃负碑，螭吻安居，貔貅只进不出。

唯有狴犴，辨明是非，伸张正义。

因此，狴犴雕像绘于法堂之上，刻在任何与法相关之处，也是天下讼师和律师遵奉的神明。白端端从不怀疑世上有狴犴这尊神，但却怀疑他是否真的能伸张正义、明辨是非。若真如传闻所说，那这三界能少多少痛苦事？

这个问题，她曾问过敖羽，敖羽只一笑："他老人家厉害是厉害，但却极其讨厌去扶烂泥。自己立直、站稳了，他才会帮你。要不然，他岂不是要成三界保姆？"

白端端想得入神，却被一声惊堂木惊醒。她揉了揉干涩的眼睛，却见朱轩已经不在座位上。他站在法堂中，一身衬衫搭西服，头发往后梳，露出饱满的额头，脚下仿佛有隐约的雷光在闪，十分有气势。

若只论皮囊，在白端端眼里朱轩无人能及。

双方律师冲法堂上的主官鞠躬，正式开庭。

当事人上堂陈述案情，林蔚自然承认先动手，凤飞阳重点则在与袁鸣只是玩闹上。凤平澜支着下巴看凤飞阳，偶尔转向朱轩，最后视线落到白端端身上。

白端端冲他一笑，往后一仰，瘫在椅子上。

凤平澜呼了口气，对自家律师比画了一个手势。那律师会意，便问凤飞阳："袁鸣可曾因为你凤族的身份讨好你？"

凤飞阳露出和凤平澜一般的表情，点头："他为了拍我马屁，做过许多可笑之事。我赏他一眼，是看得起他；揍他一下，他就感激涕零。"

这话倒是很符合凤家人的脾气，白端端给凤平澜比了个大拇指。好同学，真是几十年如一日的嚣张。

凤平澜双手抱胸，颇为自得。

法官传唤袁鸣。

"如你证言所说，你和凤飞阳之间只是普通玩闹？"朱轩问。

袁鸣点头，看着不远处的林蔚："我很感谢林蔚热心帮忙，但这一次他真的是误会了。"

"即使凤飞阳对你的触碰，有可能令你小腿骨折？"朱轩再问。

袁鸣不答，沉默地看着朱轩。

"即使你当时看着林蔚求助？"

袁鸣只说了一句："凤飞阳是凤族。"

朱轩颔首，表示理解。

轮到林蔚，小伙子很爽快："我懂袁鸣的意思，但我既然帮了他，就不会后悔。他今天的证言我也早有预料，更不会恨他。但我要借这机会对凤飞阳说，你虽然是凤族，天生有神通，但究其本身，也只是一普通生灵而已。既都是生灵，便无上下尊卑之分。

"法堂有可能会判我输，但我站在这里是要告诉你，你这样做是不对的。"

白端端动了动眼珠，不看林蔚，不看朱轩，却只看向凤平澜。

凤平澜扫她一眼，嘴角扯出一个嘲讽的笑。他猛然起身，冲着朱轩道："这是什么荒唐话？在这三界六道内，何处无尊卑？哪里没上下？既身为上三族的凤，自然有权管束排不上号的人。别说今天是打你，就算开口问你要手脚，你能说个不字？

"规矩？在这地界，实力就是规矩。"

凤平澜说完，得意扬扬地看着朱轩："朱律师，你说是不是？"

法堂内外，一片哗然。

"凤平澜，你好不要脸。"

"法堂上说这种话，你怕不是想挨打了？"

"来啊来啊，咱们就干脆不要法堂了，直接打架好了。"

"他怕是疯了吧？得神经病了？"

"肯定是以前读书的时候被白端端打出来的毛病没好，现在恶化了。"

凤平澜却毫不在意，两手张开环视四周："你们打又打不过我，上法堂判也判不赢我，耍嘴皮子有什么用？"

这下更是群情激愤，甚至有人扔鞋底。

惊堂木起，但仍然镇不住众怒。

朱轩拢了拢西服外套，迎着混乱走向凤平澜和凤飞阳。

他取下眼镜，捏了捏眉心，有些头痛道："按你的话说，这法堂上该是强者尊，弱者贱，赢家通吃？"

凤平澜仰起下巴："不对吗？"

朱轩点点头："万物的眼睛生在前方，却习惯了向下看，少有人往上看一看。若今天偏有那横货，看上凤鸟毛色鲜亮，速若奔雷，要一只来做坐骑，该怎么办？若那人又嫌弃凤鸟桀骜太过，不懂转圜，无事便要踏上一脚，又该怎么办？那个时候，你是不是也希望能有个地方不讲尊卑，只讲道理？"

此言一出，吵闹声更盛了。朱律师果然厉害，以子之矛攻子之盾！

凤平澜却"呵呵"一笑："当今世上，哪里还有敢骑龙踏凤——"

话音未落，却听见一声极清脆的"咔嚓"声响。

凤平澜瞪圆了眼睛，仿佛见了什么可怕的东西。

满场胡闹的小妖也察觉出不对来，全部惊恐地看向法官身后那巨大的狴犴相。

白端端站起来，双手成拳，呼吸一点点急促起来。

朱轩仿佛没有察觉身后的狴犴壁一寸寸裂开，也似乎没看见裂缝里透出的光和极其恐怖的神龙气息。

他认真地看着凤平澜，用极轻却传得极远的声音问："如果真有骑龙踏凤之辈，你真能甘心拱手为奴？到那时，你还能说出一声开心来吗？"

11

白端端失去了雷骨,身子被敖羽抢了回去,送回学馆。敖羽心怀愧疚,跪求青莲君,得到一段灵藕为她续骨。

一番辛苦下来,她才不至于不能行走。

复学第一天,便遇上了死对头凤平澜。他一身彩锦,趾高气扬,要来找回场子。

可见白端端第一眼,他便尖叫起来:"白端端,你怎么成了一摊蛇肉?你的雷骨呢?"

白端端冷漠地看他一眼:"来报仇的啊?要打就打,哪来那么多废话?"

凤平澜捏着她肩膀,一口气飞出学馆,直奔凤族领地而去。

白端端对他已无还手之力,只得听之任之。

落地之处,漫山遍野的梧桐树,到处都是神光。

凤平澜说:"这里是凤族重地,最安全不过,你对我实话实说。"

她抠了抠鼻子:"没什么好说的。"

"谁敢夺你雷骨?你是雷蛇,天生灵物,普通货色根本打不过你。你又是敖羽的养女,虽然龙族里的那些老头子不喜欢你,但勉强也算龙族的亲戚。伤了你就是伤他们的老脸,捏着鼻子也会为你出头。"凤平澜平时嚣张跋扈,但到底不是蠢货,"所以,到底发生了什么?"

白端端环视周围,叹口气道:"这里当真无人能窥视?"

凤平澜刚要回答,白端端就开口了:"龙族也有一处神光内敛的所在。我去喝了个酒,回来就成了这副模样。所以你猜一猜,能让龙族将我双手奉上的,是什么玩意儿?唉,当真是一息之间,没有任何反抗的能力。"白端端想起被扒皮取骨的冰凉感,整个人就发抖。

凤平澜从未见白端端这样，瞪大眼想要说话。

白端端习惯性地揍上去："蠢货，闭嘴，我才不要知道是什么东西，免得自己先退缩了。"

凤平澜许久后才冷静下来："那以后，你要怎么办？"

"该怎么办就怎么办呗。"

"放屁！就这样做一条死蛇？那可不是你白端端的作风——"

"那什么才是白端端？"她伸展了一下身体，"从现在起，我可有软骨病了，还能怎样？"

"不过——"白端端认真地看着凤平澜，"傻货，以后可不要再满口叫嚣龙凤二族并列，上三族荣光无限。多往上头看看，比你这小鸡崽子强的多了去了。你现在小，人家只笑笑而已。等你长大了，吼叫得令人厌烦，人家心头火起——"

凤平澜垂头，只想想便不寒而栗。

他看了她许久："端端，我得帮你。"

此事须从长计议，急是急不来的。

12

凤平澜法堂之上大放厥词，惹恼了狴犴。雕像无端断裂，泄出的神威只一线，便令学馆上下震荡不已。

白端端心潮起伏，站起来冲朱轩大力鼓掌："好，朱律师说得好。"

她这一声用上真力，惊醒了呆滞的观众，顿时山呼海啸起来。满堂欢呼着朱轩的名字，几乎将屋顶掀翻。

主法官大惊，惊堂木敲得几乎断裂。

白端端见气氛酿得差不多,冲凤平澜丢了个眼神。

凤平澜大大方方地冲主官行了一礼:"我刚才说得太过了吗?好像是有点。既然连狴犴都出来表示不满,那我收回前言。飞阳,赶紧跟同学道个歉,以后大家都还是好朋友。"

凤飞阳立刻乖顺道:"袁鸣,对不起,我以后不欺负你了。"

袁鸣立刻抬头,对他一笑:"行,咱们是同学,我原谅你了。"

林蔚开口:"我这儿呢?是不是也要说声对不起。"

吃瓜群众傻眼了,这到底是闹哪样?他们开始发出嘘声,嫌弃凤族软蛋。

"哟,咋不硬扛到底呢?"

"还是怕了狴犴,没骨气的东西。"

"干啊,打起来啊。"

凤平澜清了清嗓子,甩一个眼神给白端端,表示该你了。

白端端立刻跳上证人台:"朱律师话说得这么漂亮,我倒是有一问。"

"问!"凤平澜以手做喇叭状,"朱律师光明正义,必为你主持公道。"

法官再一次拍响惊堂木:"法堂之上请肃静,无关人员速速退散,否则闭堂!"

白端端直盯着朱轩:"朱律师,你是怕了?"

朱轩微微转身,冲那主官道:"几句话而已。法堂是讲理的地方,不必拘泥。不碍事的——"

"好,那我就问了。"白端端身处高处,俯视他,"朱律师刚才所言大义，最令人欣赏的便是这讲理一说。三界六道内，唯有法堂之上不分尊卑贵贱，只论对错。那么，我倒要问一问，不经允许，随意取人爱物，对不对？"

朱轩仰头看着她，和蔼道："自然不对。"

白端端点头："自身有难，需一物救命。可那物对原主来说更是性命所寄，该不该强夺？"

"不可。"朱轩越发平易近人，"怎能做出这般强盗行为？"

"那么，令那人亲近且不可违抗之人，去借呢？"

朱轩略一沉吟："有借有还，倒是有些说法。"

白端端步步紧逼："如果要借的是你的项上人头呢？"

朱轩还未回答，凤平澜却漏出一声笑来："朱律师，借你人头一用，你可愿意？"

吃瓜妖众看得莫名，不满道："哪里来的神经病，谁借人头？"

"就是。"

"小声点，那是训导处的白端端。"

"白老师啊，人还不错的，怎么今天跳出来作怪？"

"我倒是听说过一件事。那白端端在学馆的时候，曾以雷法闻名，传言她身具雷骨。"

"雷骨？开玩笑的吧？当真有，她早该成正道了。"

"可是，又没了。"

"有了又没了，是什么意思？"

众妖不知。

白端端更近一步，化出巨大的原身，蛇尾钩住证人台的木头围栏，蛇头却凑向朱轩,金黄色的竖瞳对上他淡然的双眼:"我也不愿意。"

朱轩伸手,仿佛想碰一碰那玉似的鳞片。

白端端有些恼火地避开,这王八蛋到底什么意思?她瞥一眼似乎还停留在狴犴壁中的神威,知道这是自己绝地翻身的机会。她和凤平澜原本计划在法堂上整朱轩,没料到那番荒唐言语居然引出了狴犴神威来。这下再也忍不住了。

她问:"朱律师,我问你,你人皮下面的雷骨,从何而来?"

白端端凑得更近一些,巨大的蛇头几乎要将朱轩吞噬:"你雷骨中为什么会有我毒腺里的兰香味?

"天下竟然有这么巧合的事。我被人强借走雷骨,恰巧你身上有一副带着我香味的雷骨。还是说,你这副,就是我的?"

朱轩微笑地看看她,再看看不远处的凤平澜,最后扫了一眼法官和他身后的狴犴像。他想了想,道:"是。"

原本满堂哗然,突然静了下来。

白端端没想到他承认得如此爽快,一时卡住,竟有些走神。

朱轩却没停下来,只和缓地问:"端端,所以你想怎样?"

想要道歉,想要有人说一声对不起,想要的太多,反而无从说起。

"端端。"朱轩伸手,终于碰到那些鳞片。

"对不起。"他说。

"希望你能原谅我。"他又说。

"让你受苦了。"

春风和煦,如霜化露。

白端端淤了多年的怨气,烟消云散。

13

万雷奔涌,千万条闪电凭空落了下来。

法堂被照亮,狴犴像的裂缝一点点闭合。

法官大惊失色,立刻走下位置,似要阻拦朱轩。

可朱轩将他拨开,朝神色复杂的凤平澜说:"谢谢你演这场大戏,为端端出头。"

凤平澜嘴角动了几动,关你鸟事,他只不过是看不惯飞扬跋扈的雷蛇变成死蛇而已。

你是她什么人?要你来代表?

朱轩转而冲白端端一笑,毫不犹豫地踏入那电光雷火之中。

人散皮消,玉骨天降。

14

凤平澜仰头看那巨大的石头狴犴雕像,转头问旁边的白端端:"你就不好奇他是谁?"

白端端摇头:"我的骨头回来了,还操那心干什么?"

他摸了摸下巴:"咱们事儿虽干成了吧,但还是觉得有些憋屈。"

她一笑,用力打了一下他的后脑勺:"笨蛋。"

"白端端,你良心呢?老子冒了天大的风险帮你,又把凤家的名声砸在地上让你踩,你就这样回报我?"

"走了,说什么酸话?"

两人闹着出了法堂。走出去的时候,白端端回头看了那狴犴像一眼。

她无须知晓他是谁,只要知她所行之道亦是他所行,足矣。

15

白端端掏出全部积蓄请所有认识的人吃酒,好友们俱来贺喜。等平静下来,已过去半月有余。

有同事感叹一声:"这段时日吧,总觉得少了点什么。"

白端端这才想起来,敖羽还不知窝在老家哪个地方呢。

她这会儿骨头拿回来,对他的怨也少了许多,便要去接人回来。无论怎么说,那死老头的心还是偏着她的嘛。

驾着云,她一路飘荡着回老家。等到熟悉的地界,远远瞧见两人在山顶凉亭上对饮。

敖羽早就瞧见她,冲她挥手道:"快来,给你介绍个人。"

敖羽自取骨那次同族中人闹翻后,便少有亲朋来往。后来同在训导处任职,他认识的人她也都认识。

哪儿来的她不认识的朋友?

白端端半信半疑地过去,却见那人一身锦衣,头勒明珠,执了颗棋子冲她笑。

那眉眼模样,不是朱轩又是谁?

她无语,转身就要走。

敖羽却利落地挡了去路,挤眉弄眼:"端端,不要无礼。"

白端端牙缝里挤出一句话:"老东西,枉我来接你。"

"他天天都来和我喝酒,怎么知道你今天要来?"敖羽皱眉,"别冤枉好人。"

说完,他将声音压得更低:"咱们老家这块儿,本来就是他的地界。人家才是主人,咱们俩都是客。叨扰他这么多年,都没说过一声谢。赶紧——"

白端端无奈,只好转身。

不想这一转,又撞上他的笑。

她扯出一个虚伪的表情:"朱轩,真是好久不见。"

那人放下棋子:"端端,朱轩是我化名。从今日起,你可以叫我狴犴。"

"不过当真是好久不见了。"他缓缓道,"我初见你时,你才是一枚手指大小的卵而已。因为无法出壳,日日在山中号哭……

16

狴犴喜静,久不外出,也无人敢来打扰。

他的地界,除了满山绿树红花,便是一些没有灵智的活物。

那日他神念外游,发现有两条最低等的白蛇偷偷潜入,往山中丢了一枚卵便跑。他追上去,那两蛇只说卵孵了许多年也不能出壳,女儿日日号哭得可怜,只好偷偷潜入龙族禁地,指望借些灵气助她出生。

他心存善念,便默许了。

那真是一条十分吵闹的小蛇。白天哭,黑夜哭,下雨不安分,出太阳也不守规矩。它在山谷里到处滚,压得不知多少花草遭殃。无奈之下他便给了一口龙气,将她安置到山巅吸纳日月精华。蛇卵先天有亏,后天也不足,纵然在这处福地养了许多年,却依然无法出壳。

狴犴听她哭得伤心，偶尔会去安慰一下。

　　她喜欢他的触碰，每当他摸卵外壳的时候，她便在里面欢呼鼓舞。

　　许多年来，无数龙子龙孙叫他老祖宗，恭恭敬敬地对他，但少有这般天真纯善且热烈的喜欢。

　　她喜欢他，他也喜欢上她。

　　既互相喜欢，便不忍心她受苦。他灵气探查之下，才知道这小蛇天生无骨，就算养上百年也是无法破壳的。

　　狴犴思来想去，便取了自己的一段龙骨，为她雕出一副玉骨来。

　　那日雷声阵阵，正是行法的好时候。

　　不想玉骨身具龙气，引来天雷。她还是壳中小儿，如何能受天雷？狴犴便以身代之，为她受了九分的雷劫，又引了一分雷气入玉骨。

　　至此，雷蛇乃成。

　　天雷动静不小，龙族担忧禁地内有变化，便令敖羽查探情况。

　　敖羽一来，狴犴便将白端端交给他："替我好好抚养她。"

　　"老祖宗呢？"

　　狴犴咳嗽两声："挨了个天雷，得养上一养。"

17

　　"后来呢？"白端端不太相信地问。

　　她驾云回学馆，狴犴要去拜访老友，便同行。路上无聊，便讲起了旧事。

　　"天雷凶猛霸道，将我全身经脉和血肉搅成一团乱。"狴犴掠过下方群山和沃野，轻声说，"需得用你雷骨上的一点龙气重新梳理。"

白端端盘坐在云头上，手托着下巴。

"不信？"狴犴问。

"你年纪大，当然是你怎么说怎么算。"她有些不服气，"可是，你怎么又装出一个朱轩来？"

狴犴两眼含笑，半晌才道："我一时疏忽，没对他们提及你雷骨的来历，他们也只当你是普通小蛇，大约是心急，又藐视众生，用了强硬的手段。我已经罚过他们了。要去见你的时候，敖羽说你对我只有恨，只怕情路不顺，所以要想个折中的办法。"

白端端除了"情路"二字，什么都没听进去。她恍恍惚惚地看着浮云万千，雷骨深处居然起了一丝战栗。

"端端——"狴犴叫她。

她立刻挺了挺胸，掩饰道："狴犴公正严明，不愧是律法之神。"

狴犴含笑不语，只看着她。

这回，白端端没有发怒，反有些羞赧。

她疑惑地问："我那时候，真的爱缠着你？"

狴犴微微点头："确实十分难带，一日不见，就要闹上三天。"

白端端有些发愣，脑子里不知想了什么乱七八糟的东西，双颊通红。

末了，她恶狠狠地瞪他一眼，提起云朵的速度，化成一道飞烟跑走了。

END

胆 小 鬼

文/清欢

一个每天用意念码字的憨憨。

01

宁知愿腿有点软。

她呆呆地看着脚边的篮球，又悄悄看了看几米外顶着花花绿绿头发的少年们。

那是几个臭名昭著的"坏学生"。

她胆子小，平日从来不敢和这类学生打交道。这种突发的情况让她有点不知所措，只好呆愣愣地看着。

"哎，让你把球扔过来呢！"对面的几个少年等了太久见她一直没动，不耐烦地催促着。

宁知愿想转头就跑，可她好像被施了定身术一样，就傻傻地站在那，看着停在脚边的那个篮球。

"我说，你扔过来啊！"对面的几个少年又一次催促。

"怎么了，秦铭？"一道慵懒低沉的声音闯进了宁知愿的耳朵。

"呦，骁哥。"先前的少年看到来人立刻换上了狗腿的笑容。

"怎么了？"林泽看了看面前手足无措的少女，"你们欺负人家小姑娘了？"

"哪能啊骁哥，我们就让她帮忙捡个球。"他们虽然混了点，但到底不是土匪恶霸，欺负一小姑娘干吗？况且对方还是娇滴滴的校花宁知愿。刚才就是看宁知愿自己走过来,他们想趁着捡球这个机会逗逗她而已。

哪知道这校花胆子也太小了,看到他们这群人就吓得不敢动了。

林泽这才抬头朝宁知愿看过去,规规矩矩的校服、马尾,白白净净的小脸,一看就是典型的好学生。即使隔着五六米的距离,他也清楚地看到了小姑娘肩膀在抖。

林泽刚来这座小城,净认识狐朋狗友去了,宁知愿这类好学生他平常几乎不接触。不过无所谓,他从来不喜欢关心好学生们的事儿。

看着宁知愿手绞着衣角、红着脸的模样,他体内的小恶魔一下子就苏醒了。

林泽双手插着兜慢悠悠地走到宁知愿面前,弯起嘴角低下头凑近看着宁知愿:"球帮忙捡一下呗。"

宁知愿听到林泽的声音下意识抬头看了看,这一看让她立马像个鹌鹑一样缩起了脖子。她是知道林泽的,新来的转学生,才一个星期就成了全校学生的"老大",哪怕她从不关心这些,也在同学们课间的讨论中了解了个七七八八。林泽是听着就让人害怕的人物,从小就被疯狂揪辫子的宁知愿一贯有点害怕这类人。

偏偏这时候,那个叫秦铭的小混混还看热闹不嫌事大地说:"快捡过来啊,骁哥生气可是会打人的!"

空气一下子静了下来。

宁知愿有点害怕,小声说:"对不起,我要去上课了。"声音软软糯糯,像江南吹过来的春风。

林泽有点失神。

等他回过神的时候，那小姑娘已经逃命似的跑远了，步子慌乱，像是信了他会打她一样。

林泽看着不禁觉得好笑，他有那么吓人吗？

不过刚才小姑娘抬头的时候，他看到了小姑娘的脸，粉嫩粉嫩，像夏日的水蜜桃，感觉掐一下能出水，还有那双微微上挑的桃花眼……

真好看啊。

"哎哎哎，怎么跑了？"秦铭在后面一脸蒙。

"秦铭，这小姑娘怎么回事？"林泽转过身散漫地问道。

"宁知愿啊，你居然不知道啊骁哥，高二一班的，校花呢！"秦铭吃惊地看着林泽，好像他不知道宁知愿是一件多令人震惊的事，"不过校花是典型的乖学生，骁哥不认识也对。"

林泽看着宁知愿跑开的方向，这个年纪的女孩子是最爱美的，校服又肥又丑，就算有校规约束着，大部分女孩子也只是穿着外套应付。像她这样听话地穿着成套校服的几乎没几个，的确是乖得不行。

只是看她刚才跑的那速度，她有那么害怕吗？

宁知愿是一口气跑回教室的，回到教室时她脑子还是蒙的。她从小生活得非常幸福，父母把她保护得很好。所以当林泽靠近她时，她第一反应就是赶快跑。

"知知，你怎么啦？"同桌妙妙看着她问。

"没，没事。"宁知愿红着脸在座位上喘气，快跑后的一张小脸更嫣红，"以为上课来不及了，跑了几步。"

"你就算迟到老师也不会骂你啦。"妙妙趴在桌子上说道。宁知愿又漂亮,学习又好,所有老师都喜欢她。连最严肃的物理老头看到她都忍不住笑弯眼。

02

宁知愿中午被林泽一吓,一下午都没回过神。好不容易扛到放学,她快速地收拾了书包,走出校园。

高二放学比较早,宁知愿想着今天要去后街那家蛋糕店买个小蛋糕压压惊。她爱吃甜食,想到蛋糕化在嘴里甜丝丝的味道,忍不住眯了眯眼。

进了蛋糕店,买好了小蛋糕,宁知愿瞬间把中午的不开心抛到了脑后,脚步轻快地提着小蛋糕回家。

快出后街巷子口的时候,宁知愿看到了林泽。

他就站在巷子口,和他那辆特别酷的摩托车一起。

林泽侧过头看着宁知愿,她又是这副受惊了的小白兔样子,还和兔子一样红着眼。

他不过心血来潮跟着小姑娘一块出了学校,看着她买了小蛋糕,而她刚刚还美滋滋的,怎么一看见自己就是这副样子了?

"好学生,送你回家啊?"林泽靠在车旁,忍不住逗弄她。

宁知愿呆呆地站着,不说话。

林泽一副和她耗到底的样子,只看着她,也不说话。

宁知愿悄悄看了一眼林泽,见他盯着她手里的小蛋糕,捏着小蛋糕的手指缩紧了一下。

所以,他……想要她的蛋糕吗?

宁知愿想了一会儿,似是做出重大决定一样,鼓起勇气往前走了一步。

"你……你吃蛋糕吗?"

"嗯?"林泽看着把蛋糕递到他面前的少女,连小小的指尖都是粉嫩嫩的。

"给你吃吧……蛋糕……"宁知愿越说声音越小,头低得要埋到土里。

林泽好笑地看着小姑娘的举动,是什么让她觉得他这样一个看起来就不好惹的人会喜欢这种甜腻腻的小蛋糕?

宁知愿看林泽没有动作,鼓起勇气又往前走了一步,轻轻地把小蛋糕放到了林泽摩托车的后座。

然后,和中午一样,撒腿就跑了。

林泽看着小姑娘奔跑的背影,马尾辫一摇一晃的,特别可爱。

转过头来看见小姑娘丢下的小蛋糕,又中了邪似的拿起来尝了尝,嗯,确实很甜。

吃完了又想起来刚才小姑娘给他蛋糕时那副不舍得的模样——明天再买一个给她好了。

03

高二是一个相对轻松的年级,没有高一刚升学的慌乱,没有高三即将高考的紧张,同学们习惯在课间三三两两地聚一堆谈谈这个刚火起来的小明星,或者是那个熬夜必看的小说。

林泽到高二（1）班的时候正好是课间，教室里吵得很，可他还是一眼就找到了那个甜甜的小姑娘。

她实在太好认了，哪怕是课间，她也是乖乖巧巧地坐在座位上，林泽来的时候，她正扭头看着窗外。

阳光透过玻璃照在她脸上，风吹起了她几缕头发，整个人从里到外透着温柔。

林泽不知不觉地看呆了，他觉得，这可能是个小天使。

直到他的到来引起了班里其他同学的注意，他才回过神来，朝她喊了一句："宁知愿，你出来。"

宁知愿听到有人喊她，下意识望过去，结果就看到了林泽那张帅气又不羁的脸，漂亮的小脸一下子就垮了下来，他来做什么？小蛋糕都给他了！

宁知愿低下头，想装作没听见的样子，拖拖时间就上课了。

林泽站在门外，看着小姑娘转过头看了他一眼，然后迅速地低下了头。瞬间气不打一处来，就这么不待见他吗？

想了想觉得气不过，不出来是吧？行，他进去。

林泽长腿一跨，三两步走到宁知愿座位前。

"给。"林泽说着，把小蛋糕放到了宁知愿的课本上。

宁知愿恨不得把头埋到桌子里头去，林泽离她太近了，她好像都能闻到林泽身上的味道。

所幸上课铃及时响了，林泽抬腿走了出去，宁知愿才抬起头来喘了口气。

"知知，他，他他……他是林泽？"妙妙一脸震惊地问。

宁知愿红着脸点了点头。

"他在追你?"妙妙大胆地猜测,"还是你俩已经在一起了?"

"没……不是……"宁知愿欲哭无泪,刚才那个情况任谁都会认为林泽和她"有情况"。

事实证明宁知愿想的没错,到今天放学,整个高二已经传遍了她和林泽的"绯闻"。

宁知愿放学时甚至听到了同学们经过她身边时的小声议论,更有个别女生,会走到她身边故意撞她。

宁知愿想着,这也怨不了别人,林泽从到川水中学以后,就成了无数女生的男神。林泽长得好看,虽然在她看来性格不太好,但是这个年纪的小女生都有一颗崇拜英雄的少女心。林泽打架厉害,在她们看来特别"爷们"。除去这两点,林泽家境还特别好,更是增添了几分"霸道总裁"的色彩。而她自己平时虽然不和人交恶,但是她太漂亮了,蝉联了两年的校花,学习又好,在男生中特别受欢迎,自然就容易招人嫉恨。

宁知愿不想惹事,只管低着头走自己的。为了避开大部分学生,她绕道去学校北面小门。

北面小门不仅离教室远,还得爬一段台阶才能过去,所以几乎没有学生放学走那里。

宁知愿以前觉得学校这个小门开得多此一举,今天觉得这个小门真的很有存在的必要。

想到这她不自觉地加快了脚步,"蹬蹬蹬"地爬着台阶。

但她今天可能真的是水逆期,从来谨慎小心的她,在爬台阶的时候,一个脚滑,两个膝盖生生地磕上了台阶。

"呜……"宁知愿疼得眼泪直打转,五官都要皱在一起了。她伸手碰了碰两个膝盖,试了试想站起来,结果两条腿磕得太疼了,完全使不上劲。

宁知愿这会儿也有点急了,这里很偏,几乎没有人经过,自己想找个人搭把手都不行。

她光是想着就要哭出来了。

"宁知愿!"少年的声音从远处传来。

宁知愿抬头,看到了不远处向她跑过来的林泽。

"摔着了?"林泽蹲在她面前问。

"嗯!"宁知愿不好意思地点点头。

"我看看。"林泽说着撸起宁知愿的校服裤腿,借着教学楼点点的灯光,校服下少女的腿白嫩又纤细,林泽轻轻地检查起伤口,昏暗的灯光下谁也没发现他羞红了的耳朵。

"没事,应该没伤到骨头。能站起来吗?"

宁知愿摇摇头,能站起来她还坐在地上干吗?

"上来吧。"林泽在宁知愿面前背过身子蹲下。

"啊?"

"上来啊,不然你还想在地上坐多久?"林泽好笑地看着她。

"哦哦哦,好吧。"宁知愿虽然觉得不好意思,但还是红着脸趴在了林泽背上。

林泽轻松背起宁知愿,稳稳当当地迈着步子往前走。

宁知愿一贯是鸵鸟心态,平常就不太接触林泽,两个人现在这种近距离接触，宁知愿更是大气都不敢喘。

林泽背着小姑娘走了一段路，觉得他再不开口小姑娘可能会把自己憋死。

"宁知愿。"林泽闷闷地叫了一声，"你为什么这么怕我？"

"啊？没有啊。"宁知愿小声说。

她现在说是的话，他得给她扔下去吧？

"没有？"林泽笑着反问，"那你看着我就跑是什么意思？"

"你看起来……有点凶。"宁知愿趴在林泽背后嘀咕了一声。

林泽的舌尖抵了一下后槽牙，半天才开口："宁知愿，你知不知道有句话叫人不可貌相。"

"知道是知道，可是也有句话叫相由心生……"宁知愿笑着说。

得，这会儿倒是不怕他了。

"那你以后见着我别跑了，我又不吃人。"

"行。"

其实宁知愿现在不怎么怕林泽了，宁知愿心思单纯，对好坏的定义都特别简单。她虽然害怕林泽这类学生，但她觉得现在的林泽并不可怕。

"林泽……"宁知愿歪着脑袋看着他。

"怎么了？腿疼？"林泽皱着眉头问。

"没，不怎么疼了，我就是想说，今天有很多我们的传言，你……你不会有困扰吗？"宁知愿一口气说了林泽认识她以来最长的一句话。

"没有。"林泽想也不想地回答。他有个屁困扰？开玩笑，那些传言都是他默认传的，不然谁敢乱造谣。

他想了想又问："你有困扰？"

"有,也不算有。"宁知愿似是经过一番思考的样子。

这算个什么答案,林泽刚想追问,可已经走到了宁知愿家门口。

"林泽,谢谢你哦。"宁知愿从林泽背上下来以后红着脸道谢。

"小事。"林泽勾唇笑着,小姑娘在灯光下分外好看,"说好了,以后见到我不准跑。"

"一言为定。"宁知愿笑着点点头。

"那我回去了。"林泽说完转身要走。

"等等……"宁知愿的小手拉住林泽的衣角,另一只手在衣服口袋里掏啊掏,掏出两块太妃糖,塞进了林泽手里。

"给你糖吃。"宁知愿甜甜一笑,"我回家了,你注意安全哦。"

林泽愣了一下,低头看看手里的太妃糖,剥开糖纸扔了一个在嘴里,觉得甜到了心里。

04

宁知愿是个说话算话的好孩子,她果然再也没有躲过林泽。两个人之间像是有了什么秘而不宣的约定。在学校碰到的话,宁知愿还会冲林泽甜甜地笑一笑。

虽然学校里关于两人的传言也一直传着,两个人倒是谁也不在乎了。

高中生活比较枯燥,在这样的高压环境下,一场篮球赛就足够让人欢呼。高二(1)班和高二(9)班组织了友谊赛,1班是宁知愿的"学霸"班,9班是林泽的"校霸"班。

宁知愿虽然运动神经不发达，也对这种活动不太有热情，但架不住有个活泼好动的同桌，一下课，妙妙就拉着她直奔操场。

"知知，快跑，我一定要占一个天时地利人和的位置。"

"妙妙，你慢点……我跑不动了呀。"

宁知愿体能差，被拉到操场入了座，累得两眼发晕。

林泽在场上老远就看到被人拖着一路小跑的小姑娘，她体力是真的差，别人都脸不红气不喘，她脸红得像要滴血。

林泽想着，这小姑娘已经很久不躲着他了，看他的时候也不害怕了，是不是可以考虑更进一步了？

1班的学霸们虽然在考场上无往不胜，但是到了赛场，可真的是比不过校霸们，几个回合下来，已经被远远地拉开了比分。9班林泽这个得分王，无疑成了全场最撩动少女心的存在。

比赛结束，9班获胜，林泽作为队长走向领奖台。

少年依旧是一副不羁的样子，不过今天好像又多了几分认真。

宁知愿看着他，觉得他好像和刚认识时越来越不一样了。

比如说，她最初觉得他很凶，可他会背着她回家。她觉得他狂妄又自大，可他却在过马路时放慢脚步让着前面的老人。她见过他凶神恶煞打架的时候，也见过他小心翼翼抱着小奶猫的时候。

林泽走上台，只说了一句话："宁知愿，我觉得你特别好，特别可爱！"

宁知愿觉得好像有什么东西在脑子里炸开了，她脸上火辣辣的，在一众同学的起哄声中红着脸落荒而逃。

林泽看着她，这是她第三次在他面前撒腿就跑了，这一次，他不准备让她继续躲避了。

宁知愿一直跑到了学校北门，脸依旧是火辣辣的热，她伸手拍了拍脸，回头就看见了追上来的林泽。

"又躲我？"林泽似乎有点生气，伸手把宁知愿堵在了他和墙壁中间。

"林泽……你……"宁知愿太紧张，半天也没"你"出个什么来。

"你什么你，我说的话你没听见？"林泽气呼呼地吼。

"我……听见了……"

"那你什么想法？"林泽故意凑近，认真地看着怀里的小姑娘。

"林泽。"宁知愿突然严肃地开口。

"嗯？"

"不能早恋。"宁知愿抬头一本正经地说。

林泽被这个理由噎了一下，一时语塞。

"……行。不早恋，我等你高中毕业还不行吗？"林泽没好气地说着。

"嗯，高中毕业。"宁知愿揪着校服，轻轻地应了一声。

不知道他听没听见。

05

这场表白，声势浩大，来得快，沉寂得也快。两人都没再提过，只是开始经常一起回家，在学校里经常能看到他俩结伴而行。

青春的时间总是过得相当快的，一眨眼，到高三了。

宁知愿本来想着，以林泽那个聪明脑袋瓜的水平，再加上她一直在给林泽补课，高二结束以后，他应该会升到1班，这样两个人相处的时间就更多了。她从小就是循规蹈矩的学生，习惯计划好每件事。只有关于林泽的事，是她始料未及的。

　　她想象着和林泽一起上大学的日子，感觉也挺好的。

　　可是，高三开学，她没有见到林泽，一连两个星期，她都没有见到。

　　宁知愿想了想，决定去林泽家里找找他。

　　一路上宁知愿的心脏"怦怦"跳，她在想一会儿见到林泽要说什么。

　　到了林泽家门口，她鼓起勇气敲了敲门。

　　可是没有人。

　　一连几天过去，都没有人应门。

　　后来，她悄悄去问了秦铭，秦铭说，骁哥回临江城了，那才是他的家。少女的眼眸蒙上了水汽，她向秦铭道了谢，转身回了家。

　　宁知愿想，她勇敢地迈出走向他的步伐，将他规划进自己的人生。可他却貌似只是短暂地找了个玩伴。

　　甚至没有解释，也没有道别。

　　她浑浑噩噩地睡了一晚，醒来发现枕头都是湿的。

　　她抹干眼泪穿好衣服，肿着眼睛又正常地去上课了，恢复了以前的生活。

　　除了宁知愿来找他的那天，秦铭再也没有看到她做出什么反常的举动，没有哭没有闹，甚至都没有什么情绪的起伏。

　　　　直到高考结束，宁知愿以超过录取线60分的成绩报考了临江大学。秦铭才知道，原来这小姑娘把林泽藏心底了。

宁知愿再一次见到林泽，是在大学的开学日。

他堵在她去学校的巷子口，靠着他的摩托车，像当年小巷里那样看她，然后问："谈恋爱吗？"

宁知愿看了他一眼，转过头，略过他径直往前走，在快要擦身而过的时候，小姑娘才小声地说了一句："看你表现。"

林泽不知道，秦铭早就告诉了宁知愿关于林泽的所有。

有个少年，因为桀骜不驯被父亲放养到小城里磨炼，后来在小城里喜欢上一个姑娘。本来想和姑娘一起度过高三，再考同一所大学，没想到却又突然被父亲强制带回了家。少年几次反抗无果，只能托朋友照顾好他的小姑娘。然后在每个难以入睡的夜晚，看着天上的月亮，想着远方那个穿校服的、属于他的小姑娘。

他告诉朋友，他的小姑娘是个胆小鬼，虽然平常软糯糯的，但其实乖巧又坚强，他说他不放心，他说他一定会回来，来找他的小月亮。

宁知愿也不知道，林泽喜欢上她，不是因为捡球或是蛋糕，而是在高二秋天的某一天，她穿着肥大的校服，追着一片枫叶到处跑，当时他看着她，只觉得这个小姑娘真是好看，跑来跑去的就跑进了他心里。

END

我的答案是 4262

文/三秋

一个不知名游戏盒子。

01

九月，盛夏，天气晴朗万里无云，是一个特别适合发生故事或事故的日子。

向晚沂下班回家，本来告别甲方后就憋了一肚子火，偏偏还衰神附体地撞上地铁停运，只能顶着太阳一路走回去，怒气指数直线飙升，其悲愤程度堪比被学车教练骂她转方向盘像老头打太极。

一想到回家后可能还要遭受母上大人的催婚魔咒，向晚沂一咬牙，愣是穿着高跟鞋徒步从公司走了四公里去外婆家"避难"。

向晚沂本来准备抄近路从后门回家，却忘了这个时间点高中生们也正好放学，于是她毫无防备地目睹了一场不良少年打群架的"壮观场面"——狭窄到仅容两人通过的小巷里，脏话与垃圾齐飞，鼻血共校服一色。

向晚沂一看这混战的两帮人穿的校服，就认出是市高和职高的又约架了。她大脑空白了两秒钟，在"等他们打完"和"绕道而行"之间犹豫不决。

一个穿市高校服的小鬼注意到了她，骂骂咧咧地走过来。这男生的发型是当下流行的渣男锡纸烫，门牙落了半边，说话还漏着风："喂，你看森么看，不要多管闲四啊！"

向晚沂：……

脚后跟被新鞋磨出水泡的地方传来一阵细微的刺痛，男生的手也几乎要指到向晚沂脸上来了，她心情越发糟糕，开始思考是否要一高跟鞋敲在这没礼貌的小崽子头上。然而最后关头，巷子口那边传来了一个有点熟悉又懒洋洋的声音："小鬼，第三次抓到你了吧，你是不是真想进局子里蹲两天啊？"

向晚沂愣了愣，回过头去，就看见一道逆着夕阳站在巷口的人影——他穿着一身黑色作训服，裤脚扎进靴子里，身形挺拔笔直，制服上银白色的警徽和领章特别显眼。

刚才还一脸嚣张警告向晚沂不要多管闲事的小屁孩后退了半步，结结巴巴又心虚道："嘿嘿，小初哥，我们就是闹着玩儿的……"

小初哥？

那人走近，站在向晚沂身后道："过来。"

向晚沂垂落在身侧的手腕被人轻轻拉了一把，她脚步趔趄了一下，再站稳时已经被他完全挡在身后。

"寻衅滋事，打架斗殴，你们是不是以为自己未成年就能乱来啊？"他单手叉腰，高大的身形将向晚沂的视线遮了个严严实实。

"哦，不对，现在得加上一条骚扰女同志是吧？"

他这么说完，那些小屁孩集体失声，然后瞬间捡起各自的校服四散跑掉。

夕阳下的小巷里扬起一阵烟尘，向晚沂默然片刻，还是戳了戳他的背，礼貌地说："那什么，谢谢警察同志。"

那个背影僵了僵，缓缓转过身来——

向晚沂有近视，是十米之外人畜不分、五米之外男女不分的程度，因而刚才愣是没看清他的脸，现在距离拉近了，她才猛地反应过来刚刚为什么觉得这个声音熟悉了——毕竟他们上午才见过。

"……是你？"向晚沂诧异地问道。

季初摸了摸鼻子，笑得露出一口大白牙，回答道："哈哈，学姐，是我。"他后退一步拉开距离，低头看着矮自己一个头的向晚沂，看着自己的身影落进她琥珀色的眸子里。

向晚沂眯眼打量他，笑了出来："早上太忙了，没来得及好好谢谢你。"

今天一早在会展中心有个峰会，向晚沂是随行翻译人员，因为现场来了很多大佬，所以市里出动了特警小队去做现场的安保工作。向晚沂直到要进场安检才发现自己的工作证掉了，当她急得四处乱找时，是季初把捡到的工作证还给了她。

当时人太杂，事情又多，向晚沂只匆匆朝他道了个谢就离开了，事后又马不停蹄赶回公司，没想到现在在这儿还能遇见他。

季初之所以喊她学姐，也是因为俩人念过同一所高中。季初高中毕业后紧接着就念了隔壁的警校，余威震慑母校四周，比教导主任亲自上阵还管用，要不然刚才那几个小混混怎么称他为"小初哥"呢。

向晚沂近一米七的身高，蹬上高跟鞋怎么说也有一米七五了，但这个高度在季初面前却完全不值一提似的。高中时季初还没这么高呢，他这几年是吃激素了吗，搞得向晚沂和他说话还要仰着头……

不过这小子的颜值倒是一直在线,高鼻梁单眼皮,薄唇轻抿,不笑的时候真有那么点大佬出街的意思。

"学姐,好看吗?"

"啊?"向晚沂回过神,见他笑得一脸坦荡,于是说道,"还成。"

季初顿了顿:"学姐还是那么爱开玩笑。"

向晚沂站得脚疼腰疼浑身哪哪儿都疼,不想和他继续客套下去,于是直截了当地说:"怎么,你又被你老妈拿着衣架撵出来无家可归了?"

这也是个不得不说的"典故",季初和他那暴躁老妈斗智斗勇的故事在这片小区流传甚广,经久不衰。向晚沂上高三那会儿,常常下了晚自习就能遇见大冬天在楼道里扎马步的少年。那可是数九寒冬啊,季初就穿着一件老头背心,结实的小臂上有几道被鸡毛掸子抽出来的红痕,不过就算这样,他每次也都会和路过的向晚沂搭两句话,一副欠打的模样。

除了隔三岔五惹事儿外,向晚沂对他印象最深的就是那两颗笑起来时十分对称的虎牙。

向晚沂本是调侃他两句,想着季初都这么大人了总不会还被老妈追着打吧,谁知道后者顺着杆儿就爬上来了,眨巴两下眼睛,努力装成纯良哈士奇的样子,看着向晚沂说:"是啊,我太惨了,刚出完警,连口热饭都吃不上。多希望有个好心人能把我捡回家,不求多的,能给我喝口水就够了,如果有饭吃是最好不过,我饭量也不大。"

向晚沂一言难尽地看着他:"你以为我忘了你一口气在我外婆家吃了五盘饺子把狗都气得拴不住了的事情吗?"

02

"学姐,你这高跟鞋是不是不好走,你下次别穿这种鞋了,看着都磨脚。"

"你懂什么,我这叫刀尖上的美人鱼。"

"或许,学姐你知道有一种深海鱼叫作大西洋狼鳗吗,你现在走路的样子就很——"

"闭嘴,你有没有一点待会儿要去别人家蹭饭的自觉。"向晚沂停下脚步,回头瞪了他一眼。

季初这会儿已经摘了腰带拿在手里,虽然还穿着作训服,但眉目间没了之前那种凌厉之色,冲向晚沂好脾气地笑了笑:"有有有,我特别自觉。"

向晚沂已经提前打电话给外婆说多煮点饭,但以季初这食量,她还是特地嘱咐了外婆两句,得把那条高加索拴好,免得那狗又以为家里来了个打劫的。

不知道为什么,季初十分能讨中老年妇女的喜爱,凭着一张甜嘴,上到七十下到三十,就没他哄不转的女人。

所以一听季初要来家里吃饭,外婆高兴得立马加菜,弄得向晚沂心里十分不平衡,暗地里用眼神剜了季初好几遍。

饭做好的时候向晚沂刚洗完头,换了一身宽松衣服,她把自己往椅子里一摔,舒服地长叹一口气:"做社畜好难,赚钱好难。"

外婆从厨房把碗筷拿出来,季初乖巧地跟在她身后,经过门框时差点撞到头,逗得老太太眉开眼笑,转眼一看自家孙女坐没坐相的样子,就气不打一处来:"你就是典型的眼高手低,成天抱怨,这钱能自动长翅膀飞过来不成？"

"唉，我也想它自己长翅膀，但这能赚钱的行当都明明白白在刑法上写着，我也只能干瞪眼啊。"

"别介啊，我看你那胆子不是挺大的吗，小初在这儿还能现场普法执法，多方便。"

向晚沂完败老太太，莫名被 Cue 了一句的季初同志在向晚沂身边坐下，腼腆道："熟人还能打折，十年八折起，算下来不亏。"

"行，我说不过你们俩。"向晚沂认栽，气鼓鼓地吃了块季初夹给她的糖醋排骨。

老太太喜欢和她斗嘴，但做的菜却全是按照她的心意来，向晚沂嘴里一刻没空，边吃边听季初在那逗老太太开心。仔细想想，她高中毕业后就出国了，除了少时对方偶尔来家里蹭饭的经历，向晚沂后来和他也没有什么别的交集。

所以现在看着季初笑眯眯地哄着老太太说话，感觉就跟穿越回高中似的。

"小初啊，你别光顾着给她夹菜，自己吃啊。"

"没事儿外婆，我不饿。"季初瞥了眼暗地里悄悄踹他的向晚沂，嘴角的笑意更深了，"毕竟我是来蹭饭的，得有自觉。"

向晚沂好气，又踹他一脚。

吃完饭，老太太功成身退出门跳舞去了，季初则主动揽下了洗碗的任务。然而老太太盼咐了，碎了一个碗都是向晚沂"不孝""不爱惜老人家的东西"，于是她不得不在厨房门口盯着季初。

"你心情很好？"向晚沂听季初哼了几遍压根不在调上的小曲儿，

终于忍不住问道。

"啊,很好。"季初笑了笑,袖子挽到手肘,露出线条好看的小臂。

"快洗吧,洗完赶紧回家,我好困了。"向晚沂靠在门边,打了个哈欠。

季初回头看她,见她眉眼间一副疲倦的模样,长睫毛颤颤地在苍白的脸上投下一小片阴影,脱了高跟鞋她看着又矮了些,脚上换了可爱的毛绒拖鞋,往上看是一截纤瘦的小腿。

心慌地收回目光,季初加快了洗碗的速度。

把季初送出门的时候,向晚沂已经困得受不了了,眼皮直打架。楼道里的声控灯坏了好久,屋内的暖光印在季初的脸上,给他凌厉的五官蒙上一层柔和的颜色。

季初道:"学姐。"

向晚沂神志不清地答:"说。"

"你今天喷的香水是什么味道?"季初微微俯身,像只嗅觉不灵的小狼捕捉着空气中渐渐消散的冷香。

"……不知道,随便拿的,还有什么事?"

"哦,那你现在有男朋友吗?"季初接着问道。

向晚沂留学归国后,她母上大人生怕她接受了"新思想"回来染上一些所谓的不良风气,于是全天时刻盯着向晚沂的社交圈,所有近她身的雄性都经过了向母严格的审核,一来二去,向晚沂搬砖半年,还是个单身社畜。

"……没有。"虽然这个问题唐突又奇怪,但向晚沂困得分不出多余的精神去和他周旋了,只想他赶紧下楼回家。

因此，半闭着眼的她错过了季初嘴角边那一抹势在必得的笑容。

"那太好了。"

向晚沂还没反应过来他是什么意思，就听季初十分愉悦地说："那我可以正式追你了。这事儿我就通知你一声，不代表国家不代表党，纯粹是我个人立场。"

向晚沂清醒了些，无语地看着臭弟弟那颗十分欠揍的小虎牙："说完了？说完就赶紧回去洗洗睡吧，我看你长得不美想得倒挺美。"

"哎哎哎别关门啊学姐，我认真的，你明天下午有空吗？我明天轮休，下午预计有三个半小时到四小时的休息时间——"

"哐当"一声，大铁门重重合上，向晚沂在门内呆呆站了片刻，门外季初还在锲而不舍地喊："或者后天？大后天？大大后天？学姐！"

闹了这么一通，向晚沂也不困了，睡前拿起手机给好友发消息。

搬砖社畜：如果有个男生，比你小一岁，长得还可以，你听遍了他为非作歹十余年的传奇故事，但你们之间的交集不多，只有高中时他因为打架被老妈撵出家门后偶尔到你家蹭饭的经历。一别多年，他忽然说要追你……那么问题来了，你要怎样拒绝才不会尴尬？

考研少女：所以这一长串话的重点是什么？是"他长得还可以"？

不愧是好友，稳准狠地抓住了向晚沂废话里的精华。

搬砖社畜：……我问你正经的，大家都是邻居，我不想弄得太尴尬，以后楼上楼下难免有个碰面的时候……虽然他是很好看，身材也好，当初的混混头子现在摇身一变成了特警，反差还挺大……

考研少女：来来来，我给你提炼一下这句话的重点——有个大帅哥在追我，但我不知道犯了什么矫情劲儿，一通分析后觉得拒绝他比较合理。

考研少女：向晚沂，你有没有心？你是不是变着法儿刺激我？啊？我这深夜正和肖秀荣老师死磕呢你非要刺激我是吗？你信不信我顺着网线爬过去把你给撕烂！

当晚，向晚沂被考研少女实实在在教育了一通，主题大致可以称为《论脱单于推动社会主义繁荣发展的重要性》。

睡前，怀着一颗对肖秀荣老师敬畏且诚惶诚恐的心，向晚沂决定以不变应万变，明天下午先看看季初这小崽子准备怎么办。

第二天，化上全妆穿了一条新裙子的向晚沂在小区门口等了一小时，并没有见到季初的人影。

呵，别说人影了，老太太买完菜溜达回家路过她时还戏弄了她一句："可别搁这等了，连我都知道人家今天被紧急召回队里出任务了。"

向晚沂：……

03

一个星期，整整七天，168个小时，季初就跟人间蒸发了似的。

连老太太都发觉向晚沂怨气深重了，沙发上那个狗熊布偶都要被她揪秃了。

豪门寡妇：很好，非常好，别让我再看见这个拿我开涮的崽子了，否则我就让他知道被社会主义重拳整治是什么感受!

秃头研党：……人家不是临时有事出任务吗，你怎么这么不讲理呢。而且把网名改成这个样子你是想咒谁呢？

豪门寡妇：他不给我说一声我怎么知道他出任务？另外，不咒谁，不要过度解读！

秃头研党：你既然这么介意，就直接敲消息问他啊。

豪门寡妇：……没有他的微信。

越想越气，向晚沂有一种深深的挫败感，总感觉自己一颗欲拒还迎的老姐姐心被那崽子耍了一通似的，还说什么要追她，果然都是骗人的话……

向晚沂正窝在沙发上使劲揪那只狗熊布偶，突然听见门铃响了两声，老太太从厨房里出来，还没走到门边，便听外面扬起一道十分欠打又活泼的声音——

"外婆，我是小初。向晚沂在家吗？"

真是撞了邪，想什么来什么！而且这狗崽子是不是欠揍，学姐都不叫直呼上大名了？向晚沂气冲冲地从沙发上站起来，两道秀气的眉毛拧着，低声冲老太太道："就说我不在。"

老太太："哦，她说她不在。"

季初：……

向晚沂：……

挖坑自己跳的她当属第一人。

向晚沂恼羞成怒，在老太太打开门的一瞬间像被火烧屁股似的冲回了自己房间，隔着一层门板听见消失了好几天的人在那儿和老太太插科打诨。

向晚沂想等季初主动敲门道歉，但等啊等，等到季初以为她不想出来就直接走了。

向晚沂恨恨地掏出手机开始立 Flag——

豪门寡妇：我再理他我就是狗！

秃头研党：期待你变身的那天。

夏季的晚上燥而闷，向晚沂躺在凉席上跷着二郎腿，手机屏幕的光映在她的脸上，除了手机里传来微弱的游戏声外，好像还有什么断断续续的声音响起——

向晚沂狐疑地扯掉面膜，视线转向窗边。

"咯哒"一声，一粒小石子从玻璃上弹开，过了一会儿，"咯哒"一声又来了一粒石子。

走下床，打开窗，又戴上眼镜，向晚沂才勉强看清那一口悬在空中的大白牙，可不就是消失了一整个星期的狗崽子嘛。

这人可真是黑得"六亲不认"，夜色又暗，要不是那口牙，向晚沂估计都认不出来。

似乎是看见窗户打开了，他站在原地蹦跶了两下，高兴地挥挥手，随后在向晚沂还没做出什么反应时，就麻利地把什么东西往怀里一塞，然后纵身攀上了居民楼外墙上的水管，在空调室外机上几个借力，十分轻松地跳上了向晚沂窗前的小雨棚——

几层楼高，向晚沂真被他这通操作给秀到了。

"别关窗别关窗！"季初双手支在窗框上，大半个脑袋探进来，笑得人畜无害，好像一个星期前放向晚沂鸽子的人不是他一样，"学姐，我错了。"

中队长说过了，追女孩子第一要点，别管你犯什么事儿，熟练掌握"我错了"的使用方式是很重要的。

所以季初不管三七二十一就先来一通认错："我真错了，上次说好来找你的，结果队里紧急召回，没来得及给你打声招呼……真的，我不是故意放你鸽子的，你别生气了行吗？"

向晚沂冷酷地说："你搞错了，我根本没有等过你，所以也不存在什么生气不生气。你去哪里也不需要给我报备，你的事情和我无关。"

季初和她对视良久，薄唇轻抿，一副想解释但又被她堵得不知道说什么的表情。

"够了，这位同志，你大半夜不睡觉来爬墙就是为了给我道歉？没必要，你——"

"喵呜——"

没说完的话被一只从季初怀里探出头的小猫打断了，它显然被这两个说不到重点的两脚兽给整烦了，自己拱了出来，一双蓝幽幽泛着光的眼睛眨巴眨巴盯着向晚沂，然后又"喵"了一声。

看这体型，怕不是没满月就被迫营业了。

季初如释重负，没轻没重地把奶猫从衣口里拎出来，往向晚沂眼前一递："捡的小土猫，你喜欢吗？送给你！"

"小土猫"不满意地在空中扑腾了一下，尖而宽的耳朵微微抖动，一身雪白，唯独脸中央的毛色稍微深些。

那一瞬间向晚沂冒出很多念头，抛却模糊暧昧的心跳不提，最强烈的念头就是——

把这个将暹罗说成"小土猫"的人一脚从楼上踹下去!

季初还不知道自己拙劣的谎言已经被向晚沂识破了,他单手撑在窗框上,满心满眼都是欢喜,看着自己的"僚机"成功打入"敌人"内部——那只小暹罗安然窝在向晚沂怀里,舒展四肢,打了个哈欠,困倦地闭上眼。

"明天我们一队和二队有篮球联赛,给你留了票。"

向晚沂垂眼看他,被凉爽带着一点湿气的风吹得头脑发晕,她想,后半夜可能会有一场雨。

季初的眉眼浸润在夜色下,眼窝深深,眼神却很明亮,直白而热烈地盯着向晚沂,他的邀请明目张胆地刻在瞳孔中。

——给你留了票,你会来吗?

04

半夜里果然下了雨。

第二天,潮湿的尘土气息从墙边的爬山虎上蔓延开来,那只骄矜的猫咪翘着尾巴蹦到向晚沂的梳妆台上,差点撞到她正在画眼线的手。

"哎呀,狗崽崽,去找你外婆讨饭吃,去。"向晚沂没空理它,也不管把人家一只猫中贵族叫成狗崽崽是多么不合情不合理。

她正在进行一项不容分心的大工程。

眼线要挑,却不能太张扬;口红要艳,显得唇如朱樱;腮红不要太多,要像微醺般自然惊艳……

洗心革面的社畜:赴约是门学问,既要处处精致,又要处处"漫不经心"。

在手机上敲下这串话,向晚沂已经做完最后一个定妆的步骤。时针指向八点,她在手腕和耳后喷上一点香水。

这也是小心机,撩动长发时自然而然飘散出来的淡淡黑加仑混冷杉的味道,不俗又饱满。

疯狗研党:……你大早上吃错药啦?

洗心革面的社畜:没什么,我只是突然觉得狗崽崽这种生物也挺可爱的。

疯狗研党:这是你换了网名亲手打破自己的 Flag 的原因?

向晚沂轻咳一声,给毫不留情揭穿自己的好友发了个假笑男孩表情包,随后摸了摸"狗崽崽"的猫头,十分愉快地出门去。

本来以为球赛在市体育馆,但是季初给她的票上却写着"第三武警部队"的字样,向晚沂打车过去,等到了现场才发现这球赛规模也不小,挺热闹,观众席坐得满满的,除了亲属们还有别的支队。

她的位置在前排,一眼就看见了傻狗一样蹦跶着朝她挥手的季初。

季初穿着一件迷彩短袖,前襟微微汗湿,他跑过来时单手撑着隔离栏杆跃进观众席,麦色的皮肤上挂着汗珠,单眼皮笑得眯成弯月:"我还以为你不来了。"

向晚沂微微不自在地撇嘴,抬起下巴,很傲地说:"今天没工作,顺便来看看。"

"噢,然后顺便穿了条裙子,顺便化了个妆,顺便——"

"季小初!"

季初求生欲很强地补充道:"哈哈哈哈,顺便真好看!"

他半蹲在向晚沂面前,眼里亮晶晶的,乱掉的额发在眉骨上方支棱起两缕:"你今天也喷香水了,和上次那个好闻的味道一样。"

"没有,你闻错了。"向晚沂嘴硬道。

季初挑眉笑了一下,眼神里是不言而喻的挑衅——本来就是。

他表情实在是欠揍,于是向晚沂毫不犹豫地抬手给了他一个脑瓜崩子。

没想到季初身后那些明面上热身暗地里八卦他们的其他队员,包括那个穿小黄背心的裁判,瞬间就炸开了,朝这边吆喝起哄起来。

向晚沂没想到一个脑瓜崩的威力这么大,她的手悬在半空,落也不是,举也不是,脸色由白转红,穿着小高跟不轻不重地踢了季初一脚。

起哄声更大了。

向晚沂目瞪口呆,觉得平时对特警同志的刻板印象都尽数瓦解了,真是想不到他们还有这么八卦的一面……

季初挨了两下,满面带笑地转过头,抬起双手往下压了压,球场上才算安静。不过各种探究的目光还是络绎不绝地朝这边投过来。

手表、手机、纸巾还有一堆有的没的,季初把这堆东西全放在向晚沂的手里,然后站起身来活动了两下,对打量他的向晚沂说:"为了避免你看到一半'顺便'出去放个风什么的,这些就交给你保管啦。"

"原来有些人是借着叫我来看球赛的名义把我当储物柜呢。"向晚沂翻了个白眼,"你就不怕我'顺便'把这些手表啊手机啊什么的弄丢了?"

"这么说就见外了学姐。"季初冲她眨眨眼,"你知道故意损坏他人私有财物，会面临多少天的拘留吗？"

"……你不是说熟人可以打折？"

"啊，这回不一样了。"季初说，"熟人不管用了，得家属才行。"

向晚沂猝不及防，咬着后槽牙道："你是怎么健康活到现在没被人打死的？"

"因为他们都打不过我，哈哈。"

季初跳下观众席，临走前俯身快速从胸口掏了个什么扔给她，向晚沂吓了一跳，却发觉他是拇指和食指比了个"心"，低声道："这个也拜托帮我保管一下啦。"

"……幼稚鬼，你好土！"

05

球赛结束时两队比分刚好打平，秉持着友谊第一的精神，两队握握手拍拍肩，各自整队准备回老巢了。

季初整队完毕后被几个八卦的小鬼缠着问观众席上那个漂亮姐姐和他是什么关系。

"老大老大，那是你女朋友吗？"

"好漂亮呜呜呜，嫂子还有什么姐姐妹妹吗？"

"或者哥哥弟弟我也——"

季初挨个敲打过去，面露凶相："现在不是但很快就是了，把你们的哈喇子收一收，她没有什么兄弟姐妹，少打主意啊。"

"可是我们想——"

季初一个眼刀横过去："想也不行，想也有罪。"

等季初走后，排成一列的迷彩服里有人嘀嘀咕咕："我从下个月的工资里掏两百块给你，你去把老大蒙上打一顿吧。"

"……你咋不去呢，我掏五百给你！"

"说这些，那不还是打不赢吗？"

"可是老大嘚瑟的样子真的让我好酸呜呜呜。"

季初从向晚沂那儿取回自己的东西，一边戴手表一边装作漫不经心道："我一会儿还有训练，要不你先回去？"

"好。"向晚沂拿起自己的包，从善如流。

"哎别别别，"季初耍小心思不成，连忙收起散漫的态度，一米八几的大个子整个攀在向晚沂的手臂上，"我晚饭不在队里吃……我请你吃大餐吧？"

向晚沂想把手臂抽出来，奈何他抱得太紧："哦，我考虑考虑。"

"别啊，"季初认真地说，"别考虑了，吃饭不积极，那是脑子有问……行行行你别这么看我，我脑子有问题行了吧？总之我就当你答应了啊，晚上六点黔晟居，不见不散！"

晚上六点向晚沂在黔晟居坐了半小时还没见着季初的人影时，她居然已经有种司空见惯的感觉——毕竟上次可是在太阳底下等了他一小时才知道人家被紧急召回了。

好在这回她等来了人，那个姗姗来迟的人带着一身水汽跑了过来。他头发半湿，眉眼干净，笑得露出两颗让人无法生气的小虎牙，说："我来啦。"

唉，算了，向晚沂心里那一点点火气又莫名其妙没了。

"今天又是临时有任务？"

"没有没有。"季初说，"体能训练结束得有点晚，我还得洗个澡，就迟了。"

他没穿黑色作训服，也没穿迷彩，只穿一身简单常服，清爽阳光。

点完菜，两人闲聊。

"你们平时都训练些什么啊？"

"基本的体能训练就是仰卧起坐、引体向上、蛙跳、5公里、400米障碍之类的。还有射击、格斗擒拿、战术和一些很复杂的东西，不是不想给你说，其他都是机密。"他边说边眨眨眼。

向晚沂被他这副神神道道的样子逗笑："哦，机密。"

"我是新兵特招进去的，之前没想干特警来着，谁知道金子的光芒挡都挡不住，唉。"季初嘚瑟地主动聊起他自己，"就你毕业出国那年，我报考了警校，后来武警总队来招，测试了一堆东西，我就稀里糊涂进去了。"

季初说起这些的时候眼里亮晶晶的，很专注地看着向晚沂，似乎想把自己这几年的所有都讲给她听。

在"咕咚咕咚"冒着热气的火锅面前，向晚沂只能听见他的声音，似乎带着一种愉悦，白雾模糊了他的脸，像一张密不透风的网，紧紧缠绕在向晚沂的周围。

季初说："……总之我的情况就这样啦，工资待遇福利什么的你都还满意吗？"他脸上出现一种故作矜持的表情，接着道，"我觉得我条件还行，特别是作为男朋友的条件，你觉得呢，嗯？"

他追问个不停，眼里都是迫切。

向晚沂不仅没回答，还反过来给他出了个题："我很想知道，你为什么喜欢我啊?"

季初敛了笑:"鱼为什么要待在水里,鸟为什么要片刻不停地飞行……喜欢就是喜欢咯,需要什么原因呢?"

"……别给我整哲学。"

"好吧,"季初想了片刻,"你真想知道答案,我回家告诉你。"

06

自从那天吃完饭后,季初就时不时到向晚沂面前溜达两下找找存在感。

而关于那个问题的回答,季初竟然说答案就在 QQ 里,其他的死活不肯透露。

要知道自从出国后,向晚沂就再没点开过那个丑企鹅了,账号忘得一干二净。为了搞清楚季初一直憋着藏着的答案,她这两天头发都抓秃了,结果也还是没把 QQ 账号想起来。

"1290……26……"向晚沂痛苦地哀号了一声,"想不起来了!"

她愤愤踢了踢脚,突然听见窗户玻璃"咯哒"响了两声,那只小暹罗把窗户扒拉开,冲着外面"喵喵"叫。

向晚沂起身去看,季初果真站在楼下。

他穿着没来得及换下来的作训服,警徽在阳光下熠熠发光。

"吃西瓜吗?警队里发的!"

向晚沂比了个"嘘"的动作,示意他小点声,不要在楼下嚷嚷。季初笑着点头,一溜烟跑上楼梯,没几秒钟,向晚沂就听到轻轻的敲门声。

她打开门,季初站在门外,执着地把西瓜递过来。

"今天还是没想起账号是多少吗?"

向晚沂说:"想起来一点点,1290开头嘛。"

"是1209,"季初皱了皱眉,他这会儿狡猾得像只狐狸,"你问我啊,我知道。"

向晚沂果然上当:"是多少?"

"120932……"

"然后呢?"

"你答应做我女朋友就告诉你剩下的。"

"哼,我会自己想起来的!"

向晚沂"砰"一声把门关上,总觉得季初执意要用小企鹅聊天肯定有鬼,但她左思右想也没想出个所以然来,只能继续扒拉着头发回忆剩下的几位数。

季初只要没出任务,每天下班都会定时定点到向晚沂家楼下"投喂"她。有时是警队发的牛奶,有时是水果,有时是路上打包的一份小点心。

每天问她有没有想起完整的账号成了俩人必不可少的问答。

不过今天除了问这个,季初还有件事交代她:"我们队接到一个紧急任务,去的地方挺远,估计得个把月才能回来,给你说一声。"

向晚沂不自在地摸了摸鼻子:"给我说干什么……"她咕哝几句,还是问道,"有危险吗?"

"嚯,你以为演电视剧呢,哪儿那么多危险啊。"季初没忍住,伸手揉乱她的头发,被向晚沂怒目而视也只当看不见,"就是时间有点长。"

"哦。"向晚沂干巴巴地说。

季初大笑,弯着腰,从作训服的口袋里掏出一条项链,很简单的款式,唯一的装饰就是一颗褪了色的空子弹壳:"送给你。"

像是生怕向晚沂拒绝,他不容分说把东西塞进了她手里,随后几步跨下楼梯,临走时还嚷:"下次一定要想起来啊!"

季初一去就是大半个月。

因为最近季初的高调追求,搞得这个片区的巡警都认识向晚沂了,和她打招呼就问:"季哥这次多久回来?"

说实话,向晚沂也不知道,但她已经失眠很久了。每天睡觉就总觉得有小石子敲玻璃的声音,但打开窗,下面却空无一人。

向晚沂心里像缺了一块儿似的,空空的没个着落。

这种情况持续了十来天,在向晚沂就差去看心理医生的时候,季初终于回来了。

他披着夜色,顶着寸头,没被晒黑,想来是从向晚沂这儿顺走的半瓶防晒霜起了作用。

手里的小石子有一下没一下地抛着,见向晚沂把窗子打开,阔别大半个月,也不先问声好,季初抬起头就问她:"今天想起来了吗?都这么久了!"

向晚沂眨了眨眼,确定这不是幻觉也不是幻听,才气不打一处来地说:"没有!"

07

季初像上次爬墙送猫一样娴熟地爬到了雨棚上。他撑着窗框,从怀里掏出了一张早就写好的纸条:"这是我的答案。"

向晚沂打开纸条,上面工工整整地写了四个数字,是她没想起来的最后四位数,最终串成了一个完整的账号。

输入密码,等待验证,验证成功,重新登入这个阔别多年的社交账号。

在季初灼灼的目光下,向晚沂觉得自己的手有些发抖。

她本以为会弹出很多人的未读消息,但她明显高估了自己的人气,那些初中高中的好友早就沉寂下去了,这么久以来除了 QQ 天气坚持每天推送以外,就只有一个顶着二哈头像的人在不间断地给她发消息了。

季初瞥了眼她的手机屏幕:"点开啊。"

"我知道!"向晚沂横他一眼,戳开对话框。

和哈士奇头像的聊天记录最早一条可以追溯到几年前,向晚沂念高三的时候。

——学姐,这道微分方程怎么解啊?

——救命救命!这篇英语阅读怎么翻译?学姐学姐看看我。哭泣.jpg

——学姐,我们今天出期中成绩,我能不能去你家避避难?

——好无聊,学姐你又不理我。

——学姐你喜欢哪所大学?

——我老妈听你外婆说,你高考完准备去留学啊?

——学姐……我……唉……算了。

……

不看记录,向晚沂都不记得那时候季初和现在一样话痨,可惜向晚沂那时一心扑在学习上,对他的印象根本不深,聊天也是有一句没一句的。出国那天,本想挨个给好友送句祝福什么的,结果手机在机场丢了,也就不了了之。

时隔几年,向晚沂才看见那条停留在7月9号的未读消息。

——听外婆说你已经走了。其实我很想问你……

——算了,祝学姐前程似锦。

后面还有几条很零散的,让人摸不着头绪的信息,算算时间应该是季初考上警校之后。

无非就是些零碎日常,还有吐槽她出国就像失踪似的一些话。

向晚沂无语地看着季初:"你这是把这个账号当成了树洞吧,什么都往里说。"

"哎呀你别管,往下看啊。"季初催促道。

最近几条是10月21号,他们一起吃完饭的那天。

向晚沂咬了咬唇,开始认真看那几段话——

——你问我为什么喜欢你,我也不知道。

——问你题目其实不是我不会,就是我想和你说说话。故意惹老妈生气被撵出门罚站,也只是想等你下晚自习路过时可以看你一眼。问你考哪所大学的意思就是我也准备考那所大学,结果你一声不吭就出国了。

——好几次说出口的"算了"其实是"我喜欢你"的意思,每次看见你时那么用力地笑,也是"我喜欢你"的意思……都说喜欢一个人时的眼神是藏不住的,我都在眼睛里说了千百遍"我喜欢你",你却一遍都看不到。

向晚沂怔在原地,抬头复杂地看了一眼季初。

季初挠了挠头,露出小虎牙,是一个不太好意思的笑:"那天在厨房洗碗,你问我是不是很开心,其实我都要开心疯了好吗,我以为你不会回国了来着,没想到……嘿嘿,捡到你的工作证时,我就想,这次我不会再说'算了'。"

夜里又起风了,又凉又湿,像极了此刻向晚沂心里某个十分酸软的地方。

她几乎不敢和季初对视,因为觉得自己红透的脸肯定会被他察觉。

因为紧张,所以季初不得不双手撑在窗框上才能站稳,不然他肯定会成为爬墙告白不成反而摔成半残的史上第一人了。

季初清了清嗓子,问道:"为了避免你忘了,我还要再郑重问你一遍上次的问题。"

"什么问题?"

"我说,我这么一个爱国爱党的好青年,当你男朋友还是不错的,你觉得呢?"

"……有你这么变着法儿地捧自己的吗?"

季初笑起来,眼睛亮得像天上的星星:"所以你的答案是什么?"

08

向晚沂看着他逐渐靠近的脸,两人几乎呼吸相闻,黑加仑的香气使人微醺,向晚沂没有闪躲,直视他道:"我的答案是,4262。"

季初愣了愣,反应了片刻,眼神从迷茫到难以置信,似乎不敢确定:"九宫格上的 4262?"

向晚沂嘴角是藏不住的笑:"对!"

九宫格打字,4262,藏着很简单的两个字。

季初猛地伸手圈住她,大半个身子探进窗户里,月亮的光线折射到银白的警徽上,和他们重逢那天的场景多么相似。

他的答案是社交账号的最后四个数,而她的答案在九宫格键盘上敲 4262 就会出来——

"我这么一个爱国爱党的好青年,当你男朋友还是不错的,你觉得呢?"

"好啊。"

END

我们队长的女朋友是黄牛

文 / 奶酪君

间歇性文思泉涌，持续性揭不开锅，微博 @ 圆滚滚的奶酪君

01

传说之战预赛内场一张！SOUL VS DID！1118 元相约洪宝体育馆！点燃你的电竞梦想！早买早享受！不买哭着求！

原价 980 元送你进传说之战预赛内场！老牌战队品质保证！

传说之战预赛！SOUL VS DID！八折八折！内场一张！784 元包邮到家！

传说之战预赛！SOUL VS DID！特价五折！内场一张！490 元买了不吃亏不上当！

"传说之战预赛！SOUL 对决 DID！一小时后开始，内场 300 元！"

"要票吗？给钱就送……"

许悠蹲在洪宝体育馆门口，手里拿着卖不出去的内场票叹息。

看来这张票是赔了。

这是她卖票生涯中的第一次翻车，从某次歌王演唱会意外抢票成功后，许悠意外发现自己在抢票上天赋异禀，她手速快运气也好，十抢九中。一开始她只是帮周围有需要的小姐妹抢抢偶像的票，后来渐渐小有名气，就有人专门拜托她帮忙抢票，到现在她已经是个独立抢票人，自己抢票卖，赚点小外快。

当然了，我们通常称呼这种人为——黄牛。

但许悠不认为自己是黄牛，她只是把握了市场动向，先人一步拿到票，再把票转让给愿意出钱看演出的人而已。不过这次，她在把握市场这方面翻了车。

由于在朋友圈挂了好久的内场票无人问津，许悠一咬牙，转了两趟车花了整整一个小时来到位于城市外围的洪宝体育馆，打算在现场抛售门票。

许悠想：这场比赛可是有 SOUL 战队的，即使对游戏不了解她也曾听过 SOUL 的大名，SOUL 的票一定不难卖。可冰冷的现实告诉许悠，这票还真卖不出去。即使在电子竞技已经被普遍接受的今天，这本就不大的体育馆旁边，除了出来跳广场舞的大妈们和打篮球的初高中生之外，居然看不到来看比赛的人。许悠抢到的内场票，票价从 490 元包邮降到了现在的给钱就送，还是无人问津，这下别说买票成本收不回来，自己甚至还要倒贴来回路费。

许悠心疼地抱住贫穷的自己。

她蹲在地上打开手机，试图在朋友圈刷出一个奇迹，比如有人突然决定买下自己的票什么的，但朋友圈毫无动静。

许悠眼前突然一亮，一个穿着深蓝色制服的人从她眼前走过。

那件制服的蓝底暗纹上用花体字凌厉地印着"SOUL"。这一定是 SOUL 的周边制服没错了！这个人这个时间出现在这里还穿着这么一件衣服，他肯定是来看比赛的粉丝！

"这位同学!"

穿着SOUL制服的人似乎没听见许悠的叫喊继续往前走。

喊了人之后才想起来称呼不对,这不是在学校,许悠连忙改口,奈何大脑转速没跟上嘴速,一堆奇怪的"同"字辈称呼往外蹦。

"这位同事!

"不对……

"……这位同志?"

眼看着穿着SOUL制服的人距离自己越来越远,许悠抛下自己所有的羞耻心对着前方大喊。

"前面这位穿着SOUL制服的……同好!!"

制服小哥哥终于回头,许悠这才看清了对方的脸。他个子很高,狭长的眼睛前是一副好看的细框眼镜,薄唇紧抿,满脸写着四个字——

生人勿扰。

这位小哥看起来心情不是很好的样子啊……但已经把人叫住了,自己搭的讪硬着头皮也要撩完!

许悠紧张地摸着自己的头发:"看到你穿的这件衣服怪眼熟的所以叫住了你,这是SOUL的周边制服吗?我也喜欢SOUL!"

"我喜欢SOUL?"

小哥的冷漠脸终于有了些松动,但这表情却不是许悠想象中碰见同好的欣慰脸,反而是一种略带嘲讽的表情,对方像是听见了什么笑话一般:"你也喜欢SOUL?"

许悠觉得哪里不对劲,但一时半会儿也说不上哪里不对劲:"对啊!我也喜欢!看你是SOUL的粉丝才喊住你的,你肯定是来看比赛的吧?我这儿正好有张票,座位在正中间,我第一秒抢到的,位置绝好，看你是同好的分上，今天不要998元！只要98元你就能拿走！体育馆门口当面验票我再走，买了不吃亏买了不上当！"

制服小哥保持着嘲讽的笑容："你真的喜欢SOUL？"

"对。"许悠连连点头。

"那你自己不去看比赛，反而把票转让给别人？"小哥拿过许悠的票正反看了看，"全款980元，现在就卖98元，还大老远跑到这儿来卖，你图什么？"

许悠一时语塞，想了一会儿才回答道："我……我本来是要进去看的，但我这不是看你穿着制服嘛，你要是往台下正中间一坐，让SOUL战队看到他们的粉丝在台下支持他们，他们得多开心啊！你也看到了，今天现场人不多，场子里的人肯定更少！这点钱不算什么！关键是不能让你我喜欢的战队输在'排面'上！"

"这么说，你是真的喜欢SOUL？"小哥问。

"嗯！"许悠猛点头。

"那你说说，你最喜欢SOUL哪里？"小哥拿着票，整个人却呈现出面试官的状态，一脸"你不答对我立刻就走"的表情。

"我喜欢……我最喜欢他们上次赢的时候，那个彩带，那个激情，那个尖叫声！我现在想到都还深深感动……"许悠在脑海里拼命搜刮自己在新闻稿里看过的大赛配图，描绘了一幅通用的得奖画面。

"你说的那种待遇是决赛冠军才有的，而SOUL已经三年没进过决赛了。"小哥的面色沉了下来。

"……我说的就是三年前他们决赛的那场！"许悠企图挽回局面。

"哦，"小哥皱起眉头，"好像是我记错了。上一次我来看比赛的时候SOUL才在这儿赢过一次，好像就是上个月，那次有飘彩带。"

"……对对对，我说吧，我喜欢SOUL我怎么会记错呢？哈哈哈哈……"

许悠的笑声越来越小，最终直接噤声。因为那位穿着制服的小哥哥正一脸冷漠地盯着她，强大气场制造出的冷空气让许悠恍惚间以为自己看见了论文导师，整个人不由得缩起肩膀闭嘴。

"好吧对不起我错了我说谎了，我就是来这边碰碰运气，看看能不能卖掉这张票的，没想到这票根本卖不出去……我已经卖得很便宜了，这也不能说我坑你对不对……"

"你大老远跑来这儿卖SOUL的票？还是内场，还只有这一张？"小哥的声音和他本人的气场一样不容人拒绝。

"嗯。"许悠低着头。

"难道你不知道SOUL的比赛早就没人看了吗？"小哥说。

许悠苦着脸："我知道啊，我就是知道得太晚了，现在才知道……"说着她还真挚地叹了一口气，"我其实根本不懂什么电子竞技，只是对SOUL有印象，我想着我这样的电竞白痴都知道SOUL，他们的票肯定不愁卖，没想到现在竟然是这样的光景，唉……"

说着许悠抬起头很真挚地问："为什么啊？SOUL之前明明那么厉害，连我都有听说，怎么现在……"

"之前是之前，现在是现在，一个三年都进不了决赛的队伍没人会喜欢。三年时间足够把一支队伍里所有位置的人都换一遍，足够你的赞助商换十几轮，足够支持你的人换三个队伍支持。"

小哥说得很平静，但不知道为什么许悠就觉得这个人好像突然一下有点难过，弄得许悠也不由得有些难过起来。

"你真的关注SOUL很多年了啊。"

"算是吧,"小哥把票还给许悠,"别在这儿傻蹲着了,票卖不出去的,早点回去。"

"哦。"许悠点头起身准备走,但看着制服小哥往体育馆走去的背影她突然心中一动,"前面那位穿制服的小哥!等一下!"

这次喊话目标精准,声音洪亮,小哥脚步一顿再次回头,神色已经有些不耐烦:"干吗?"

许悠小跑上前,把自己的票递过去:"别难过,这票送你了,去给SOUL加油吧!"

小哥皱着眉头一脸问号。

"去给你喜欢的战队加油吧!谁还没个低谷期呢?这一场说不定就赢了!"许悠说。

"赢了也没人在乎,"小哥似乎并不想要,"SOUL也不是一直没赢,只是观众对SOUL已经没有期待了。"

"可你不是在乎吗?"许悠依然双手拿着票,"你拿着吧,不要钱,你穿着这么好的制服坐在正中间!要是SOUL赢了看见你这样的粉丝还在,他们一定很开心的!"

小哥听了许悠的话第一次没有立刻反驳,反而盯着票沉默了好一会儿:"有道理,我在乎。"

"对吧,所以——咦?"

许悠还没明白过来发生了什么事,小哥已经拿出了自己的手机,对着许悠说:"加个微信。"

"干吗?我说了不要钱,我是不会收钱的。"许悠护着自己的手机。

"你微信。"小哥还是短短三个字,但言语之间那种论文导师一般的强大气场再次扑面而来,直袭许悠。

许悠瞬间投降："哦……"

双方加了好友，小哥在自己的手机上飞速操作几秒，许悠的手机就收到了转账提示。

"980元？你这是干什么？我不是说了不要钱嘛！"许悠看着屏幕上新对话框里冒出来的转账提示惊慌失措。

"送你进去看SOUL赢比赛。"小哥干脆果决地替许悠决定了接下来的安排，甚至开始脱衣服。

"那你怎么办？等等你这是干吗？！光天化日之下我跟你讲我会报警的！"许悠惊恐地握着手机。

"我有票，比你这张还内场。"小哥把自己的外套脱了下来扔给许悠，"我买了你的票送你进去看比赛，唯一的要求就是你穿着这件衣服坐在中间把比赛看完。"

"我去看？为什么？"许悠抱着价值980元的制服有点晕，完全没明白发生了什么事。

"SOUL看见穿着他们制服的粉丝在台下一定会很开心的，这话是你说的没错吧？"小哥居高临下看着许悠，嘴角扬起一个弧度，"而你终于把票卖出去了，拿到钱也很开心，这话我说得也没错吧？"

"……那倒也是。"

这个人怎么讲起道理来也和论文导师一样，让人无法拒绝？

许悠穿着那件制服坐在赛场中间第一排，整个内场空空荡荡，周围只有零零散散两三个人，主要观众都集中在看台后排，当然了，全场加起来一共也没多少人。

许悠摸摸鼻子觉得自己有些尴尬，但是为了980元尴尬就尴尬，别说穿着制服了，叫她举个应援牌她都愿意！可小哥怎么还没来？不是说比她还内场吗？

许悠左顾右盼没见人来，正想着给小哥发个微信，现场灯光突然暗下来，全场的灯光集中在体育馆的舞台上，台上十台电脑相对而立摆在两边，属于传说之战的背景音乐响起，整个场馆突然充满了肃杀的悲壮感。

许悠之前从未玩过传说之战，对电子竞技更是一无所知，所以当主持人介绍 SOUL 的上场队员时，许悠目瞪口呆地盯着舞台，正准备给小哥发信息的手微微颤抖。

许悠终于知道什么叫比她还内场了，人在舞台上能不比她还内场吗？

她身上这件制服的主人，正是 SOUL 的队长——Yan。

难怪他气场那么可怕，某种程度上来说，一队之长也许和她的论文导师真的差不多。

许悠坐在场下最好的位置，头转来转去看得云里雾里，解说激动地喊着谁谁谁拿了"人头"，谁谁谁"死了"，谁谁谁又"复活了"，但许悠一点也不明白到底发生了什么，只知道属于 SOUL 这边的计数在一次次刷新，比赛最终以 SOUL 总分三胜一负顺利结束。

"胜利队伍是 SOUL！"

刚才在电脑前一脸严肃的 SOUL 战队激动地站起来互相拥抱，大家都穿着统一的制服外套，只有坐在最后的 Yan 穿着一件制服长袖 T 恤，在人群之中格外惹眼。

许悠突然想起自己进场是来干什么的了，她猛地站起来，朝着

SOUL 的方向拼命鼓掌,她此刻只恨自己准备不周,没有弄个闪光应援牌进来撑"排面"。但 SOUL 的队员们还是清楚地看到了她,毕竟内场本来人就不多,激动地站起来鼓掌,还穿着同款战队制服的许悠甚是惹眼,想忽略都不行。

"队长!有我们的粉丝!"

年轻的队员兴奋地指着台下,已经忍不住冲许悠招手,许悠连忙更加热情地招手回去:"打得好!"

虽然看不懂比赛,但夸人她还是会的。

Yan 站在所有队员的后面顺着队员手指的方向看了过去,舞台将 Yan 和许悠远远隔开,但她还是能看见 Yan 的表情。

灯光聚拢,一直冷脸的青年微微偏头冲许悠点头示意,然后嘴角上扬骄傲一笑。

许悠只感觉有什么东西从胸口穿过,冷静和理智瞬间消散,心脏在胸腔里剧烈跳动,仿佛一只不安分的小野兽。她忽然很想冲上台,扎进台上青年的怀里蹭头撒娇。

我完了。许悠傻愣愣地想,我因为 980 元人民币就把自己的初恋交出去了。

02

当着暗恋对象的面倒卖他的票给本人是种什么样的体验?

即使上某乎也不会有这么奇葩的问题。

许悠回到宿舍,盯着周砚的微信看了良久想把钱转回去,但转账提示发出去好久人家根本不收。她对着微信界面叹气,对着"传说之战"的官网叹气，看着"传说之战"SOUL的比赛视频叹气，弄得全宿舍都以为她参与电竞赌博被坑骗了钱财，纷纷鼓励她说，人一时迷失不要紧，重要的是不要迷失第二次。钱没了还可以再赚，人没了可怎么办？

"我不是被骗了，我是把人家给骗了啊！"许悠痛饮一杯雪碧。

"我把人骗了还被人当场拆穿，拆穿就算了那个人居然还把钱给我了，说这里没人，票卖不出去，叫我不要等了，还说请我看比赛。"许悠又痛饮一杯雪碧。

"最关键的是，看完比赛我才发现，我喜欢上他了。问题是，我刚刚才骗过他。"说着许悠又痛饮了两口，眼泪直往下淌。

室友吓了一跳，找纸巾的找纸巾，安慰的安慰："没事没事啊，你也不是成心的，好好给人道个歉把钱退给人家，他人这么好能原谅你的，别哭了！"

"问题是他不收我的钱！他都不回我信息！"许悠激动地站起来，"还有我这不是伤心哭的，是让雪碧撑哭的。别安慰我了，怪不好意思的……"

要不是看许悠初恋经历真的惨，室友们差点就想动手打人。只有大姐脾气好些，坐在许悠面前认真出主意："你说你装粉丝骗他，可如果你真的是他们的粉丝不就不叫骗人了？"

"你的意思是……"许悠脸上还留有泪痕，突然眼睛一眯，灵光一闪，"干脆就把这事儿坐实了，让他无话可说？"

室友们你看看我我看看你，觉得还真有道理。正所谓谎话重复一千遍就是真理，假粉天天扮粉丝不也就成真的了？只要用心甚至比有些真粉还真！

我都是你们的真粉了,那还能叫骗吗?那不能,那叫提前亮身份。

许悠左思右想,越想越觉得是这个道理。她冲回自己的小桌子面前,打开电脑输入"SOUL"仔细搜索起来。

SOUL的信息并不难找,几年前他们是"传说之战"最好的竞技战队之一,在距离登顶一步之遥的时候,战队的下路黄金双人组旧伤复发,替补的队员没有时间磨合,匆匆上了战场,被强劲的对手一路碾爆输了比赛。紧接着,上路选手合约到期,打野位置退役,SOUL还未登上神坛便夭折了,成了时代的眼泪。

坚持留下的只有当年队伍里最小的选手,中单位置的Yan,周砚。彼时还稚嫩的Yan用了三年时间从天才新人磨成了黑脸队长,但这三年的SOUL依然处于低迷期。

电子竞技,菜是原罪。

许悠翻到了SOUL的官博,可能因为俱乐部经营不善,这个官博明显不像有专人打理的样子,只是偶尔发一点战绩报告,底下的回应也是寥寥无几。许悠望着微博面临着一个巨大的灵魂拷问:一个合格的电子竞技战队的粉丝需要做什么?她竟然一无所知。

许悠开始了对SOUL战队和"传说之战"的视频考古。

那一天起,微博多了一个叫作"在乎SOUL"的账号。这个账号悄声无息地出现,第一条微博是一张SOUL的全员合影,上面P有很文艺的配字:陪你们登顶荣誉!

转眼间就到了下一场比赛,经过不断地考古、科普、试玩,许悠终于看出了一点门道来。比如她现在起码知道,这次SOUL参加的是"传说之战"第七赛季的秋季全国赛,关注度高,参加队伍众多。SOUL上次赢的是其中十分不起眼的一场预选赛,而同时进入预选赛的队伍大概有 30 支。

最后的胜者只有一支队伍。

03

若不是队友总叽叽喳喳提起，周砚真的快忘了自己曾经花 980 元雇了一个黄牛来现场给自己加油这么一回事。

"队长队长，你说这次我们的粉丝还会来吗？"上场前，队员既紧张又期待地望着周砚。

大概是不会来了，毕竟我没有那么闲，每次都花钱从场外抓一个黄牛给你们表演。

周砚很想这么说，但这是赛前，这些十几岁的少年都还处在懵懂的青春期，对于鲜花和掌声有着无尽的向往和期待。所以就算要泼现实的冷水也不能在赛前泼，影响队员心情就不好了。

"只要你们打得好，台下的人会越来越多的。"周砚掏出手机说了一句。

"真的？！"

"会有和上次一样穿着我们队的制服来给我们加油吗？！"

"说不定还会有那种闪光的牌子，我上次看去年决赛视频的时候，好家伙，台下全都是举着牌子的粉丝，我那个羡慕——"

"不过说起来，那姑娘哪儿来的制服？我们队伍的商城里面并不卖制服啊？"

"对了，队长，上次比赛你外套去哪儿了？光穿 T 恤不冷吗？"

外套去哪儿了还用问？要是外套在我身上，你们哪儿能看到穿着同款应援服的粉丝？！

周砚在手机上按了几下，将上次遇见的黄牛从屏蔽名单里放出来，窗口一时间疯狂地向他弹出了信息。周砚一看，大部分都是转账980元请他接受的提醒。

这黄牛，有点奇怪。

周砚不抱希望地敲着手机键盘。

Yan：你在不在现场？有票的话我买了，要求和上次一样。

等了一会儿那边没有任何动静，周砚也不再多等，把手机交给随队的工作人员。

他背着队员把外套脱了下来，对另一位工作人员一阵叮嘱，工作人员先是不解然后又有些茫然，最后听话地带着外套出去了。

"不管有没有粉丝都一样打，一样要赢，听懂没有！"周砚大声问。

"明白！"队员们收起笑脸严肃大声回道。

周砚的视线又移到他交出去的手机上，但手机始终没有传来他想象中的微信颤动。

想想也是，哪个黄牛会在一张卖不出去的票上面栽两次跟头？

周砚整好队便出发，前往属于他们的赛场。

台下，许悠觉得自己比参加比赛的人还紧张。

本打算和她一起来的室友有七个人，但今晚有空的只有三个人，许悠用自己的钱抢了四张票，又加上一顿饭的利诱，哄着室友们一起进了场。内场前排正中间的四个位置被许悠和她的室友牢牢占据，许悠依然坐在上次的位置上，三个室友坐在旁边眼巴巴望着台上，想看看到底是哪路仙男用980元和一件外套就迷惑了许悠。

"我找到全队的高清照片了！我们来看看是谁，是第一排那个吗？"

"不会吧，这也太小啦。"

"是中间那个？"

"我看看！不是吧，这个也好小……"

"是最高的那个！"

"哦哦哦……！"

室友们疑惑地看向许悠。

"……原来你喜欢你论文老师那一类型的？黑脸凶巴巴的那种？"室友一脸佩服，"失敬失敬，不愧是你。"

"也没有，他赛前总是这样，等赛后就不这样了！"许悠小声向室友解释，"团结紧张严肃活泼嘛！正常正常。"

室友们一脸怀疑地看着许悠。

"你们好，不好意思打扰了，"拿着外套的工作人员突然出现，表情有些尴尬，"不知道可不可以麻烦坐在这个位置的美女一件事情？"

"我？"许悠突然被点名，"怎么了？什么事？"

"我是SOUL的随队工作人员，"工作人员指着自己的工作证，"可不可以请你穿上这件外套？"

"这不是……？"许悠一眼就认出这是谁的外套。

"这是我们队长的衣服，我们队粉丝不多，队员又还小需要鼓励，队长希望给队里的孩子们打打气，不用你们鼓掌或者欢呼，只是让我们的队员看到有粉丝就行！"工作人员把外套翻开，内衬的领口上绣着"Yan"的字样。

"哦？外套？"室友们眼睛一亮。

"我可以！你给我吧！"在室友起哄之前，许悠连忙接过衣服穿在了身上，眼巴巴地盯着工作人员问道，心跳如擂鼓，"那个……可不可以问一下为什么一定要坐在这里的人？"

听见这么关键的问题，室友们支起身子竖起耳朵，意味深长的眼神"唰"地望过来。

"队长说这个位置在正中间，最显眼。"工作人员解释。

"……哦，好的，谢谢。"

许悠的虚假心跳停了，室友们探究的目光也缩了回去，变成安慰的目光。

"稍后我会来找您取回外套，还请您不要对外说这件事……"工作人员说。

"我懂我懂，我不会讲的。"许悠干笑着用眼神示意室友，室友们被她一看才想起来自己还带着道具。"在乎SOUL"的手幅被举了起来，一排四个人齐刷刷望着工作人员。

"我们是SOUL的粉丝！你放心！"

那瞬间，工作人员诧异的脸让四个人全部笑出了声。

比赛开始，这次看不懂比赛的人换成了许悠的室友们，许悠全程参与解说。

"看到那些塔了吗？那些塔随便打通一条路，就可以打基地，基地打完然后毁掉那个水晶，就算赢了！"

"刚刚Yan的神操作你们看见了吗？！那个闪现真的绝了，躲开致命一击，反手一波带走对面，帅呆了——"

"啊啊啊啊赛点！！"

"赢了！"

主持人和许悠同样激动。

"获胜的队伍是——SOUL 战队！恭喜！！"

许悠先是带动室友们站起来挥舞手里的手幅恭喜获胜的队伍，然后自己再激动地冲着舞台上 SOUL 战队最后面的周砚，傻笑着大声喊着恭喜。

周砚很难不注意到站在显眼位置的许悠，他有些意外，但胜利的喜悦让他很难维持高冷，他对着许悠的方向扬起笑容。

一直不笑的人突然笑起来，如峡谷春风迎面，柳条嫩芽初成，挠得人心脏痒痒的，"扑通扑通"直跳。

"我好像有点懂你了，"许悠的室友附在她耳边叨叨，"要是他天天这样笑，我也愿意去他手底下写论文。"

"你来晚了，"许悠边笑着挥手边低声回答，"他的论文名额被我承包了。"

04

拿到 15 强名额满意走下舞台，SOUL 的队员们明显比上次更高兴了。

"队长！你看到没！这次来的居然不是一个粉丝,是四个粉丝！"

"还有手幅！我们也是有粉丝举手幅的战队了！！"

"我怎么觉得中间那个女孩有点眼熟，上次是不是也是她朝我们挥手来着?"

"对了!好像就是!她那衣服到底哪儿来的?"

周砚没有参与讨论,他和工作人员寒暄了两句,互相恭喜然后拿回了自己的手机。赛前毫无动静的手机里躺着一条崭新的回复。

You:又想雇我?今天带来的人有点多,怕你雇不起哦。

果然前排的人都是她弄来的。

周砚看了一眼还在兴奋中的队员们,手指微动。

Yan:转账 4000

Yan:980×4,剩下的钱算车费,够吗?

You:……

对方并没有接受你的转账,还向你发了一堆省略号。

周砚没有太放在心上,他关上手机招呼队员们回训练基地,直到 24 小时后无人收款,微信给他发退回提示,周砚才觉得哪里不太对。

"你找黄牛买过票吗?"周砚抓住了一个"幸运"的队员陪聊。

"买……买过,"队员诚实道,"去年决赛的票可难抢了,抢不到就去买了,那个价格,哇!炒上天了!"

"那你见没见过原价或者特价卖票的黄牛?"周砚又问。

"见是见过……"队员挠挠头,"多半是票砸手里了卖不掉才这样吧?"

"那你见没见过,不仅不要钱还送三张票的黄牛?"前两个答案都没超出周砚的基本常识,他又问了第三个问题。

"……啊?"队员终于成功被问傻了,"没有吧?还有这种黄牛?

那不得赔死？"

路过的上单灵光一现："队长，是不是有人想和你一起看什么演出又不好意思说，骗你她是黄牛送你票啊？"

"哦——！！！"所有队员眼睛一亮，仿佛发现了什么不得了的事情。

"想什么呢！"

周砚眼神扫过，队员们立刻噤声，不敢再说话了。室内一片安静，方才的揶揄像个不适时的玩笑随着喧嚣一起被带走了。但这个声音却盘旋在周砚耳边没离开过。

"队长，是不是有人想和你……"

他脑海中浮现出某人疯狂挥手的傻笑。

不可能吧？

周砚摇摇头，打开手机又一次把钱转过去。

Yan：转账 4000

You：……

You：就不能换个别的方式谢谢我吗？猫猫撒娇.JPG

周砚很认真地想了想黄牛到底喜欢什么。

Yan：转账 1000

Yan：多给 1000，够吗？

这一次，对面连省略号都没有发过来。

05

"在乎SOUL"的微博开始正式营业了。

正值秋季赛,"在乎SOUL"的博主几乎跟着SOUL去了所有的比赛现场,并且第一时间在微博实时通报战况,时不时还更新现场照。虽然一看就是手机摄影,但机位靠前,多少也算得上高清图。比赛结束后还会扒比赛的官方视频做SOUL最佳操作剪辑,其中Yan的极限闪现反手击杀短视频甚至还短暂地抓住了热搜的尾巴,围观群众纷纷感叹,不愧是Yan,居然还是这么厉害!SOUL居然坚持着没解散!

渐渐地,大家发现SOUL不仅没解散,这一赛季好像还越打越好了。中单操作不亚于当年的少年天才Yan,打野的B·B节奏带得飞起,下路双人组配合默契,上单入团战能扛能打操作沉稳。五个人配合默契,一点没有时代眼泪被拍死在沙滩上的感觉,反而充满了凝聚力。

当然了,以上这些资讯大部分路人都是看了这个"在乎SOUL"的微博总结出来的,它被粉丝们称为比官方还敬业的非官方账号。

"最近势头不错!"俱乐部老板拍着周砚的肩膀,"上次比赛还上了把热搜,愿意赞助我们的赞助商也多了,我觉得应该趁这个机会好好替你们宣传一把!到了年末大家也多拿点工资,回家过年也开心。"

周砚自然不会拒绝宣传,那么多队友要吃要喝要月薪,俱乐部那么多工作人员要运转,哪里都需要钱。之前是没办法,没成绩没赞助只能紧缩开支精简人员,现在好不容易有点起色,当然不能放过机会。

周砚登录了几百年不上线的个人微博,最新的一条还是几年前自己当队长的时候发的任职通知。从那之后队伍的排名一直低迷,周砚忙于自己训练、跟队友训练、寻找战术锻炼技巧、考虑对敌思路，根本没空更新社交网络，也不知道老板说的最近势头不错是怎么个不错法。

结果刚刚一登录，他就被不停弹出的评论转发消息给震住了。这种无数人涌进微博疯狂把他夸到天上有地下无的事情，上一次发生已经是好几年前SOUL还是时代之光的事了。随着SOUL这几年的低迷，那些夸耀和荣光也一同消散而去，早不知埋在网络的哪个角落了。

现在它们又重新回来了，但周砚也早就不是当年那个看见有人夸就高兴得不能自已的小孩子了。他只觉得奇怪，虽然最近SOUL战绩不错，但远远没到好到流量爆炸的地步，SOUL突然在网络上走红一定有其他原因。

周砚在关注里找到了SOUL的官微，官微下面单看数据倒也有点人气，但戳开评论一看，全都是催着官方出来营业的。

睡懒觉的毛毛球：官博在吗？起来营业了！

给我加蒜：官博都死了多久了？不用这个账号可以让给会用账号的人，比如@在乎SOUL[微笑]

在乎SOUL？

周砚顺着评论戳开了这个微博，微博主人刚好更新。

在乎SOUL：[瞬间爆炸]Yan极限操作霸气反杀！SOUL中路开花打遍全场挺进前8！转发此条微博并说出你对SOUL的祝福，抽一个SOUL的同好送出8进4比赛内场门票一张！

帮忙剪视频就算了，转发抽奖还送票？周砚动动手指仔细翻了一遍这个"在乎 SOUL"的账号,发现这个微博做得确实不错。对于 SOUL 这支队伍,别的博主或者营销号偶有报道,但大多都是在感叹他们过去的辉煌,而"在乎 SOUL"没有纠结于过去,它将精力转到现在的每场比赛上,一个个深挖队员的闪光点,配文配图配视频将这些亮点展现到粉丝眼前。

若不是知道俱乐部没这个闲钱,周砚都要以为"在乎 SOUL"是俱乐部官方给开的宣传账号了,这让周砚难得对没见过的人起了心思——想要把他或者她挖过来做 SOUL 的宣传。

一个电话搞定了老板,然后在"在乎 SOUL"在线的时间,周砚用队伍的加 V 认证账号给对方发了私信留言。

SOUL 战队:你好,谢谢你对 SOUL 战队的喜爱,我们看了你的微博,觉得你对新媒体运营这一块有自己的想法,同时你对 SOUL 战队也十分了解,想邀请你来 SOUL 工作,担任宣传岗位。如果对该职位有兴趣,请联系我们。

"在乎 SOUL"在短暂的沉默后开始飞快地回复起来。

在乎 SOUL:你是 SOUL 官方???是真人吗????

在乎 SOUL:等等这是一个招聘邀请?

SOUL 战队:是的。

在乎 SOUL:谢谢谢谢!我真的太高兴了,如果可以的话,我现在就想飞奔过去上班,但是抱歉,我是个学生,还在研一,没办法胜任全职的工作 [哭]。

在乎 SOUL:[捂脸] 或许你们可以考虑换个肯定方式。

这话听起来怎么有点耳熟？周砚思考着职粉或者大 V 们究竟喜欢什么，然后……

SOUL 战队：[微博红包]

在乎 SOUL：……

看着熟悉的省略号，周砚想起来为何这场景如此熟悉，他看了一眼现在还是在线的绿色图标，不知为什么，总有预感下一秒这个图标就会变灰，就好像他和那个黄牛无数次无疾而终的对话一样，周砚急忙打字救场。

SOUL 战队：红包是我们战队一贯的表扬方式，没有别的意思。

在乎 SOUL：原来如此，但红包真的不用了！喜欢你们是我自己的事情，怎么好要钱呢？我会一直支持你们的！加油！

周砚觉得可惜，但也只能作罢。

SOUL 战队：不接受红包，那你接受周边礼包吗？是我们战队的一点心意。

在乎 SOUL：哇！谢谢谢谢！

在乎 SOUL：我的地址是 W 大学研究生宿舍楼驿站，联系人：在乎 SOUL，手机号 130××××××××，麻烦啦！

06

SOUL 的队员们现在都有些盼着比赛了，能打游戏赢得荣誉是一方面，另一方面他们终于也有粉丝了！而且似乎有越来越壮大的趋势！

"第一场一个人，第二场四个人，第三场八个人，第四场有十几个人哦！"

"那个穿着制服的姑娘今天是不是还在中间？"

"队长你在干吗？"

"别吵，队长肯定和那姑娘聊天呢？"

"什么姑娘？！"

"你们没发现？队长平时都有外套，只有比赛的时候没有外套，然后我们就看见有个姑娘穿着队长的外套坐在台下……"

"哦——"

比起队员的瞎胡闹高兴，周砚则有些说不出的烦闷。微信对面这个女孩，愿意告诉他她的名字，她在 W 大学读研究生，会给他发一些有的没的照片分享生活，也愿意每次都穿着他的制服坐在固定位置给自己加油，甚至愿意叫一堆人来看他们比赛，但就是不愿意接受自己的钱。

如果说寝室八个人都是 SOUL 的粉丝，全部都是自费来现场看比赛，这个理由勉强还能说得过去，8 进 4 的比赛时，许悠旁边居然整整坐了 16 人，这件事让周砚完全无法自欺欺人。周砚确定一定以及肯定，这 16 人里肯定有许悠自费找来的"粉丝"。

周砚不想让许悠花太多钱在这件事上，但他们之间的偶有聊天，大多以他转账作为结束。只要提钱，许悠就"唰"的一下消失不见。许悠绝对是周砚见过最难搞的黄牛，难搞就难搞在，许悠一点身为黄牛的职业素养都没有——她不要钱。

那她想要什么？

周砚表情严肃地盯着自己的手机。

队员们妄图上前八卦但均被眼神警告瞪了回去,于是众人你推我我推你,最后把俱乐部老板成功推了出去,老板是有警告眼神豁免权的,毕竟出钱的人在哪儿都是老大。

于是身负八卦重任的老板在众人鼓励的目光下朝着周砚走去。

"该收手机了,"老板揣着手装作不经意的样子八卦道,"你这几天有点过度沉迷手机啊,怎么,交女朋友了?"

周砚没说话,依然盯着手机。

"是每次都来穿你外套的那个姑娘?"老板继续八卦。

"她不是我女朋友,"周砚终于开口,"我们俩……"

队员们伸长脖子努力往队长那边偏,恨不得把自己的耳朵摘下来送过去偷听。

周砚皱着眉头:"……说不清。"

队员们差点没站稳摔成一团。

"总之现状是她给我花了不少钱,我想还她但她不要。"周砚皱着眉头,"怎么办?"

队员们终于还是被这根本算不上进展的进展"雷"晕了头,一群人狠狠摔倒在地上。

"队长,现在时代不一样了,现在多的是姑娘给花钱,因为人姑娘喜欢你啊。"打野踉跄着站起来揽住周砚的肩膀。

"胡说!"

"那姑娘为你花了多少钱?"

"很多。"

"那姑娘是干什么的?这么有钱?"

周砚陷入了一种诡异的沉默:"据我所知,好像是黄牛。"

队员 A:?

队员 B:??

队员 C:???

连俱乐部老板也陷入了这种诡异的气氛中,眯着眼睛揶揄了一句:"打输了也不要紧,我抢别人的票养你?"

眼看周砚脸黑了马上就要上演原地暴走,上单大手一挥制止了所有人继续发散思维:"不管她是干什么的,她不想和你有金钱方面的关系,是不是因为……她想和你有别的关系?"

上单!你找到了盲点。

07

经过好几天的潜伏,许悠终于摸进了 SOUL 的养老粉丝群。这些粉丝多是当年 SOUL 的老粉,是他们这么多年没有放弃,一直在持续帮 SOUL 维持一定的存在感。

不吵架,不撕谁,如果有人嘲 SOUL 战绩不好他们就躺平任嘲。

激进的事业粉早已换了墙头,留下来的都是真的佛系粉丝。他们和 Yan 一样,没有放弃这支看起来没什么希望的队伍。

许悠的到来让这些佛系群粉大为意外,见过黄牛潜伏进粉丝群的,没见过打折卖票赔本吆喝的黄牛主动找上门的。许悠的票基本都是内场前排,而且马上就是 4 进 2 的比赛,即使是一开始没人要的 SOUL 战队的场,也随着比赛日渐激烈、Yan 的名声大噪开始变得火热,甚至供不应求。而许悠卖的所有票全部都打折出售且价钱十分优惠,即使是佛系粉也忍不住心动起来。

于是在4进2的比赛现场，SOUL的内场应援规模比上次的16人更大了，闪耀的灯牌让俱乐部老板笑得嘴巴都合不拢。

更别提本场比赛中SOUL的表现可谓非常亮眼，一如既往帅气的Yan和打野上下路Gank双线，打得对面没有还手的余地，最终在全场欢呼声中以3:0的战绩完美取得了决赛资格。

老板已经可以预见周边商城的销售曲线增长图了。

周砚照例隔着舞台和许悠遥遥对望，许悠激动地跳起来用手机对着舞台一通猛拍，拍了一会儿才被周围的SOUL粉们善意地劝坐下以免挡到后方的观众。周砚的视线顺着许悠的位置往旁边看，曾经熟悉的面孔再次出现，让他都有些吃惊。

老板也认出了这些人，为了感谢多年来不离不弃的老粉们，老板特别安排这些老粉在后台见周砚一面。周砚在人群中寻了一圈没看到许悠，然后才想起来许悠并不属于老粉这个行列，自然不会被邀请。

当年青涩的老粉们都成熟了起来，相互打过招呼也问了近况，发现大家都变了很多。老板也是感慨万千，连声说谢谢大家还记得SOUL。老粉们摆着手说现在自己的热情真的比不上年轻人，还说微博上的那个"在乎SOUL"不得了，每次都有现场照片发，又说群里来了个新人，特别有号召力和组织力，还卖给他们打折的内场票，请他们来现场看比赛，不然自己又只能在后排或者在家随意看看了。

"你们认识'在乎SOUL'真人吗？"周砚颇感兴趣。

"不认识，"老粉摇头，"但她出的图一看就知道是中间位置才能出的。毕竟是手机拍摄，如果坐得太远，肯定拍不了那么清晰。"

"你们说的那个卖票的新人，今天也来了？"周砚又问。

"不知道，"群里的人又摇头，"我们约过她，她每次都说自己读研很忙，只能帮忙抢票不能和我们见面。"

这么巧？群里卖票的、在乎SOUL，还有坐在中间的人全都是研究生在读？

周砚觉得自己捕捉到某些很关键的线索。

训练基地，周砚抓住了"幸运"的打野回答自己的问题。

"你遇到过每次都来看你比赛场场不落的人吗？"

"遇到过啊，那是粉。"打野说。

"那你遇到过场场不落地看比赛还帮你微博微信宣传、组织粉丝一起来看甚至自掏腰包帮你热场子的人吗？"周砚问。

打野："见到过，那是职粉。"

周砚又问："可她从没利用这些赚过钱。"

打野："那可能是真爱粉。"

周砚："如果你的真爱粉因为'爱'花了太多钱你想阻止她但她就是不听怎么办？"

"队长，我觉得我想怎么办不重要，重要的是你想怎么办，"打野终于没忍住笑了出来，"喜欢就上吧队长，你说的真爱粉是不是每次都来给你加油的那个穿制服的姑娘？"

不愧是SOUL的黄金打野，连队长都Gank。

08

"在乎SOUL"这个账号在SOUL战队成功赢得决赛名额的时候，粉丝量终于突破了8万大关。SOUL战队挺进决赛之时，Yan对着镜头自信点头的模样被她完美抓拍下来放到微博上，一时间#SOUL回来了#和#Yan笑了#这两个话题都冲上了热搜榜，漂亮的原图成功吸引了SOUL战队官博的注意，又是点赞又是转发，"在乎SOUL"可以说得上是完全的粉生赢家。

想去决赛现场应援SOUL的人也多了起来，看着微博下面发誓一定要去现场看SOUL决赛的人，许悠终于松了一口气。

不能再赔钱了，再补贴几张票她连自己买票进场的钱都没了。许悠再次心疼地抱住贫穷的自己。

"你钱还够不够啊？"室友担心地看着许悠。

"咳，"正在吃馒头的许悠被呛了一下，"应该够吧。这比赛也快完了，而且现在他们状况越来越好，决赛应该不需要我这样贴钱台下也能坐满粉丝的！"

室友们看着许悠执迷不悟的模样无语地摇摇头："我们去吃饭，帮你带一份？"

"不了不了，"许悠晃着自己手里的馒头，"我爱吃这个。"

等室友们终于都出了门，许悠才唉声叹气地放下自己手里的馒头。正是二十几岁大好青春爱吃东西的年纪，谁乐意吃馒头呢？但总是蹭室友的饭许悠也不好意思，只能骗室友自己喜欢啃馒头。

正思考着，手机突然一震，许悠拿起手机看了看弹出的消息，震惊得差点摔了手机。

"你怎么来了？"许悠小跑下楼还有点喘气，"你怎么知道我住在这？"

"我以为你告诉我校名的时候就想到我会来了。"周砚还是穿着那件SOUL的外套站在许悠宿舍的门口，高挑的身形和极具辨识度的脸让周围的人不住回头。但他手插在口袋里眼睛直视着许悠，对周围好奇的目光视而不见。

"这我哪想得到。"许悠不好意思地低着头，死也不会承认自己的白日梦里确实有过这么个场景，"不过那个，你是怎么知道我详细住址的？"

周砚似乎暂时不想回答许悠的这个问题，立刻转移了话题："晚上吃什么了？"

许悠哪里敢让周砚知道自己穷成啥样，立刻撒谎道："食堂。"

周砚看着眼前许悠真诚的表情，要不是刚才遇到眼熟的她室友说许悠正在啃馒头，他差点就信了。

"走吧。"周砚转身。

"去哪儿？"许悠不明所以地跟在后面。

"我饿了，你们学校最好吃的东西是什么？"周砚问。

"我们学校粉丝煲味道不错！我带你去？"一听可以和周砚一起吃饭，许悠激动地跑上前带路，瞬间将馒头抛在脑后。

粉丝煲加小油条再来一瓶豆奶，简直人间美味，更何况还是和周砚一起吃的！虽然最后付钱没抢过周砚，但许悠还是很欢喜。

吃完两人并肩走在学校的小路上，周砚一身运动休闲装，许悠穿着帆布鞋半身裙，两人的影子被路灯拉得老长，就像一对普通的校园情侣。

"读研忙不忙？"周砚问。

"我是文科生，还好，我有个学姐跨专业考研学理，现在有点秃。"许悠边说边摸摸自己的头顶。

"所以一边读研还有空看比赛？"

"对!"

"还有空抢票?"

"有!"

"还可以帮别人抢票?"

"可以!"

"还有空上微博更新,还有空去群里号召老粉来看比赛?"

"……咳咳?"

许悠庆幸自己早就喝完了豆奶,不然现在肯定一口豆奶喷到学校草坪上。

"我就是这么推断出你住哪儿的,"周砚说,"还记得你给SOUL官博留言的快递地址吗?"

许悠震惊于周砚的细致。

"一开始还不能完全确定,但你一冲下来就问我怎么知道的,我就肯定了。微博也好QQ也好微信也好,都是你没错。"

许悠更震惊于自己的愚蠢。

"你拍照的手机镜头都快碰到我脸上了,想不被怀疑都难。"周砚半开玩笑半认真地说。

许悠再次震惊:"我哪有?我拍照的时候隔着那么远的距离,怎么可能碰到你脸上?"

"嫌不够近?"周砚突然停下脚步,半弯腰低头凑近许悠的脸,两人近得都能感觉到对方的呼吸。

"现在够不够近?算不算碰到我脸上了?"

"可现在不拍照啊……"许悠弱弱地说。

"把手机拿出来。"周砚说。

许悠茫然地拿出自己的手机，某人手速飞快地夺下许悠的手机，滑动了两下点开许悠的微信，帮许悠收了三个大红包，满意地看着许悠的微信钱包里塞满了自己的钱才不疾不徐地将手机还给许悠。

"我给你的钱为什么不要？"周砚问。

许悠抬起头，难以置信地看着周砚："你刚刚那样靠过来就是为了给我钱？"

一通操作猛如虎，结果一看心添堵。许悠死也不会承认在刚才那一瞬间，她在脑海里连自己和周砚的小孩该上哪个幼儿园都想好了。

"哦？你不喜欢钱？"周砚侧着脸看向许悠，嘴角扬起愉悦的弧度，"那你喜欢什么？说说看，如果可以做的我会想办法做到。"

周砚努力自然地问出了这种带有明显"我可以"倾向的暗示性问题，他突然有些不敢看许悠的眼睛，小声干咳移开了视线。

然而许悠也紧张得要死，根本没注意什么移开眼睛这种细节，只顾着维持自己矜持的形象："其实我没什么特别喜欢的。"

周砚脑补的战术碎了一地，没有我想要你，也没有我可以我愿意，两人就这么僵硬着步子走到了许悠的寝室门口。

"那我走了？"

周砚头一次发现再见可以说得这么艰难。

许悠也是头一次发现想和喜欢的人多聊两句天这么艰难。

"等等！"

许悠豪迈地拦下了周砚，然后又突然变弱："那个，刚才，我不是没有想要的，我想要的是你——！"

周砚虽然表面一派平静，但双手在口袋里已经汗津津。

"我？"

"——的外套!"

周砚抿着嘴面色阴沉。

许悠低着头心里暴打自己三百次。

要什么外套!要什么外套!直接要人啊!人都有了还缺外套?!

也不知道沉默了多久,对许悠来说可能有彗星撞地球那么久之后,周砚才缓缓开口。

"这个外套可只给坐在中间的现场粉丝。"

许悠的脸一僵。

"下周就是决赛,你来不来现场?"周砚问。

许悠再度抬头,眼睛瞬间亮起来:"来!我一定来!"

"好。"周砚不自觉地又清了清嗓子,"别再花那么多钱了。"

"好!"许悠答应道,"其实后面我花的越来越少了,来看你们的人越来越多了,你们真厉害!"

"谢谢。"周砚有些不自然但是十分真心地道了谢,"那我走了?还要训练。"

"哦哦,训练加油!拜拜!"许悠一听他要回去训练便立刻挥手,看着周砚走远的背影又忍不住喊他,"那个……"

还没等许悠说完周砚就已经回头,回头之快就好像一直在等许悠喊他一样。

"谢谢你。"许悠的脸开始红了。

"谢我什么?"周砚问。

"谢谢你来学校找我!"许悠又开始不好意思,但忍不住笑意,"我很开心!"

"这有什么。"周砚猛然转身才没让许悠看到他的脸已经和许悠一样烧得通红。

09

许悠几乎是跳着小碎步回宿舍的,一路上一边傻笑一边捂着自己烧起来的脸颊。

"嘿嘿嘿。"

许悠对着手机耐心等待"传说之战"最后一场决赛的门票开票,一边等还一边忍不住傻笑。

"嘿嘿嘿。"

"唉,爱情使人盲目。"室友 A 看着许悠直摇头。

"唉,追星使人贫穷。"室友 B 看着许悠直摇头。

"唉,对着明星陷入爱情,又盲目又贫穷!"室友 C 看着许悠直摇头。

"周砚他不是明星是电竞选手!"许悠小声抗议。

"电竞明星就不是明星啦?"室友反驳然后开始八卦,"刚和大明星见面开心不?聊什么了?"

"没聊什么……"本来只是不好意思说,可许悠仔细想想好像还真没聊什么周砚就走了,"他就是来谢谢我,叫我不要乱花钱了,然后说外套的事情……"

"就是每次比赛他都给你的那个外套?"室友 A 疑惑。

"那个外套肯定是他的专属吧。"室友 B 肯定。

"外套什么事?"室友 C 提问。

"外套——只给坐在中间的现场粉丝。"许悠红着脸小声重复,因为温度过高，手开始给自己的脸颊扇风降温。

"哟——这不就是给你啦！"室友们的笑闹声不断传来，让许悠的脸更红了。

正在这时抢票时间到，许悠按照往常程序卡着秒钟瞬间下单，这种极限操作她不是第一次做，但这次她因为激动手上一滑直接将手机推了出去。

"啪——"手机掉在地上清脆的一声如同许悠心脏碎裂的声音，室友们笑闹的表情僵在脸上，惊慌地看着许悠。

"票——"

等许悠捡起手机再度戳开链接，决赛票早已销售一空。

许悠大脑瞬间一片空白，她紧握着陪自己征战了无数抢票战场的手机，眼前模糊成一团。

为什么会这样呢？明明之前帮别人抢的时候都好好的，好不容易帮自己抢一次就出了这样的事情。

这难道就是当黄牛的报应？许悠傻在原地。

室友们比许悠还慌。

"对不起啊我们不应该在你抢票之前和你开玩笑的！"

"我这就去帮你看看有没有出售内场C位票的！"

"别哭了别哭了！没事，高价也没啥，姐妹凑钱送你去见你心上人！"

在电竞火热的今天，年度决赛场的票号称千金难求，即使室友说帮忙凑钱买票，许悠也在四处寻找票源，但并没有求到那张黄金C位，最后只买了一张内场后排。

10

许悠一个人去了现场。

前面 SOUL 的灯牌闪耀得她有点想哭。曾经台下只有她一人在支持的 SOUL，在今天决赛舞台的现场粉丝区居然也能和对面正火的队伍粉丝量五五开，她一边为 SOUL 骄傲，一边为自己的失手而懊恼。

她看见周砚今天依然只穿着一件长袖 T 恤，外套不在他身上。

他说过那件外套属于前排中间的粉丝，今晚他的外套不知道会穿在哪个女孩或者男孩的身上，它不再是许悠的专属应援品。

"最终决胜局！三比二！ SOUL 赢得了本次比赛！！ SOUL 是冠军！！！"

随着主持人的呐喊声，礼花和彩带在赛场中飘扬，现场所有 SOUL 的粉丝一起站起来为心中真正的王者鼓掌。

"千淘万漉虽辛苦，吹尽狂沙始到金！ SOUL 用这次胜利告诉所有人！ SOUL 做得到！ SOUL 回来了！！！"

颁奖仪式开始，主持人激动得好像自己夺冠了一样，将麦克风递给 SOUL 战队请选手发言。

选手们红着眼眶——发言，就连 SOUL 的老板都站在他们身后不断抹泪。许悠的手掌因为用力鼓掌掌心生疼，最后还是没能按捺住情绪笑着哭了出来。

最后麦克风终于交到周砚手上。

周砚对着镜头举起了自己手里的奖杯："我们赢了！"

全场再次响起欢呼。

"前面该感谢的人队友们都替我谢过了，那么在这里，占用大家一点时间，我想谢谢一个人。"

周砚说得风平浪静，但现场所有人都预感到有什么大新闻要发生，纷纷屏住呼吸，只有记者的相机不停响着。

"她在 SOUL 最困难的时候一直穿着 SOUL 的制服为我们加油，帮 SOUL 做视频，活跃粉丝，在网上替我们宣传，我在这里想和她说一声，谢谢你。"

周砚对着镜头，笑了。

主持人肯定不会放过采访的好机会，连忙接过话题："那么这位神秘的被感谢对象到底是谁，能不能透露一下？"

周砚笑着摇摇头，主持人看采访周砚无果，便将目光转向了周砚身后明显跃跃欲试的队员们："来来来，话筒多拿一个来，我来问问看，SOUL 其他的队员知不知道你们队长在谢谢谁？"

"她不是工作人员！"ADC 说。

"是我们最厉害的宣传！没有工资还倒给钱的那种！"辅助补充。

"但也不能说一点好处都没有，比如她可以穿我们队长的外套！"打野说。

"就一件外套会不会太寒酸了？显得我们 SOUL 很穷似的。"上单看向一向乐于搞事的老板。

老板在几乎要掀掉屋顶的尖叫声中淡定发言："一件衣服是不够，但如果她是家属，可以管你们队长的工资卡。"

这次的尖叫声确实可以掀掉屋顶了，现场的 SOUL 粉丝都隐隐约约有猜测，"在乎 SOUL"这个知名微博账号在观众席中不断被提起，声音越来越大。主持人自然不会放过这个炒新闻的大好机会，连忙看向周砚："我听见观众席有很多人提起最近微博上很火的'在乎

SOUL'，请问她和 Yan 队长是不是——？"

周砚终于拿起了话筒，现场灯光昏暗，但如果仔细看，方才在比赛场上从容淡定大杀四方有条不紊指挥战斗的人耳朵已经红得要烧起来了，拿着麦克风的手也有点颤抖。

"我现在也不能确认她是不是，本来想在这里问她，她之前一直在一个固定位置，但今天好像没有抢到票，"周砚向某个位置扫了一眼，随行的工作人员十分配合，立刻将周砚的外套递过来，"我们的工作人员没有找到她，今天外套也没有送出去。"

"我需要问一下，抱歉能等我一会儿吗？"

说着周砚拿着工作人员递过来的手机按了几下。

台下的许悠捂着嘴巴整个人傻得恍在梦中，然后她的手机震动了两下。

Yan：别抢票了，我打比赛养你。

Yan：外套和我都在这里，你愿意成为 SOUL 的家属吗？

END

糖衣炮弹·制服引力
ZHI FU YIN LI

写 下 你 的 小 心 事